诺 贝 尔 文 学 奖 获 奖 者 小 说 坊

快乐男孩

[挪威]比昂松 著

王玉强 译

江苏凤凰文艺出版社
JIANGSU PHOENIX LITERATURE AND ART PUBLISHING, LTD

图书在版编目（CIP）

快乐男孩 /（挪威）比昂松著；王玉强译 . -- 南京：江苏凤凰文艺出版社，2018.8（2024.2重印）

（诺贝尔文学奖获奖者小说坊）

ISBN 978-7-5594-2352-8

Ⅰ. ①快… Ⅱ. ①比… ②王… Ⅲ. ①中篇小说—小说集—挪威—近代 Ⅳ. ① I533.44

中国版本图书馆 CIP 数据核字 (2018) 第 156893 号

书　　名　快乐男孩

著　　者　（挪威）比昂松
译　　者　王玉强
责任编辑　王　青
出版发行　江苏凤凰文艺出版社
出版社地址　南京市中央路 165 号，邮编：210009
出版社网址　http://www.jswenyi.com
印　　刷　三河市双升印务有限公司
开　　本　880×1230 毫米　1/32
印　　张　8.5
字　　数　196 千字
版　　次　2018 年 8 月第 1 版　2024 年 2 月第 4 次印刷
标准书号　ISBN 978-7-5594-2352-8
定　　价　69.80 元

目　录

父 亲

本故事中所讲的父亲是整个教区内最富有最有影响力的人，他叫托德·奥弗拉斯。一天，他来到牧师的书房，身材高大，态度诚恳。

他对牧师说："我生了一个儿子。我想给他施洗礼。"

"他的名字叫什么？"

"芬恩，——以我父亲的名字命名。"

"教父母是谁？"

父亲提及的人都是教区内托德的亲戚中最有威望的男士和女士。

"还有其他事情吗？"牧师抬起头来问道。

这位农民父亲犹豫了一小会儿。

"我非常希望能由他单独受洗礼，"最后，他说道。

"那就是说在周一至周五的某一天？"

"下星期六，中午十二点。"

"还有什么其他事吗？"牧师问。

"没有了，"农民转动着帽子，好像要准备离开了。

这时，牧师站起身来。"但是，还有这个，"他边说着，边走向托德，抓起托德的手，严肃地望着他的双眼，"上帝保佑这个孩子会赐给你幸福。”

十六年后的一天，托德又一次站在牧师的书房里。

“哦，你保养得可真好啊，托德，岁月一点没有改变你的模样。”牧师惊讶地说，因为他没看到面前这个男人有任何变化。

“那是因为我没有烦恼和忧愁，”托德回答道。

牧师对此没作任何评论，但是过了一会儿，他问道：“今晚有什么快乐的事？”

“我今晚是为我儿子的事来的，他明天就要受坚信礼[①]了。”

“他是个聪明的孩子。”

“在我听到我儿子明天在教堂出席时的号码之前，我是不想给牧师钱的。”

“他会是一号。”

“这我已经听说了；这是给牧师的十块钱。”

“还有什么事情需要我帮忙吗？”牧师望着托德，问道。

“没有了。”

托德离开了。

岁月荏苒，八年很快就过去了，一天，牧师听到书房外有一阵喧闹声，很多人正在朝这儿走来，领头的就是托德，他第一个走进来。

牧师抬起头来，认出了他。

“托德，你今晚来了很多人啊，托德，”他说。

---

① 坚信礼（Confirmation），一种基督教仪式，象征人通过洗礼与上主建立的关系获得巩固。孩子只有被施坚信礼后，才能成为教会正式教徒。现在只有罗马天主教会、东正教会、圣公会、循道卫理教会等持守。

“我是来请求您为我儿子发布结婚预告的；他马上要迎娶古德蒙德的千金凯伦·斯托利登了。古德蒙德现在就站在我的旁边呢。”

“哎呀，那可是我们教区内最富有的姑娘啊。”

“他们也是这么说的，”农民回答道，同时用一只手将朝后捋了捋头发。

牧师沉默地坐在那儿仿佛陷入了一阵沉思，然后打开登记簿写下了名字，没做任何评论，这两个人在下面签了字。托德在桌上放了三美元。

“我只需要一美元，”牧师说。

“我知道，但是他是我唯一的孩子，我想办得慷慨点。”

牧师就把钱都收下了。

“这是你第三次为儿子的事到我这里来了，托德。”

“但是现在我对他该负责的事情办完了，”托德合起口袋书，跟牧师道别后，便走开了。

其他人也跟在他身后慢慢地离开。

两星期后，父亲和儿子划船去斯托利登家商讨婚礼的安排事宜。这天的湖面风平浪静，四周也一片静寂。

“这个划手座不安全，”儿子说，然后站起身来去加固他的座位。

这时，他脚下的船板突然从脚底滑掉了；这让他猝不及防，只见他张开双臂，发出一声尖叫，就从船舷边跌落湖中。

“抓住桨！”父亲喊道，同时跳起来把桨伸出去。

但是，儿子在做了几番努力挣扎之后，身体逐渐变得僵硬了。

“再坚持一会儿!”父亲着急地喊道,开始朝儿子身边划去。

然而,儿子翻转过来背朝下,朝父亲深深地望了一眼,便沉下水去。

托德几乎不能相信眼前的一幕,他静静地撑着船,眼睛盯着儿子沉下去的地方,好像他肯定再会浮出水面一样。那儿冒出来一些水泡,然后再一阵水泡,最后是一个大大的水泡冒出来,又破灭了;湖面又恢复了平静,平滑澄净,就像是一面镜子。

整整三天三夜,人们发现父亲一直绕着儿子沉落的地方划着船,不吃也不睡;他在用拖网在湖里打捞儿子的尸体。直到第三天早上,他才打捞到。他抱起儿子的尸体,翻过山坡来到他的庄园。

自那天起,大概是一年以后,一个晚秋的晚上,牧师听到有人在门外的走廊里,好像在小心地摸索着门闩。于是他打开门,一位高大消瘦的男人走进来。他佝偻着背,白发斑斑。牧师端详了好久才认出他来——来人就是托德。

“你这么晚还在散步啊?”牧师说,在他面前静静地站着。

“哦,是的。现在很晚了,”托德说着,坐下来。

牧师也坐下来,好像在等待着。接下来是长时间的沉默。最后托德说:

“我有些东西想要捐给穷人;我想以我儿子的名义,作为他的遗产捐赠出去。”

他站起身来,放些钱在桌子上,然后又坐下来。牧师数了数钱。

“这可是很大的一笔钱啊,”他说。

“这里是我庄园价值的一半。我今天早上把庄园卖掉了。”

牧师坐在那里，沉默了好久。最后，他温和地问：

“那你现在打算做什么呢，托德？”

“做些更好的事情。”

他们又坐了会儿，托德低垂着眼睑，牧师眼睛注视着托德。良久，牧师缓慢而轻柔地说：

“我认为你的儿子最终给你带来了真正的祝福。”

“是的，我自己也是这样认为的，”托德说着，抬起头来，两行泪水顺着两颊滚落下来。

快乐男孩

一

他叫厄于温，刚出生的时候哇哇大哭，但是一坐到母亲的膝头上，马上就笑起来。夜晚蜡烛点燃，房间里充满了他的笑声，但是一旦不被允许伸手够蜡烛，他马上就哭起来。

“这小子身上一定会发生些不寻常的事儿！”母亲说。

一座光秃秃的峭壁，尽管并不是很高，耸立在小男孩出生的房子前；冷杉和桦树俯瞰着屋顶，野樱桃在屋顶撒满了花。屋顶拴着一只小山羊，这是厄于温的。它拴在那里不能够跑开，厄于温把树叶和青草扔到上面喂给它吃。那天天气晴好，小羊从屋顶跳下来，朝山崖上奔去；它径直往上跑，很快就站在一个它以前从未到达的地方。厄于温下午出来的时候没有看到小羊，他马上就想到了狐狸，紧张得浑身燥热，边朝四周寻找，边喊：“基利——基利——基利——基利——小羊！”

“咩——咩——咩——咩！”小羊从山头上应答着，一边朝山的这边探过头来往下瞧。

羊的身旁跪着一个小女孩。

“这只羊是你的吗?”她问道。

厄于温张大嘴巴和眼睛,双手用力地插进裤兜里,说:“你是谁?”

“我是玛丽特,妈妈的小翻版,父亲的小提琴,房屋内的树妖,海德嘉德奥拉·诺迪斯图恩的孙女儿,秋天我就四岁啦——这就是我!”

“你到底是谁?”他大声喊道,长长地吸了一口气,因为她说话的时候他可是没敢喘一口气。

“这只羊是你的吗?”她再次问道。

“是——的!”他抬起眼睛,回答道。

“我已经深深地喜欢上它了;——你不会把它送给我吗?”

“是的,我肯定不会的。”

她躺在那里,踢着脚跟,眼睛紧紧地盯着他,良久才说道:“但是如果我给你一块麻花面包来换这只小羊,你可以答应吗?”

厄于温是穷人家的儿子,他长这么大只尝过一次麻花面包,那还是他祖父来他家的时候带来的,在那之前或自那以后,他从来没有吃过可以与之媲美的美味。他定睛望着女孩,说:“让我先看看面包。”

她不紧不慢地把手里的一大块麻花面包拿出来。

“给你!”她大声喊道,一边把面包朝他扔下来。

“噢!面包摔成碎片了!”男孩失声惊呼,同时极其细心地捡起每一片碎屑。他忍不住尝起了一小片碎屑,真是太好吃了,他不得不又尝了一片,就这样不知不觉间他竟然吞掉了整个面包。

“现在,小羊归我了。”女孩说。

男孩顿时僵在那里，嘴里还留着最后一小片碎面包屑；女孩躺在那里大笑起来，羊儿站在她旁边，朝下面斜斜地扫视了几眼，腹部的毛洁如白雪，棕色的毛发闪闪发亮。

“能拜托你等一会吗？”男孩乞求道，——他的心开始隐隐作痛。

女孩笑得越发厉害，匆忙跪了起来。

“不，这羊现在是我的，”她说着用双臂环抱住羊，然后解下一根袜带系在羊脖子上。厄于温注视着她。她站起身来，开始用力拖着羊；可是羊不愿意跟着她走，伸直脖子越过峭壁的边缘朝厄于温望去。

“咩——咩——咩——咩！”羊儿声声叫喊。

只见那女孩一只手拽住羊毛，一只手拉着袜带，可爱地说：“来吧，小羊儿，马上你就会到我家的客厅吃妈妈和我为你准备的美食喽。”

然后，她唱道：

“来吧，男孩可爱的小羊羔，
来吧，小牛，我的开心果，
快来这里，喵喵叫的小猫咪，
你脚穿雪白的鞋，
一群黄色小鸭，从你的地盘，
过来了，慌里慌张。
来吧，鸽子，永远是那么耀眼鲜亮，
柔软的羽毛闪闪发光！

草地依然湿润，
但阳光即将普照；
虽然现在还是初夏，
秋天不久就会来临。”

男孩站在那里。

从去年冬天小羊出生到现在，一直都是他在照顾着，他从来没有想过有一天会失去它，而现在，一瞬间它就会离开了，他将永远看不到它了。

母亲正从海滩回来，手里拿着一些在海滩涮洗的木桶；她看到男孩盘着腿坐在草地上哭泣，便朝他走去。

“你为什么哭呀？”

“哦，我的羊——我的羊！”

“哎呀，羊跑哪儿去了？”母亲问道，抬眼瞥向屋顶。

“它永远不会回来了。”男孩说。

“天哪，怎么会这样呢？”

厄于温不愿意马上供认。

“是狐狸来把它衔走了吗？”

“哦，我还希望是狐狸呢！”

“你一定是失去理智了！”母亲呵斥道，“羊儿究竟是怎么了？”

“哦——哦——哦！我太不走运了。我为了一块麻花面包卖掉了它！”

话音刚落，他马上就意识到为了一块面包卖掉羊意味着什么；他以前从来没这么想过。母亲说：“你能想象小羊现在会怎么看你吗，你竟然愿意为了一块麻花面包卖掉它？”

男孩自己仔细思量了一番，十分肯定他在这个世界上再也感受不到幸福了——而且他想即使以后在天堂也一样。

沉重的悲痛席卷了他，他发誓再也不做错事了——再也不去砍纺车的线，再也不放开羊的绳索，再也不下山去海边了。他就躺在那里睡着了，梦到他的羊儿已经到了天堂。蓄着长胡须的上帝坐在那里，就好像在教义问答中一样；羊儿正在那儿嚼着树叶，一旁的小树烨烨闪亮；而厄于温却独自坐在屋顶上，再也不能升高了。这时，某个湿湿的东西刺中了他的耳朵，他猛地跳起身来。“咩——咩——咩——咩！”他听到了羊的叫声，原来是他的小羊回来了。

“天哪！你又回来了吗？”他说着，跳起来抓住羊的两只前腿，跳起舞来，好像它是他的兄弟。他拽住羊胡须，准备把它交给母亲，这时他听到身后有人跟着他，便转过头去，看到那个小女孩正坐在他身旁的草皮上。现在他总算是明白怎么回事了，于是他把羊放开。

“是你把羊带回来的？”

小女孩坐在那里，撕扯着草皮，说：“家里人不允许我带这只小羊，爷爷在上面等着我呢。”

男孩站在那里瞪着她，这时从上面的路上传来严厉的喊声：“好了吗？”

小女孩突然记得她该做什么了：她站起来，走向厄于温，把她的一只沾满泥土的小手放进厄于温的掌心，转过脸去，说：“请你原谅。”

但紧接着，她的勇气遗弃了她。她冲向小羊，放声大哭起来。

“我认为你最好把小羊带走。”厄于温支吾着，扭过脸去。

“抓紧时间，快点！”女孩的祖父在山顶催促道。玛丽特站起身来，迈着迟疑的脚步朝山上走去。

“你忘了你的吊袜带。”厄于温在她身后喊道。她转过身来，匆匆一瞥，先是望向吊袜带，而后又望向厄于温。最后，她下了很大的决心，哽咽地回答道：“你可以保留它。”

厄于温朝她走去，抓住她的手，说：“我谢谢你！”

“哦，没有什么好感谢我的。”她回答道，哀怨地叹了一口气，继续朝前走去。

厄于温又坐在草地上，羊儿在他身边踱来踱去，但是他再也不像以前那么快乐了。

二

厄于温把小羊拴在房子的附近，自个儿独自走开了，他眼睛紧紧地盯着峭壁。母亲走过来，在他身旁坐下来；他央求她给他讲些遥远的故事，因为现在羊儿已经不再能够满足他了。于是母亲就告诉他曾经一切事物都可以交谈：大山与小溪交谈，小溪跟河流交谈，河流跟海洋交谈，海洋跟天空交谈；他就问是不是天空不愿意跟任何人交谈，母亲告诉他天空跟云儿交谈，云儿跟树木交谈，树木跟野草交谈，野草跟苍蝇交谈，苍蝇跟野兽交谈，野兽跟孩子们交谈，但是孩子们跟成年人交谈，就这样一直持续下去，周而复始，循环往复，谁也不知道是从哪儿开始的。厄于温注视着峭壁、树木、海洋和天空，他以前确实从来没有认真注意周围这一切。就在那时一只猫窜了出来，在门槛前的阳光下慵懒地舒展开身体。

“猫在说什么呢？”厄于温指着猫问。

母亲唱道：

“黄昏柔和的阳光正缓缓消逝，
门阶上猫儿慵懒地躺着。
两只小老鼠，
奶油醇厚浓香；
四小片鱼肉，
是我从盘中偷来的；
把我的肚皮撑得圆鼓鼓的，
我现在乏力温顺。
猫咪说。”

这时，公鸡在全体母鸡的簇拥下，大摇大摆地过来了。

“公鸡在说什么？”男孩拍着手问道。

母亲唱道：

“母鸡正收拢羽翼，
公鸡正金鸡独立沉思：
嗨，说真的，
你这大灰鹅快点赶路吧，
尽管我肯定她永远不会像公鸡那么聪明，

我祈祷，母鸡们，赶紧找到收容地，
今天的太阳就要落山了
公鸡说。”

两只小鸟停在山墙上歌唱。

“鸟儿们在说什么?”厄于温笑着问。

“亲爱的主人，对那些没有劳苦和烦恼的人来说，
生活多么美好！
鸟儿说。”

这就是母亲的答案。

于是他就明白了万事万物都在说话，即使是在草丛中爬行的蚂蚁和在树皮中奋力工作的幼虫也不例外。

也就在那个夏天，母亲开始教他读书。之前好长一段时间他已经有了一些书，而且还感到纳闷如果这些书也开始交谈，会是怎样一番状况。现在，书中的字母都变成了野兽、鸟儿和其他所有的生物，不久它们就开始一起四处走动，两两成对；a站在一棵叫b的树下休息，c过来加入了；但是一旦三个或四个组合在一起，它们便开始彼此互相迁怒，这时一切都乱了套。他越往下进行，就会发现自己完全忘记了所有的字母；他记得最清楚的就是a，这也是他最喜欢的；但是不久，也被他忘记了，书中不再有故事，只有枯燥的课程。

一天母亲走进来对他说：“明天就要开学了。你要跟我一起

去庄园。”

厄于温以前听说学校是许多男孩在一起玩耍的地方，于是他一句反对的话也没说。他非常高兴；他以前经常到庄园去，但是那时学校并不在那儿。爬山的时候他比母亲走得快多了，他的心情非常迫切。当他们来到一座靠养老金度日的老人们的房舍时，迎接他们的就是一阵喧闹声，就好像家中磨坊内的嘈杂声。他问母亲那是什么声音。

“是孩子们读书的声音。”母亲回答道。他很高兴，因为在他学习字母前他就已经开始读书了。

一进入房舍，他就看到许多孩子围坐在一张桌子旁，人数要比做礼拜的时候多得多；还有一些沿着墙根坐在他们的饭盒上，一些刻有算术表的格子凳上；校长是一位头发花白的老头，正坐在壁炉边的凳子上，往烟袋里蓄烟叶。厄于温和母亲进来的时候，他们都抬起头来，读书声骤然而止，好像磨坊的水源被关掉一般。每一双眼睛都盯着刚进来的人；母亲朝校长敬了礼，校长起身回礼。

“我是把我的小儿子送过来读书的，他想学习。”母亲说。

“孩子叫什么名字?”校长问道，同时在他的皮袋里摸索着烟叶。

“厄于温，”母亲回答道，“他知道他的名字，他能够拼出来。”

“你不要这么说!”校长大声喊道，“过来，小毛孩!”

厄于温走到他跟前，校长把他抱起来放在膝上，摘掉他的帽子。

“多可爱的男娃啊!”他说着，轻抚着厄于温的头发。厄于温抬起头来望着他的眼睛，大笑起来。

“你是在笑我吗？”老人皱起眉头，说道。

“是的，我是。”厄于温回答道，又发出了一阵银铃般的笑声。

然后，校长也笑了，母亲也跟着笑起来，孩子们知道现在他们也获准笑了，于是一起放声大笑起来。

厄于温在笑声中开始了他的学校生活。

他要去座位的时候，所有同学都给他让路；他自己四处寻找了很长时间，而其他的孩子们则是小声嘀咕着，边指指划划。他每个方向都转过去看看，手里拿着帽子，胳膊下夹着书。

“哦，现在怎么样了？”校长问道，他依然在忙着捣鼓他的烟管。

小男孩正准备转向校长，他突然发现近旁壁炉边的一个小红箱子上坐着那个有许多名字的玛丽特；她一直把脸蛋藏在双手后，坐在那儿偷偷看着他。

“我要坐在这里！”厄于温喊道，并且迅速地抓过一个午餐盒坐到她身边。现在她抬起胳膊靠近他一点，从胳膊肘下面偷偷地看向他；他也立刻用双手遮住脸，从胳膊肘下面看着她。他们就坐在那儿开始剪纸，直到她笑起来，然后他也笑起来；其他小朋友看他们这样，也都笑起来；突然一个洪亮得可怕，但说出来的时候变得逐渐柔和的声音插进来：

“安静，孩子们，你们这帮淘气的小鬼，喋喋不休的小鸟们！安静下来，给我乖乖点，小糖豆们！”

这是校长，他有突然发火的习惯，但是会在完全失控前脾气又变得好起来。于是，学校里骤然变得安静起来，直到胡椒研磨机重新开始工作；孩子们大声读起书来，声音抑扬顿挫，一浪高过一浪，意欲达到顶峰取得支配地位；时不时地会有一人声若洪钟，韵律和谐地插进来，声音比别人更响亮。厄于温一生中从未感到如此快乐过。

“这儿一直都是如此吗？”他低声问玛丽特。

“是的，一直都是这样。”她说。

后来，他们不得不走到校长跟前读书；接着校长任命一个小男孩带他们朗读，一会儿他们就获准散开，又都安静地坐下来。

“现在我自己有一只小羊了。”玛丽特说。

“你已经有了？”

“是的，但是，它不如你的漂亮。”

“为什么你再也没有到峭壁上来呢？”

“爷爷害怕我会摔下去。”

“哦，峭壁并不是很高呀。”

“虽然如此，爷爷还是不让我去。”

“妈妈会唱很多歌。”厄于温说。

“爷爷也是，我可以告诉你。”

“哦，但是他不知道妈妈的歌。”

“爷爷知道一首关于舞蹈的歌。你想听听吗？”

“是的，非常想听。”

“好的，那么，朝这边凑近点，这样校长可能就看不见我们了。”

他朝她身边挪近，然后她背了那首歌曲的一小段，重复四五遍，直到小男孩记住了，这是他在学校里学会的第一件事。

"跳舞!"小提琴喊道;
它的琴弦在震颤,
佃户的儿子
跳起来,说"嚯!"
"站住!"欧拉大声喊,
轻微地打了个趔趄;
姑娘们笑出了声,
佃户平身躺下来。
"嚯!"埃里克说,
脚跟朝上挥动;

屋梁吱吱响,
　　墙壁尖声叫。
　　"停!"埃林大声叫。
　　衣领顷刻挺立,
　　将他举起,喘息道:
　　"哦,你太虚弱了!"
　　"嗨!"拉斯莫斯大声说,
屋梁吱吱响,
　　墙壁尖声叫,
　　"停!"埃林大声喊,
　　他衣领紧纠在一起,
　　将他弓起,喘息道:
　　"哦,你太虚弱了!"

“嗨!”拉斯莫斯大声说,
公正的兰迪抓住了;
“来,郑重其事地
吻一下。哦!你懂的!”
“不”兰迪回答道,
机敏地掴了他一下,
匆忙逃开,尖声大叫:
“拿上东西,快跑!”

“起来吧,小家伙们!”校长喊道,“今天是第一天,你们可以早点放学;但是我们必须要先祈祷唱诗。”

整个学校又生机勃勃起来;这些小家伙们从凳子上跳起来,在地板上跑来跑去,你说我笑,一派生趣盎然的景象。

“安静,你们这群小野人,小淘气,小兔崽子!安静下来,轻轻地走过去,小朋友们!”校长说。孩子们安静地回到自己的位子上,校长站在他们的前面,开始了祈祷。然后,他们唱赞美诗,校长以深沉的低音起了调,所有的孩子,双手合十,加进来。厄于温站在队伍的最后面,门的附近,和玛丽特一起,靠近门。他们也合上了手掌,但是没有唱出声来。

这就是他在学校的第一天。

三

厄于温长大后成为一个聪明的男孩,在学校里,他是优秀的学生；在家里，他恪守己责。这是因为在家里，他爱他的母亲；而在学校里，他爱他的校长。他很少看见他的父亲——他要么去很远的地方钓鱼，要么就是照管磨坊，毕竟，大半个教区的人家都指望着他们家磨坊磨面呢。

近来对他的思想影响最大的要数那段关于校长的故事了。那是一天晚上他和母亲坐在火炉边，母亲讲给他听的。这段故事融入他的书本中，渗入校长讲的每句话中，潜伏在一片沉寂的学校教室内。它使他变得温顺和虔诚，使他更容易理解老师教授给他的内容。

校长的故事是这样的：

校长名叫巴尔达，他曾有个弟弟叫安德斯。他们彼此互相尊重，并都应募入伍；他们在城里的时候住在一起，后来参加战争，又在同一连队服役，都被提拔为下士。战后回到家乡，大家都认为他们兄弟俩很出色。如今，他们的父亲去世了，留下一大笔私人财产，很难划分，但这兄弟俩决定把这些财产拿去拍卖以使他们之间不会因财产而产生分歧，这样他们每个人也可以各自买其所需，拍卖所得收益由他们平分。说到做到。他们的父亲有一款大金表，声名远扬，因为它是那个地方的人们曾见过的唯一的金表。拍卖公告贴出后，许多有钱人争先恐后地出价，想要得到这块表，直到最后，这两兄弟开始参与竞标，其余的人才退出。现在，巴尔达希望安德斯能让他拥有这块表，但是安德斯也同样希望巴尔达能够把这块表让给他；他们每一轮出价都是对对方的检验，竞标的时候他们仔细地端详着彼此。当金表的竞价飙升到二十美金时，巴尔达好像觉得他的弟弟表现失常了，因为他持续叫牌，直到加至快三十美金；在安德斯继续叫牌的时候，巴尔达突然觉得他弟弟已经忘记一直以来他对他的好，也记不起他是他的兄长；现在标价已经涨至三十多美金了。安德斯依旧在叫牌。突然，巴尔达冷不丁出价四十美金，然后停下来望着他的弟弟。拍卖室内顿时全场一片静寂，只能听见拍卖主持人重复应价的声音。安德斯站在那里，思忖着如果巴尔达能够出得起四十美金的话，他应该也能出得起；如果巴尔达嫉妒他拥有这块表的话，他还是把这块表带走为好。他出价更高了。这下，巴尔达感觉遭受到了从未有过的奇耻大辱；他叫牌五十美金，叫声非常低。许多人都站在周围，安德斯不明白为什么他的哥哥要在众人面前这样嘲弄他，于是叫牌更高了。最后，巴尔达大笑起来。

“一百美金，外加我的兄弟之情。”他说着，转身离开拍卖房。过了一会儿，他正在忙着给不久前刚买的马装马鞍，一个人跑到他面前。

“金表是你的啦，”那个人说，“安德斯退出了。”

巴尔达一听到这句话，一股悔恨之情顿时涌上心头；他想到了他的弟弟，而不是金表。马鞍已经装好，但是巴尔达却把手放在马背上，不确定是否要骑马离开。这时，很多人都走出来了，其中就有安德斯，当他看到站在已备妥鞍具的马旁边的哥哥时，不知道巴尔达正想着什么，大声朝他喊道：

“谢谢你为这表所做的一切，巴尔达！要是你弟弟再跟着你走的话，这表肯定就不会再运转了。”

“我要是再骑马去农场的话，那表也会失灵的。”巴尔达脸色苍白地回答道，说罢纵身一跃跳上马鞍。

他们俩都再也没有踏足他们曾经和父亲一起居住的房子。

不久之后，安德斯结婚成为一位医生家族中的一员；但是巴尔达没有受邀参加婚礼，他甚至没有被邀请进教堂。安德斯结婚头一年，他唯一的一头奶牛被发现死在房子北边本来拴着它的地方，没有人知道凶手是谁。接连几个不幸事件相继发生，他开始每况愈下。最糟糕的是，他的谷仓，连同里面的一切，在冬天的中旬，被一场大火烧光了，没有人知道这火是怎么发生的。

“这肯定是某个希望我倒霉的人做的。”安德斯说，那天他哭了一夜。现在，他一贫如洗了，而且他已经丧失了所有工作的热情。

第二天晚上巴尔达来到他家。他进来的时候，安德斯正躺在床上，但一看见他哥哥，他突然跳了起来。

“你来这儿想做什么？”他哭喊着，然后静静地站着，眼睛死死地盯着他的哥哥。

巴尔达等了片刻才回答：“我来是希望帮助你，安德斯，你的情况很糟糕。”

“我正在遭遇你希望我遭遇的一切，巴尔达！滚吧，我不确定我能够控制我自己。”

“你错了，安德斯，我很后悔……”

“滚，巴尔达，否则上帝会怜恤我们俩的！”

巴尔达退后了几步，带着颤巍巍的声音嘀咕道：

“如果你想要金表的话，你可以拥有它。”

“滚，巴尔达！”另一个人尖叫道，于是巴尔达离开了，不敢再多逗留片刻。

而对巴尔达来说，事情是这样的：他一听说他弟弟的不幸，那颗冰冷的心开始融化，但是骄傲阻止了他。他觉得有必要去上教堂，在那里他下定了决心，但是他不能够实现。他经常走到很远的地方就为了能够看清安德斯的家，但常常是忽而有人出门，忽而那儿有个陌生人；有时安德斯在门外砍木头，老是有什么东西挡住他的视线。晚冬的一个星期天，他又去了教堂，看到安德斯也在那里。巴尔达看见了他，他变得苍白而消瘦，穿着以前和他经常在一起时穿的衣服，但是现在这些衣服都旧了，上面还打着补丁。在牧师布道的时候，安德斯的眼睛紧盯着牧师，巴尔达心想他看上去友好和善，他想到了他们的童年，那时安德斯是个多善良的孩子啊。巴尔达那天去了圣餐仪式，他向上帝许下庄重誓言，许诺无论发生什么，他都会与他弟弟和好。当他喝着圣酒的时候，这个决心传遍了他的整个灵魂，他站起来的时候想要直接走向他的弟弟，坐在他身边，这时有人挡住了他的路。安德斯没有抬头。礼拜之后，也还是有东西碍着事，那里的人太多了。安德斯的妻子走在他的旁边，巴尔达跟她不熟悉；于是他得出结论，最好是到他弟弟家，跟他认真地谈一次。夜幕降临的时候，他出发了。他径直走到客厅的门口，倾听里面的动静；然后他听到有人提他的名字，是他的弟媳妇提到的。

“他今天去了圣礼，”她说，“他肯定想到你了。”

“不，他没有想到我，”安德斯说，“我了解他，他只想着他自己。”

接下来是一段长时间的沉默；巴尔达站在那里，尽管是在寒冷的夜晚，他却汗如雨下。屋内的妻子忙着照看在炉子上嗞嗞作响的水壶；一个小婴儿时不时地哭上一阵。安德斯摇晃着它。最后，妻子说出了这番话：

"我认为你们两人心里都惦念着彼此，却都不愿意承认这一点。"

"我们谈点别的吧。"安德斯应声道。

过了一会儿，他起身朝门口走去。巴尔达被迫躲进木棚里；而安德斯恰恰是去那个地方拿木柴的。巴尔达站在角落里，能够清晰地看见安德斯；后者已经脱下了那件破旧的节日装，穿着那件与他一起从战场带回的制服，跟巴尔达的相得益彰，而他曾向巴尔达许诺要把这件制服当作传家宝一样珍藏，永远不会再穿在身上，巴尔达也给他许下了同样的诺言。现在，安德斯的制服已经补丁斑斑，破旧不堪，他强壮挺拔的身材包裹在里面，如同包裹在一捆破布里。与此同时，巴尔达听到金表在他自己的口袋里滴答滴答地转着。安德斯走到放柴禾的地方，他没有马上弯腰捡起柴禾就走，而是停下来，向后靠在木柴堆上，抬头凝视着繁星闪烁的夜空。然后，他长叹一口气，嘀咕着：

"哦——哦——哦；上帝！上帝！"

巴尔达有生之年，经常听到这句话回响在耳畔。他想走上前去，就在此刻他弟弟咳嗽起来。对他而言，要走到弟弟面前看起来是如此困难，几乎不费吹灰之力就让他驻足不前。安德斯抱起一捆柴禾，与巴尔达擦身而过，由于近在咫尺，树枝刮到了他的脸，让他感到阵阵刺痛。

足足有十分钟，他站在那里就好像铆钉固定住的罐子一样。我们很怀疑如果这股强大的感情没有一下子攫取了他，让他浑身战栗不止，他肯定是已经离开了。然后，他走开了；他自己也坦诚他太懦弱了，没有勇气走进去，于是，他就酝酿了一个新计划。他从刚离开的那个角落里的灰烬盒里取回一些炭，找到一根树脂棉绒，走进谷仓，关上门，点起了火。他把松树枝点燃后，借着光亮找到了安德斯清晨起床打谷时悬挂灯笼的木桩。巴尔达掏出他的金表，挂在木桩上，吹灭了火离开了。他感到如释重负，像个年轻的孩子一样，在雪地上轻快地跳跃着。

第二天他听说谷仓夜里被全部烧毁。毫无疑问，罪魁祸首是他在挂手表时，从他的火把上掉下的火花。

这个消息完全击倒了他，他一整天都把自己关在屋子里，像个病人，拿出他的赞美诗书，反反复复地唱着，直到屋子里的人认为他疯了。但是，到了晚上，他出门了；外面月光皎洁，他走到他弟弟家，在火灾发生的地方掘着土，如期发现了一小块熔化的金子。这就是那块金表。

他双手紧紧地捧着这块金子走进他弟弟的家，恳求和解，并准备将事情的来龙去脉都解释给他们听。

一个小女孩看到他在灰烬里挖东西，几个男孩在去跳舞的路上发现他朝上周日晚上火灾发生的地方走去，他家里的人证实周一他的表现是多么奇怪，因为大家都知道他和他的弟弟是死敌，消息一经传出，起诉也开始了。

没有人能够提出任何不利于巴尔达的证据，但是嫌疑落在他身上。现在，相比以前，他感觉更不能接近他弟弟了。

谷仓烧掉的时候安德斯想到过巴尔达，但是他没有跟任何人说。第二天晚上，当他看见巴尔达进入他的屋子，脸色苍白，情绪激动，他立刻就想到："现在他被悔恨击垮了，但是，他能够对自己的弟弟犯下如此恶劣的罪行，就不应该得到宽恕。"后来他听到别人说火灾发生的那个晚上看到巴尔达朝谷仓去。尽管审判时没有揭开真相，安德斯还是坚定地认为他哥哥有罪。

他们在审判时相遇了；巴尔达衣着考究，安德斯身上衣服补丁累累。安德斯进来的时候，巴尔达看着他的弟弟，眼神中带着哀怨的恳求，仿佛看进了安德斯的内心深处。"他不想让我说任何话。"安德斯心里想，于是，当被问到他是否怀疑他哥哥的行为时，他斩钉截铁地朗声回答道："不！"

从那天开始，安德斯爱上了酗酒，很快就踏上了自我摧毁之路。巴尔达的情况更糟，尽管他不喝酒，他已经把自己折磨得让以前那些认识他的人很难辨认出来了。

一天晚上很晚的时候，一位可怜的妇人来到巴尔达狭小的出租屋，恳求他陪她走一趟短程。他认识她：他弟弟的媳妇。巴尔达马上明白了她此行的任务；他脸色如死一般苍白，穿好衣服后，一句话也没说，就跟着她出发了。一丝光亮从安德斯家的窗户透过来，闪烁着，跳动着，消失了。他们就被这束光指引着，因为雪地里没有路。当巴尔达再次站在走道里，一股陌生的气味迎面而来，让他恶心作呕。他们进到屋子里。一个小孩站在火炉边吃着炭，他的整张脸上黑黝黝的，但是当他抬起头来大笑的时候，就可以看到雪白的牙齿——这是他弟弟的孩子。

床上躺着安德斯，身上胡乱扔了一大堆衣服，他瘦弱憔悴，前额光滑高突，空洞的眼神紧紧地盯着他的哥哥。巴尔达双膝颤抖，他坐在床脚，再也控制不住自己，嚎啕大哭。床上的病人专注地看着他，一句话也不说。最后，他让他妻子出去，但是巴尔达做个手势让她留下来。现在，这对兄弟俩开始一起交谈了。他们开始回忆过去的点点滴滴，从一起竞拍金表的那天一直到眼下这一刻。巴尔达讲完后，拿出了他一直带在身边的那一团金块，现在，兄弟俩已经冰释前嫌了，这么多年来他们俩从来没有像这一天那么开心。

安德斯没有说很多话，因为他病得很重，很虚弱；但是巴尔达一直在他的床边照顾他。

“现在，我感觉全好了。”一天早上醒来，安德斯说，“现在，我的哥哥，我们会永远住在一起，永远不分离，就好像以前一样。”

但是那天，他死了。

巴尔达负责照顾他的妻子和孩子，从那时起，他们生活得很好。他们兄弟俩在病床边的破冰之谈，冲破了屋墙和夜空，传到教区内所有人的耳朵里。巴尔达成为他们中最受尊敬的人。他被誉为一个经历了大悲又重觅幸福之人，或者一位长时间失踪了的人。感受了众人对他的友好，巴尔达的内心变得更加坚强；他变成了一个真正尽责的人，想要发挥自己的用处，他说。于是，这位老下士开始教书育人。总的来说，他给孩子们的印象就是爱，他始终以爱待人，所以孩子们都喜欢他，把他当作玩伴和父亲。

这就是有关校长的典故，它深深地根植在厄于温的脑海中，已然成了他的信仰和教条。在他眼中，校长俨如一位神仙，超凡脱俗，尽管他就和蔼可亲地坐在那里，朝学生们抱怨着。一次也不被校长教训也是不可能的；但是如果厄于温背诵过关之后，校长给他一个微笑或是轻轻地拍拍他的头，就会让他心暖快乐一整天。

孩子们印象最深刻的是老校长有时会在唱诗前给他们来个简短的演说，至少每周一次会诵读一些关于爱邻居的诗。当他开始读这些诗的开篇时，总是声音颤抖，尽管他已经读了大约二三十年了。诗是这样开篇的：

“用基督徒的热诚爱你的邻居
不要用铁蹄摧毁他
尽管他已俯卧入尘
爱是所有强大的复苏之手
永远用魔杖引领
其所创众生”

但是当他背完整首诗之后，会停顿片刻，然后哭出声来，眼睛里泪光闪闪。

“起来，小怪物们！安静地回家去吧——安静地回去，我可是只能听别人说你们的好话哦，小毛孩们！”

但是，当孩子们极尽喧闹地收起书本和晚餐提桶的时候，他就会扯着嗓子，盖过一切嘈杂，用力喊道：

“明天天亮就来啊，否则我会用鞭子抽你们。小家伙们，明天早点来啊，我们一起勤勉努力。”

四

厄于温举行坚信礼之前的进展按部就班，没什么特别的事情需要详述。他每天早上学习，白天干活，晚上玩耍。

他生性异常活泼好动，邻家的孩子们很快就把在哪儿找到他当作他们玩耍时的例行项目之一。如前文描述的，这里一边是悬崖，一边是树林，前面还有个大山坡一直延伸到下面的海湾；整个冬天，每到那些令人愉快的夜晚和星期天，教区的年轻人就在这儿滑雪。厄于温就是这座山的主人，他还有两个雪橇——“快脚”和“懒汉”；他把“懒汉”租给大型聚会，自己则驾着“快脚”，让玛丽特坐在他的腿上。

那些天，厄于温醒来后第一件事就是看看外面的雪化了没有，如果看见一片灰云低低地压在海湾后面的矮树丛上，或者听见屋顶上有滴水声，他就会慢吞吞地穿上衣服，好像那天没别的事可干了似的；但如果醒来后发现是一个清爽晴朗的霜冻天，尤其又是星期天，可以穿着最好的衣服又不用去干活，只要早上去趟教堂或者参加教义问答就行了，整个下午和晚上都闲着——哈！这孩子就会一个激灵从床上蹦起来，迅速套上衣服，急得像要去救火，饭都顾不上吃一口。下午一到，路上就出现了第一个滑雪的男孩儿，他一边把他的导柱高高挥过头顶，一边大喊着让他的回声在河上的那些山崖间回荡，不一会儿又见一个驾着雪橇的男孩驰骋在路上，然后一个接着一个……这时厄于温就驾着他的“快脚”，从山坡上一路颠簸着冲下来，最后停在后来的那群人里。他那长长的、响亮的叫喊声穿透了海湾上的一座座山峰，消失在远处。然后他会东张西望地寻找玛丽特，但她一来，他就不再注意她了。

那个圣诞节终于来临了，大约是在厄于温和玛丽特十六七岁的那年吧——那年春天，他俩都要举行坚信礼。圣诞之后的第四天，在海德嘉德高地上玛丽特的祖父母的家里有一场派对。玛丽特由她的祖父母抚养长大，他们许诺她办这个派对已经有三年了，终于在这个圣诞假期成功举办，厄于温也受到邀请。

这是个有些多云但并不太冷的晚上，夜空一颗星星都看不到，第二天准是要下雨。皑皑白雪之上，风似乎只在海德田地吹来吹去，搞得人昏昏欲睡，在其他地方它只是掠过而已。在只有一点积雪的路上，一片片光滑的蓝黑冰带卧在雪地和荒凉的田地之间，在视线所及之处闪着鳞鳞片片的光。侧山刚发生过雪崩，因此那道上又暗又空，但两边上都有些雪块和光亮，森林里的桦树树冠相连，投下黑暗的阴影。一点儿水都看不到，只有半裸的草堆和沼泽躺在那些有着深深裂痕的忧郁的山峦之间。平原的中央是密集的花园，在阴暗的冬夜他们好像黑色的土块。从花园中射出的光线照亮了田野，从那些一会儿从这个窗户，一会儿从那个窗户里射出的光亮可以看出房里的忙碌。

年轻人，成年的和未成年的，从四面八方聚过来；他们中只有一小部分是老老实实从路上走过来的，其他的早在到达花园之前就逃了出来，再小心翼翼地前行，这个躲在马厩后面，那几个在库房边，再有几个在谷仓后面待着，他们像狐狸一样尖声叫着，其他人就在远处装猫叫回应；还有一个站在烟熏室后面，像一条生气的坏狗一样乱叫嚷，最后所有人都互相追来追去。女孩儿们成群结队地漫步而来，一些小男生一路聚在她们周围，跟着她们，好像这样他们就成了年轻的绅士似的。有些特别害羞的孩子，就得叫玛丽特过去，劝他们加入大家一起玩耍。也有些时候，会有那么一个谁都不愿请，也不想加入谁的，只愿待在一边看别人玩，除非她能跳上一支独舞。玛丽特会请她最好的几个朋友到一个小房间，看她祖父坐在那儿抽烟斗，听她祖母聊天。老两口给孩子们倒上饮料，逗他们说话。奥伊维德不在这小名单之列，这让他觉得有些出乎意料。教区最好的小提琴手得晚些时候才能来，所以他们先请了以前那个叫格里科纳特的男仆。他能拉四支舞曲，两支跳步舞，一支霍林舞和一支名叫拿破仑华尔兹的老式舞，但渐渐地他不得不改变重音把霍林舞改为沙蒂西步，把跳步舞改为波兰玛祖卡。他开始拉琴，舞会也就开始了。身边的成年人太多，厄于温不敢立刻开始跳，但那些未成年的很快聚到了一起，互相往前推怂着，不时喝上几口浓浓的麦芽酒壮胆，厄于温也和他们一起走到了前面。屋子越来越热，酒精让他们变得兴奋起来。玛丽特那晚几乎一直在舞池里，当然这是因为这次派对是办在她祖父母家的缘故。厄于温总是去看她，但她一直在和其他小伙子跳舞。他也想和她跳，所以就坐着等了一曲工夫，好在曲终时赶去她身边，他这么做了，但是半途被一个头发浓密的黑皮肤高个子抢了先。

“回来，臭小子！”他大声喊道，同时用力推了下厄于温，力道之大，使得厄于温朝后退了几步，差点撞到玛丽特的身上。

这样的事情从来未在厄于温身上发生过，所有的人对他都很好，平常他想参加什么活动的时候也从来没有被人喊过“臭小子”。于是他的脸瞬间变得通红，但他一言不发，抬脚便往回走。那个新小提琴手刚到，落座后正在调琴。人群中一阵沉默，大家都在等待那个首席小提琴手拉出的第一声激昂的乐曲。然而他试了一下琴，又继续调琴，这样持续了很长一段时间。终于，他拉起了一支《春之舞曲》，男孩们狂热地呐喊、跳跃，三个一群，五个一伙，围成了圈。厄于温怔怔地看着玛丽特和一个男孩跳舞，这人身上毛发旺盛，而她则靠在他的肩膀上放声大笑，她整齐的白牙泛着光芒。生平第一次，厄于温感受到自己心中升起了一阵奇怪而又剧烈的疼痛。

他痴痴地注视着她良久，无论如何，此刻的玛丽特在他眼里就像一个花季少女一样。“虽然这不可能，”他想着，“因为她还要跟我们一起沿岸航行。”但尽管她已是一个成年人，舞蹈结束以后，这个发色颇深的男人还是把她拉倒置于自己的膝上；她起身挣脱开，之后仍坐在他的身旁。

厄于温把目光转向这个男人，他身着一套上好的蓝色绒呢西装，配同色系的格纹衬衫，戴一条柔软的丝质颈巾。此人脸小，一双蓝色的眼睛散发出激情和活力，嘴角露出轻蔑的笑容。他英俊潇洒，这一点无可置疑。厄于温目光如炬，盯得越发紧，最后又扫了一眼自己：他今天穿着一条专为圣诞准备的新裤子，他本来对此很是欢喜，现在却觉得这不过是一件灰不溜秋的乡下人衣服罢了；他的外套也是一样的材质，但是又旧又暗；背心是一件格纹的手织品，缝着两个亮色和一个黑色的纽扣，看起来也有些年代了。就这样匆匆一瞟，他觉得自己穿得真是寒酸至极。再看玛丽特，她穿了一条剪裁得体、用料精致的黑色连衣裙，围巾上别了一只银色胸针，手里拿着一条折叠整齐的丝质手帕。她的后脑上戴了一顶小小的黑丝礼帽，在下巴处用一根宽条纹的绸带系着。今晚她看起来很美，脸颊微红，笑容灿烂，旁边的男人跟她说着话，也不时地大笑起来。小提琴手拉起另一首曲子，舞蹈即将再次开始。有一个人走了过来，坐在了厄于温身边。

“你为什么不跳舞啊，厄于温？”他愉快地问道。

“哎呀！”厄于温说，“我有点不舒服。”

“不舒服？”他的同伴喊道，但是他还没来得及再说什么，厄于温问道：

“那个穿着蓝绒面西服，与玛丽特跳舞的人是谁？”

“他是乔恩·汉特伦，之前一直在外面农业学校上学，现在回来要掌管农庄。”

就在这时，玛丽特和乔恩坐下来。

“远处坐在小提琴手旁边一直看着我的浅色头发的男孩是谁？”乔恩问。

玛丽特笑着说：

“他是普兰德森勤杂工的儿子。”

厄于温一直都知道他是勤杂工的儿子，可是直到现在他才真正意识到，这让他感觉自己是多么渺小，比其他人都渺小；为了坚持下去，他不得不努力去回想迄今为止那些让他开心和自豪的事情，他的思绪从海边的山飘到每一句善意的话。他也想到了他的母亲和父亲，他们正坐在家里，希望他能够在外面玩得开心呢，想到此，他几乎不能控制自己的泪水。此刻周围欢腾着人们的欢笑声和吵闹声，小提琴悠扬的琴声飘进他的耳朵，此刻他心底里一些黑暗的情绪正慢慢升腾，但马上他就想到了在学校里跟同学们一起相处的日子，想到了拍着他的头赞许他的校长，想到了在期中考试时递给他书并夸他聪明的牧师。当时他的父亲就坐在旁边，听到牧师的赞许，脸上洋溢着微笑。

“现在要振作起来，亲爱的厄于温，”他感觉他听到了校长这样对他说，仿佛回到了小时候，校长让他坐在他的膝盖上，跟他说着话。“哎呀，这都是些鸡毛蒜皮的小事。事实上，周围的人都很友好，只是看起来好像并非如此。我们两个应该聪明点，厄于温，就像乔恩·汉特伦一样聪明。尽管我们没有好衣服，没有和玛丽特在灯火通明的簇拥着百余名观众的房间里跳舞，我们还是要微笑着谈天说地。以后会有新郎和新娘、牧师，我会在唱诗班里微笑地看着你，母亲会在家里候着你，你还会有一个大农场，有二十头奶牛，三匹马，玛丽特就像上学时一样善良可爱。”

舞会中场休息时，厄于温看见玛丽特坐在他前面的凳子上，乔恩就坐在她的旁边，两人的面孔凑得很近；那股强烈的灼热的痛再次攫取了他，他好像在自言自语：“这是真的，我感到很伤心。”

正在这时，玛丽特站起来，径直走向他，然后俯下身子对他说：

“你不要坐在那儿盯着我看。你应该知道人们都已经注意到了。现在，去找个舞伴，一起跳舞吧。”

他没有作答，但是当他望向她时，他无法阻止在眼窝里一直打转的泪水。玛丽特已经直身离开了，当她看到这幕情景时，停下了脚步，突然脸红得如火烧一般，然后立刻转身回到座位上去。但是落座之后，她马上又转过身来，然后又换了另一个位置。乔恩也立刻跟着她过去了。

厄于温从凳子上起身，穿过人群，来到外面的空地上。他在走廊上坐下来，然后不知道自己究竟想要做什么，他起来，又坐下，想着他不妨就在那儿坐下来，因为坐其他地方也一样。他不想回家，也不想再进去，对他来说都一样。他不能考虑刚刚发生的一切；他不想去想，也不希望憧憬未来，因为他对未来不抱任何希望。

“但是，我现在又在想什么呢？”他自问道，几乎喊了出来，当他听到自己的声音后，他想，“你依然能够说话，你能笑吗？”然后，他试了试，是的，他依然能笑，而且可以大声笑，甚至笑得更大声点。他突然想起独自坐在这儿一个人傻笑，真是非常搞笑，于是，又笑了起来。但是，汉斯，一直坐在他身旁的伙伴，也跟在他之后出来了。

“天啊，你在笑什么呢？”他在走廊前停下来，问道。对于他的问题，厄于温默不作答。

汉斯依然站在那里，好像在等着看将要有什么事发生。

厄于温站起来，警惕地环顾了下周围，低声说：

“现在汉斯，我要告诉你为什么我以前如此开心，那是因为我没有真正爱上任何人。从我们爱上某个人的那天起，我们就会停止开心了。”他突然哭起来。

“厄于温！”一个低低的喊声从院子里传过来。“厄于温！”他停下来，听着。“厄于温，”那喊声又重复了一遍，这次声音稍微大了点。“一定是她。”他想到。

“哎，”他低低地应了一声，匆忙擦干眼泪，往前走去。

一位女士悄悄地穿过院子朝这边走来。

“你在那儿吗？”她问。

“是的，”他回答道，静静地站在那里。

“谁和你在一起？”

“汉斯。”

但是汉斯正想要离开。

“不要走，不要走！”厄于温乞求道。

她缓缓地走近他们，是玛丽特。

“你很早就离开了。”她对厄于温说。

他不知道该如何回答，于是，玛丽特也变得很尴尬，三个人都沉默不语。但是汉斯还是偷偷地离开了。另两个人留在后面，谁也不看着对方，也不离开。最后，玛丽特嘀咕道：

“厄于温，整个晚上我一直把给你的那份圣诞糖果放在口袋里，但是之前我一直没有机会给你。”

她掏出一些苹果，一块从镇上买回的面包和一小半品脱瓶，塞进他手中，让他拿着。厄于温收下了这些。

“谢谢。”他说，伸出他的手，一碰到她温暖的手，他匆忙缩回了自己的手，好像被烫着了一样。

“今天晚上你跳了好多支舞，”他小声说道。

“是的，我是跳了很多，”她回答道，“但是你没怎么跳舞。”她又补充了一句。

“哦”——

"厄于温!"

"嗯。"

"为什么你就坐着像那样看着我?"

"哦——玛丽特!"

"怎么了?"

"为什么你不喜欢我看着你?"

"这儿人太多了。"

"你今晚跟乔恩·汉特伦跳了好多舞。"

"是的。"

"他跳得很好。"

"你这样认为吗?"

"哦,是的。我不知道究竟是怎么了,但是今天晚上我不能忍受你跟他跳舞,玛丽特。"

他转过脸去——这番话让他费了不少心力。

"我不了解你,厄于温。"

"我自己也不了解我自己;我这样做很愚蠢,是吗?再见,玛丽特。我要走了。"

他看也没看,就朝前迈了一步。然后,她在后面叫住了他。

"你对亲眼所见的犯了错误。"

他停下来。

"但是,你已经是一位少女了,这没有错。"

他没有说她之前期望听到的话,于是,她沉默了。但就在那时,他看到一束光从她面前的一个管道里传过来。那是她的祖父,他正转过角落,打算朝这个方向来。他一动不动地站在那里。

“是你在那里吗，玛丽特？”

“是的。”

“你在跟谁说话呢？”

“跟厄于温。”

“你说是谁？”

“厄于温·普兰德森。”

“哦！普兰德森勤杂工的儿子。快点过来，跟我进去。”

五

第二天早晨，厄于温睁开双眼，从一场酣睡和愉快的梦中醒来，他顿觉神清气爽。在梦中，玛丽特一直躺在悬崖上，朝下将树叶扔在他身上；他抓住树叶又重新掷回去。就这样，这些树色上下飘落，色彩缤纷，形态各异；灿烂的阳光照耀着，整个悬崖在耀眼的光线下金光闪闪。一旦醒来，厄于温环顾四周，发觉所有的一切都消失了；然后他就记起了前一天发生的事情，那股灼热的残忍的痛马上攫取了他的心。“这股痛，我是永远不会除掉了，”他心里想道；然后一股冷漠之情由他心底油然而生，仿佛他的整个未来已经抛弃了他。

“哦，你睡了很长时间啊，”他母亲说，此刻，她正坐在他身旁纺着纱，“快点起床吃早饭吧，你父亲已经在森林里伐木了。”

她的声音好像帮助了他；他拥有更多的勇气起床了。毫无疑问，他母亲正想着她自已翩翩起舞的那些日子，因为在厄于温穿衣起床和吃早餐的时候，她就坐在那里，和着纺车转动的声音唱着歌。她的哼唱最后使得他从桌子旁站起来，走向窗户；现在，之前他感受到的同样的无聊和沮丧再度攫取了他，他被迫唤醒自己，想想要干的活儿。外面天气变得恶劣了，空气中已经有些霜冻。昨天看起来好像要下雨，结果今天却下了雨夹雪。厄于温穿上他的雪地袜和水手夹克，戴上皮帽和手套，与母亲道别之后，就扛着斧头出发了。

大片大片的雪花纷纷扬扬地落着；为了到达左边的森林，他费力地爬越沿海的山脉。以前，无论是冬天还是夏天，他翻越这座山的时候总是回想着一些让他开心的往事，或者心怀他一直渴望的东西。而这次爬山对他来说既乏味又疲惫。他在潮湿的雪地上滑倒了，他的膝盖僵直了，要么是在昨天的舞会上落下的，要么就是由于他低落的情绪引起的；他觉得从那年开始伴随着这座大山的所有开心的往事都结束了，永远结束了。他渴望一些不同的事物，当他穿梭在冬雪飘落的树林中时，他这样想道。一只受惊的雷鸟尖叫着，拍打着翅膀飞出几码远，但是其他一切都静悄悄的，仿佛在等着一句从未有人说过的话。但是，他的理想是什么？他并不是很清晰地知道，只知道他的理想不在家里，不在国外，既不是玩乐也不是工作，而是超乎这一切之上的东西，像一首歌一样在上空翱翔。很快地，一切都聚集在某个特定的愿望上，那就是要在春天的坚信礼上成为第一名。一想到此，他的心跳得非常狂野，在他还没有听到颤抖的小树林中他父亲的斧头声之前，这个愿望像一把利剑以前所未有的力道捅着他的心。

他的父亲像往常一样，没有多少话要跟他说；他们一起砍树，然后把木头堆成堆。他们时不时地会碰上头，这时候厄于温悲伤地感慨:“勤杂工必须要努力干活啊!”

“他跟其他人没什么两样,”父亲一边说,一边往自己的手掌心吐了口唾沫,然后又拿起了斧头。

父亲把树砍倒了之后,就把它拖过去堆到木柴堆上。厄于温说:

“如果你是一位农场主,你就不应这么辛苦地干活了。”

“哦!那样的话,毫无疑问还会有其他的东西会让我们痛苦。”说着,他双手握住了斧头。

母亲为他们俩送饭来啦;于是他们都坐下来。母亲情绪高涨,她嘴里哼着小曲,还用脚打着拍子。

“厄于温,你长大后要做什么呢?”她突然问道。

“一个勤杂工的儿子能有多少出路啊。”他回答道。

“校长说你必须要上神学院,”她说。

“上神学院不要交学费?”厄于温问道。

“学校基金会会帮着垫付的,”父亲说,他正吃着饭。

“你想去吗?”母亲问道。

“我想要学些东西,但不想做校长。”

他们都沉默了一会儿。母亲又开始哼小曲了,然后凝视着前方,但是厄于温离开了,独自找个地方坐了下来。

“我们其实不需要借学校基金会的钱,”男孩离开了以后,母亲说。

她的丈夫看着她。

“像我们这样的穷人?”

“托雷,你老是哭穷尤其是当你并不是很穷的时候,这让我很不高兴。"

夫妻俩都偷偷地朝下望,好看看他们的儿子是不是听见了他们的谈话。父亲突然锐利地看着他的妻子。

"你说起来好像你很明智。"

她大笑起来。

"就好像上帝让我们富裕了,而我们却不知道感谢上帝一样。"她说着,变得严肃起来。

"我们一定会感谢上帝的,但不会带着银纽扣。"父亲说。

"是的,但是让厄于温去参加舞会,像昨天那身打扮,就是不感谢上帝。"

"厄于温是勤杂工的儿子。"

"这不是能买得起却不让他穿得体的衣裳的原因。"

"大声说吧,这样他自己也可以听见了。"

"他没有听,但是我倒希望他听见。"她说,然后勇敢地看向她的丈夫,后者正沮丧地放下他的饭勺,拿起了烟袋。

"像我们住的如此破旧的勤杂工的房子!"他说。

"我不得不嘲笑你,总是谈论我们的住所。为什么你从来不说说我们的磨坊呢?"

"哦!你和磨坊。我认为你不能容忍听说它们已经消失了。"

"不,我能够容忍,谢天谢地。愿它们日日夜夜运转,永不停休!"

"现在,它们已经停工了,从圣诞节之前开始。"

"从圣诞节的时候开始,人们已经不在这里磨面了。"

"只要有水,他们还是会磨面的;但是自从新溪那里开了一个磨坊，我们这里的经营就非常惨淡了。”

“校长今天并不是这样说的啊。”

“我应该找一个更谨慎的家伙而不是校长来帮我们管账。”

“是的，至少他应该少跟你的妻子交谈。”

托雷对此没有回答；他刚点燃他的烟袋，现在，靠在一捆木柴上，他的眼睛一会儿望着他的妻子，然后又望望他儿子，最后盯着山头冷杉树枝上半悬着的一个被弃置的乌鸦巢。

厄于温独自坐在那里，未来就在他面前展开，仿佛一条长长的、光滑的冰带，第一次他发现自己躺在冰带上从一个海岸绵亘到另一个海岸。他感觉，贫困从四面包围了他，但是也正因为此，他绞尽所有的脑汁想着突破这贫困。毫无疑问，玛丽特已经永远离开了他；他认为她已经快和乔恩·汉特伦订婚了；但是他已经决定了在整场生命的赛跑中与乔恩和玛丽特竞争。他永远不会再像昨天那样被严词拒绝，有鉴于此，他一门心思都想着如何出人头地，终有所成；如何继续做一番事业，他心中确信自己一定会成功。他模糊地觉得通过学习他会成就最好的自己，稍后他必须要好好考虑学习究竟会让他达到怎样的目标。

晚上有滑雪橇运动，孩子们都来到山上，但是厄于温没有跟他们一起。他正坐在火炉边看书，感觉他一分钟也浪费不起。孩子们等了很长时间，最后，一个接着一个，变得不耐烦了。他们来到厄于温家，脸颊贴着窗棂朝内喊，但是厄于温装作没有听见。其他人也来了，一夜连着一夜，他们在厄于温家屋外徘徊，内心感到非常奇怪。但是厄于温背朝着他们，继续读书，虔诚地要掌握每个词的意思。后来，他听说玛丽特也不跟孩子们一起玩了。他更加勤奋读书了，连他的父亲都认为他用功有些过了头。他变得严肃了，他的脸颊，之前圆圆的柔软的，现在变得越来越瘦，越来越尖，眼神也变得越来越坚定。他很少唱歌，从来不出去玩耍；合适的时机好像从来没有到来。当诱惑来引诱他的时候，他感觉有人在耳边嘀咕："以后吧，以后！"总是"以后！"孩子们划着雪橇，喊叫着，大笑着，就像以前一样，但这并没有诱使厄于温出来加入他们一起玩耍，无论是出于他本人对滑雪橇的热爱，还是孩子们脸颊贴着窗棂大声喊他的名字。渐渐地，他们都离开了，找到其他玩耍的地方，很快，小山就被弃置了。

但是校长很快就注意到这不是往日那个厄于温了，往日的他，读书是因为轮到他了，玩耍是因为那是必须的。他常常与厄于温交谈，百般劝诱和告诫，都没有像往日那样轻易刺探到男孩的内心。他也与厄于温的父母谈论过，交谈的结果就是晚冬的一个星期天的晚上他来到厄于温家，坐了一会儿之后，他对厄于温说：

"来吧，厄于温，我们出去，我想和你聊会儿。"

厄于温穿戴完毕，就与他一起出去了。他们走向海德嘉德高地，一路谈笑风生，但没有什么特别的主题。当他们靠近农庄时，校长转向中心的一个方向，他们喊叫着又朝前走了一小会儿，一阵喜悦迎面而来。

"这里在干什么？"

"这里有场舞会，"校长说，"我们要进去吗？"

"不。"

"你不参加舞会吗，孩子？"

“不，还没有参加过。”

“还没有参加过。那，你打算什么时候参加呢？”

厄于温没有回答。

“你说还没有是什么意思？”

因为年轻人不应答，校长接着说道：

“现在，来，没有这种道理。”

“不，我不去。”

他非常坚决，同时有些生气了。

“你校长的意见在这里，他请求你去跳支舞。”

一段长时间的停顿。

“是不是里面有你害怕看见的人？”

“我肯定我不知道谁在里面。”

“但是有可能某人会在里面哦？”

厄于温沉默了。于是校长径直走向他，把手放在他的肩膀上，说：

“你怕见到玛丽特，是吗？”

厄于温低下头去，他的呼吸变得沉重而急促。

“告诉我，厄于温，我的孩子？”

厄于温没有回答。

“或许你羞于承认，因为你还没有受坚信礼；但是无论如何，告诉我，我亲爱的厄于温，你不会为此感到后悔的。”

厄于温抬起了头，但是没有说一句话，眼神又朝旁边望去。

“最近以来，你一直不开心。是她关心别人胜过关心你吗？”

厄于温依然沉默不语，校长感到有些受伤了，转过身去。他们折返原路。

走了一长段路之后，校长停下来等着厄于温来到他的身边。

“我想你已经急着要受坚信礼吧？”他说。

“是的。”

“那之后你想做什么呢？”

“我想去神学院。”

“然后成为一位校长？”

“不。”

“你认为校长不伟大？”

厄于温没有回答。他们又朝前走了一段路。

“从神学院毕业之后，你要做什么呢？”

“我还没有认真考虑过。”

“如果你有钱的话，我敢说你一定想为自己买个农场。”

“是的，经营磨坊。”

“那样的话，你最好去上农学院。”

“农学院的学生也能学到跟神学院的学生一样多的知识吗？”

“哦，不！但是，他们学的都是之后可以用到的知识。”

“他们也学数学吗？”

“为什么你这么问？”

“我想成为一个好学者。”

“不学数学，你也可以成为一个好学者。”

他们又默默地朝前走，直到看见普拉德森，一束光从房子内射出来，上方的悬崖黑黝黝地耸立在这冬夜里，下面的河面上结着一层光滑的冰，闪着凛冽的光，但是寂静的海湾边的小树林里已经没有了积雪，月儿高悬头顶，在冰上折射出森林里树木的影子。

“普拉德森真美啊。”校长说。

以前，厄于温也认为这些事物很美丽，那时候他用的是同一双善于发现美的眼睛，当时他母亲给他讲幼儿园故事，当他在山坡上滑雪橇的时候，他的视野很美丽。这只是其中的一个美景——一切都在他眼前升华和净化。

“是的，很美丽。”他说，但是叹了一口气。

“你父亲在这里找到了他所渴望的一切；你也应该满意才是。”

这个地方欢快的一面突然消失了。校长站在那里，好像在等着一个答案，但是没有收到任何回应，他摇摇头，跟着厄于温进了屋。他和厄于温一家坐了一会儿，但是不像往常那样健谈，而是沉默着，这样其他人也跟着默不作声。他起身告辞时，丈夫和妻子都跟着他来到屋外，看起来夫妻俩都希望他能够说些什么。然而，他们站在那里，凝视着夜空。

“今晚异常地安静啊，”最后，母亲说，“因为孩子们都去其他地方玩耍了。”

“也没有一个孩子会待在屋里了。”校长说。

母亲知道她指的是什么。

“最近以来厄于温都不开心。”她说。

“啊，不！有抱负的人永远不会开心的。”他以老者的沉稳凝视着头顶寂静的苍穹。

六

半年之后——那是在秋天(考试一直被推迟到那时)——参加考试的主教区考生们坐在牧师雇工的门厅里等待测验开始,厄于温·普拉德森和玛丽特·海德格茨也在其中。玛丽特刚从楼上的牧师那里下来,她得到了一本好看的书,还被赞扬了一番。她和女友们笑着聊着,谈笑间时不时向男生那里瞥两眼。玛丽特的身材已完全发育成熟,她为人亲切随和,从不刻意隐瞒自己的住址。男孩女孩们都知道教区最优秀的竞争对手乔恩·汉特伦在追求她——她自己当然也为此高兴。没有通过考试的一些孩子站在楼下的门边哭泣,而玛丽特她们却在开心地笑着;考生中有一个小男孩,穿着他父亲的靴子,戴着母亲的礼拜日方帕。

“哦,老天,天哪!”他抽泣着说道,“我都不敢回家了。”

男孩的哭声让那些还未被同情的力量充斥的孩子们陷入了一阵沉默。他们感到不安和焦躁,以至于眼口发涩,既看不清东西,也难以下咽——然而这正是他们现在强烈想要做的。

一个男孩坐在一旁,估量着他到底知道多少,尽管几个小时之前他还认为自己什么都知道了,现在却又确凿无疑地发现自己一无所知,甚至连怎样阅读也不懂。

另一个男孩概括了自己的一系列“罪行”,从他能够记事的时候开始算起,一直到现在。他由此断定,即便上帝判定他不能通过考试,也没什么好奇怪的。

第三个男孩坐着,他不会注意到除了自己之外的任何事情:

比如钟摆在他数到二十的时候没有敲响第一声；比如他在走廊听到的声音来自小男仆拉尔斯；比如大雨是如何渗进窗户，按照窗玻璃的轮廓蔓延的。最终决定性的证据在于他能不能成功地把右脚扭到左脚前面——但这对他来说显然是不可能的。

第四个男孩从心底里确信，如果他只被提问到《圣经》历史中的约瑟和教义问答书里的洗礼仪式，或是关于以色列国王扫罗、国家职责、耶稣以及十诫的问题——或者是其他别的——被叫到时，他仍在脑海里排练着这些。

第五个男孩尤其为耶稣的登山宝训[①]着迷，他甚至在梦里梦见过它，确信自己一定会被提问到里面的内容。他不停地默默重复着其中的布道，当他被叫上去回答关于大小先知的问题前，他还在门外一遍遍诵读登山宝训。

第六个男孩想到了牧师，这牧师十分优秀，跟他父亲交情不浅；他也在想着面容慈祥的校长，还有仁慈宽容的上帝，他在雅各和约瑟之前就已普济众生；后来他又想到了他的母亲和兄弟姐妹们，他们在家为他祷告，这一定会起作用的。

第七个男孩放弃了一切原本想要在世为人的理由。曾经他想要努力当上国王、上将或者牧师，彼时现已过去。但在到这里之前，他还想着要出海当一名船长；或者也可以当个海盗，这样可以获得无穷无尽的财富。现在他放弃了这些念头——发大财，当海盗，当船长，甚至当大副；想到水手和终极水手长时，他停顿了

---

① 登山宝训，指的是《圣经·新约·马太福音》第五章到第七章里，由耶稣基督在山上所说的话。其中最著名的是“八种福气”，这一段话被认为是基督徒言行的准则。

一下。确实，要出海是不太可能，还是在他父亲那里当个男仆比较现实。

第八个男孩对他自己的情况抱有更大希望，但仍然不确定，因为即使是最明智的学者都不能打包票。他想到仪式时该穿什么衣服，又在疑惑如果他没有通过考试，这些衣服还能有什么用。如果通过了，他会去城里买一套绒面呢套装，再回到家里，在圣诞节时穿着它跳舞，让所有男孩都嫉妒他，也让女孩们为之惊讶。

第九个男孩的想法稍有不同：他同上帝准备了一本账簿，一边写着“负债”，他一定会让我通过；另一边写着“功劳”，这样我就不会再多说谎话，不会再乱嚼舌根，而是一直去教堂做礼拜，让女孩们单独待在一起，然后打破自己的誓言。

第十个男孩在想，奥勒·汉森去年都通过了考试，那么如果他自己不通过的话，就太不公平了，毕竟他在学校一向表现得更好，更何况他的家庭出身也更高一等。

第十一个男孩坐在他旁边，正在策划着一场对没有通过测验的惊天报复：他不是会放火把教学楼烧了，就是会从教区逃跑，又以审判者的身份回来，谴责牧师和整个学校委员会，然后却会反其道行之，宽宏大度地以宽容取代不公。首先，他会在服役于邻近教区的牧师之家，成为明年的头一名，他的回答一定会令整个教堂为之震惊。

第十二个男孩一个人坐在钟摆底下，两只手都插在口袋里，悠闲地看着聚集在一起的人们。这里没有一个人知道他所要承担的负担和肩负的责任。在家里倒是有个人知道——因为他已经订婚了。一只长腿的大蜘蛛正爬向他的脚；通常他都会一脚踩死这些讨厌的昆虫，但今天却温柔地抬起脚，让它走到安全的地方。他的声音十分温和，眼神也似乎在不断诉说着所有人的美好。他从口袋里伸出了手，把头发理得更加平整。如果他能顺利地从这危险的针眼中穿过，无疑他将会在另一侧重新生长，嚼着烟草，宣布他订婚的消息。

第十三个男孩拳着腿，神情焦急地坐在矮凳子上。他眨巴着眼睛，每秒三次环视着这个房间，他充满热情而又顽固倔强的小脑瓜里，既混杂着疑惑，又结合了对其他十二个男孩的各种想法：从最强烈的希望到最压倒性的困惑，从最谦恭的通过测验的决心到最具摧毁力的报复计划。他在思考着这些的同时，已经咬掉了右手拇指上松动的死皮，现在转而开始咬指甲了，掉在地上一块一块的。

厄于温靠窗坐着，他已经去过楼上测试了，也回答了所有被问及的问题，但是不论是牧师还是校长都没有说什么。一年多过去了，他一直在想象他们俩在知道了自己是这般努力辛劳之后会作何反应，现在他深深地感到失望和受伤。而玛丽特坐在那里——她远远没有他努力，知道的也不比他多——却同时获得了物质和精神上的嘉奖。他所做的努力只是为了提高在她眼中的地位，而现在她却微笑着，轻松赢得了他经过多番自我否定、努力想要获得的东西。她的笑声和玩笑字字都烙在了他的灵魂，她自由走动的事实也让他感到痛苦。从那晚开始，他刻意避免和她对话，他想，这可能会持续很多年；但仅仅是看见她如此开心、优越地坐在那里，就已经足够让他逃到地底，所有他曾引以为傲的决心都像雨后的树叶般纷纷坠落。

他努力想摆脱这种沮丧的感觉。一切都取决于他今天是否能当上第一名,他在焦急地等待着结果。校长习惯于在休息之后拖延一会儿时间,和牧师商讨这些年轻人的先后排序,之后才会走下楼来通报结果。这肯定不会是最终的决定,仅仅是当前他们两个都同意的结果。随着一大批人考完试和通过,对话渐渐变得充满活力起来。但是充满野心的孩子明显地将自己与开心的那些分离开来,后者一找到同伴就着急离开,去给父母汇报他们的好运气去了,还有一些在等没有好的人完成测试;相反,前者变得越来越沉默,眼睛死死地注视着大门。

最终所有的孩子都完成了考试,最后一个也从楼上下来,现在校长一定在和牧师商量结果。厄于温瞥见了玛丽特,她还是和以前一样开心,但是坐在位置上不动,他不知道她是在等着自己的好结果,还是在等别人的。玛丽特变得多么漂亮呀!他从没见过比她更可爱夺目的女孩了;她的鼻子微微翘起,嘴角扬起浅浅的微笑,让人垂涎欲滴。她不直视着任何人的时候就半闭着眼睛,也是因为这个原因,她真正瞥向别人的时候,眼神就会具有想象不到的威力。而且,好像她自己也希望告诉别人她不是有意要这么做的一样,总是半带着微笑。她的头发不是浅色,而是深色的,波浪似的卷发在两边爬过了眉毛,再加上她半闭着的双眼,整张脸给人一种永远不会厌倦学习的印象。当她在人群里单独坐着的时候,从来不能确定她要找的是哪个,也不能确定她转头和人说话时究竟在想什么,因为好像她总是刚给出了什么就立刻收回去。"我猜想,乔恩·汉特伦才是根本原因,"厄于温想,仍然不住地盯着她看。

校长出现了，所有人都起身离座，一下子包围了他。

“我排第几?”——“我呢?”——“那我呢？我多少?”

“嘘，安静！你们这群小大人！别在这里吵吵闹闹的！安静一点，你们会听到结果的，孩子们。”他慢慢地扫视着周围。“你是第二名，”他对一个蓝眼睛的男孩说，这个孩子一直以恳求的目光盯着他看，他随即兴奋地跳出了人圈。“你是第三，”他拍了拍一个一直拽着他夹克衫的红毛小个子。“你是第五名；你第八，”等等。他的目光撞上了玛丽特，“你是所有女孩中的第一名。”她从脸到脖子都涨红了，但仍在试图微笑。“你第十二名，你一直都很懒，这个小淘气，还老是搞恶作剧；你是第十一，也没指望你能更好；你，十三名，下次考试要好好努力了啊，否则就糟了哦。”

厄于温再也不能忍受了；毫无疑问，第一名，还没有提到，但是他一直站着，这样校长可以看见他。

“校长!”他没有听见。“校长!”厄于温重复喊了三声，校长才听见。最后，校长看向他。

“第九名或第十名，我不记得是哪一个了，”他说，然后又转向了别人。

“那么，谁是第一名呢?”汉斯问道，他是厄于温最好的朋友。

“不是你，卷毛!”校长说着，用一卷纸拍着他的手面。

“那么，会是谁呢?”其他人问。“是谁啊？快说，是谁啊?”

“那个第一名的人会知道的啊，”校长坚定地回答道。他不会再回答更多的问题了。“现在，好好回家去吧，孩子们。记得要感谢上帝，要让你们的父母亲开心。也要感谢你们的老校长哦。如果没有他的话，你们肯定要吃不少苦啊。”

他们感谢了校长，欢笑着，快乐地踏上了回家的路，因为此刻他们也正打算回家去见他们的父母呢，他们都很开心。只有一个人落在后面，因为他没有马上找到他的书，而当他找到书的时候随即就坐了下来好像他必须马上再把这些书读一遍。

校长走向他。

“好了，厄于温，你不跟其他人一起走吗？”

厄于温没有作答。

“你为什么要打开书啊？”

“我想看看今天我的回答错在哪里了。”

“你没有回答错误。”

厄于温看向他，泪水盈满了双眼，但是他紧盯着校长，泪水顺着脸颊滴落，一句话也没有说。校长在他面前坐下来。

“考试通过了，你不开心吗？”

厄于温双唇颤动，但没有作答。

“你的母亲和父亲会非常高兴的，”校长说着，看向厄于温。

男孩努力攒足了劲儿要说话，最后，低低地，断断续续地说：

“是——因为我——是勤杂工的儿子，所以我才得了第九或第十名吗？”

“毫无疑问，就是这个原因，”校长回答道。

“那么对我来说工作也没什么用了，”厄于温疲惫地说，他的所有那些光明的梦想瞬间消失了。突然他抬起头来，举起右手，使出所有的力气拍在桌子上，而后整个人俯下身子，双手掩面，伤心地痛哭起来。

校长让他躺下来，尽情地哭出声来——直到哭够了为止。他哭了很长时间，但是校长一直在旁边等待着，直到厄于温的抽泣声越来越微弱。然后他用双手捧住厄于温的头，抬起来，凝视着那张泪水模糊的脸。

“你相信上帝现在就跟你在一起吗？”他说着，亲切地把男孩拥向自己。

厄于温依然在啜泣，但是不像之前那么剧烈了；泪水静静地流淌着，但他既不敢看向对他发问的校长，也没有回答他。

“厄于温，这是一个善意的补偿。你努力学习，不是出于你对宗教的热爱，也不是出自你对父母的爱，你是为了自己的虚荣心而学习。”

校长每说一句话之后屋子里就一片沉默。厄于温感觉到校长在注视着他，他觉得自己在校长的目光下融化了，他觉得自己变得很渺小，很卑微。

“心怀这种愤怒，你能够前来同上帝订立盟约。你认为你能吗，厄于温？”

“不能。”男孩结结巴巴地说，好像他能够。

“如果你站在那里，作为第一名，感到虚荣和快乐，你就不会前来赎罪？”

“不，我应该会的。”厄于温低声道，双唇颤动。

“你依然爱我，厄于温？”

“是的，”说罢，他第一次抬起头来。

“然后我会告诉你是我拒绝你当第一名的；因为我非常喜欢你，厄于温。”

厄于温看向他，眼睛眨巴了几下，泪水像断了线的珠子滚落下来。

“你对我那样做不高兴吗?”

“不。”他抬起了头来直视着校长的眼睛,尽管他的声音哽咽着。

“我亲爱的孩子,我会永远支持你的!”

校长等着厄于温把书都收拾好,说他要陪厄于温一起回家。他们一起慢慢地走着。开始的时候厄于温很沉默,他内心一直在挣扎,但是他逐渐控制住了自己。他相信无论如何已经发生的一切对他来说都是最好的事情;在他回到家之前,他的这个信念一直如此坚定,他甚至为此感谢上帝,并且还将这种想法告诉了校长。

“是的,现在我们可以想想要做出一番事业了,”校长说,“而不是再玩捉迷藏,或者考试争名次了。你认为神学院怎么样?”

“哦,我应该非常想去那里。”

“你想去上农学院吗?”

“是的。”

“毫无疑问,那是最好的;那比校长更有出路。”

“但是我怎么才能够去那儿呢?我非常渴望去,但是我没有办法啊。”

“只要你勤奋努力,我敢说会找到办法的。”

厄于温内心充满了感激。他眼中泪光闪闪,呼吸轻微而均匀,这股无限的爱让他脸上红光焕发,就像我们从同伴那里体检到未曾预期的善良和热爱。在这种时候,我们幻想着我们整个未来就像徘徊在新鲜的山间空气中;我们飘荡着,比我们走得都要远。

他们到家的时候，厄于温的父母都在家，他们一直坐在那里安静地期待着，尽管时值繁忙的农时。校长先进来，厄于温跟在后面；两个人脸上都微笑着。

“哦?”父亲说，放下手中的赞美诗，他正读着“为一个坚信礼考生祈祷”那一页。

他的母亲站在火炉边，不敢说一句话；她在微笑着，但是手在颤抖。很明显，她在等待着好消息，但是又不想让别人看出来。

“我给你们带来好消息了，他每道问题都回答对了，厄于温离开的时候，牧师说他从来没有遇到比他更适合做学者的人。”

“可能吗!”母亲说，倍受感动。

“哦，那很好，”父亲说，偶尔清了清嗓子。

安静了一会儿之后，母亲轻声问：

“他是第几名啊?”

“第九名或十名，”校长冷静地说。

母亲看着父亲；他先看向她，而后再看着厄于温，说：

“勤杂工的儿子不能期望太多。”

厄于温收回了他的凝视。嗓子里再次被什么东西堵住了，但是他很快强迫自己去想他喜欢的事情，一件接着一件，直到嗓子再次顺畅起来。

“现在，我必须要走了，”校长说，点着头，转身离开了。

父母亲像往常一样跟在他后面送到门口台阶处；校长点了一根烟，笑着说：

“毕竟，他会是第一名的；但是直到那天来临，他真正懂得第一名的意义，那样才值得啊。”

“是的，是的。”父亲说着，点点头。

“是的，是的，”母亲说着，也点着头。然后她抓住校长的手说：“我们感谢您为他所做的一切。”

“是的，谢谢您，”父亲说，校长离开了。

他们就站在那里，目送着校长远去。

七

校长让牧师试试厄于温是否能够承受第一名的喜悦，他对男孩的判断是正确的。坚信礼前的三个星期，他每天都和厄于温在一起。让一颗年轻的、脆弱的心屈服于一种印象是一回事，通过信念而取得的收获是另一回事。厄于温经历了一段黑暗的时期才学会选择他的未来目标定在比野心和挑战更有意义的事情上。他常常在工作中丧失了兴趣，突然停止下来：一切都为了什么，通过工作，他又能获得什么呢？——然后，他就会记起校长、校长的话和他的善良；每次他逃离他的崇高使命的时候，这一人类媒介迫使他重新振奋起来。

那些日子他们一直在普拉德森为坚信礼考试做准备，同时还在为厄于温去农学院上学做准备，因为农学院的考试就在坚信礼考试后的第二天。裁缝和鞋匠都坐在家人休息室内；母亲在厨房里烘焙，父亲则在捣鼓着衣柜。在接下来的两年里，人们对厄于温上学要耗费他父母亲多少积蓄议论纷纷，有人说他第一个圣诞节不能回家了，或许第二年圣诞节也无法回来了，也有人说要离开家这么长时间真难啊。他们还说到厄于温所拥有的他父母亲浓浓的爱，他们甘愿为了孩子牺牲自己。厄于温坐在那里，就好像一个自作主张要扬帆起航驶向外部世界的孩子，但是之前被摧毁过，现在又重新被好心人捡起。

这就是谦逊所带来的感受，随之而来的更多。随着伟大的日子逐渐临近，他敢称自己准备好了，也敢信任地告别过去，憧憬未来。每当玛丽特的形象浮现，他总是谨慎地将之挥至一旁，尽管这样做让他心痛万分。他努力反复练习这样做，但没有取得任何进展；相反，那种疼痛则愈演愈烈。最后一个晚上，他心力交瘁，经过长时间的自省后，他祈祷在这件事情上上帝千万不要再来检测他。

考试日渐近结束的时候，校长来了。他们洗漱整洁之后，坐在家人休息室内，就好像平常去聚会或去做晨祷的前一晚一样。母亲很生气，父亲则默默无语；明天的仪式之后，就是分别了，很难确定下一次相聚会是何年何月。校长把赞美诗拿出来，宣布仪式开始，和大家一起唱起来，而后又说了一番简短的祈祷，就好像这些话已经深深印进他的脑海中。

这四个人一直坐到晚上，每个人都抒发了自己的感想，然后他们祝福厄于温明天好运，又嘱咐了一番之后便离开了。厄于温不得不承认，当他躺下来的时候，他从来没有像此刻这样开心地上床睡觉，从来没有在像现在这样睡觉之前顺从上帝的意愿，并且乐在其中。有时玛丽特的脸庞又在他的面前浮现，他意识到的最后一件事就是躺下来，反省自身：不是很开心，不是很开心——他说：是的，很开心；但是又说：不是很开心，是的，很开心；不，不是很开心。

当他醒来的时候，他马上记起了那一天，于是开始祈祷，又重新获得了力量，就好像一个人在早上所做的一样。从夏天开始，他一直独自一人睡在顶楼，现在他起床了，认真地穿上他漂亮的新衣服，因为他之前从来没有买过这样的新衣服。那是一件厚呢夹克，他不得不仔细地检查一遍又一遍，以便于适用它。他刚调整好领子的时候，便挂起一面镜子，现在已是第四次拽扯衣服了。一看见他自己那张满足的脸，反衬在镜子中，开心地微笑着，还有那一头异常光亮的头发，这让他突然想到了肯定又是虚荣心在作祟。“是的，但是人们必须要穿着体面，干净整洁。”他寻思着，脸从镜子前扭过去，就好像照镜子是一种罪恶；“但是可以确定的是，人们不应该为此洋洋得意。”“不，当然不应该这样，但是上帝也一定希望一个人能够使自己看上去体体面面的。”“或许是这样的，但是他肯定更希望你不要如此注意自己。”“那是对的，但是现在一切都发生了，因为一切都如此新鲜。”“是的，但是你必须要渐渐放下旧习惯。”——他陷入异常持续的自我反省的谈话，一会这个主题，一会又那个主题，这样那一天就没有一点罪恶感，没有一点污点，但是同时他知道他内心也有其他的挣扎。

他下楼的时候，父母亲均已穿戴完毕，正等着他下来一起吃早餐。他走上前去，抓住他们的手感谢他们为他买了新衣服，反过来收到的回复是“不用谢”。他们在桌子旁坐下，默默地祈祷，然后便用起餐来。母亲收拾桌子，拿着要带去教堂的午餐盒。父亲穿上夹克衫，母亲围上围巾；他们带上赞美诗，锁好门，便出发了。他们一来到上方的路，便遇到了一些经常去做礼拜的人，有的骑着车，有的步行，其中有很多坚信礼考生，有的结成一团，有的则与头发花白的祖父母一起，当然啦，这些祖父母也很感动还能够出来见证这种伟大的场合。

这是一个没有阳光的秋日，正要变天。云层积聚在一起，又分散开，有时一大团云朵分散成二十几块小云，迅速在天空有序地掠过，仿若风暴就要来临。但是下面的地球上，依旧一片沉静，树木一片死气沉沉，连一片叶子也不动，空气中一片沉闷；人们带着外套，都没有穿上。一个超乎寻常大的人群聚集在教堂周围，站在一处空旷地。参加坚信礼的孩子们马上进入教堂，好在仪式开始之前被安排到自己的位置上。然后就是校长朝他们走过来，点着头，微笑着，他穿着一件蓝色的厚呢西服，一件大礼服，一条长及膝盖的短裤，一双高帮鞋，带着一条僵硬的围脖，一支烟袋从外套的后口袋里伸出来。他忽而拍拍这个考生的肩膀，忽而又跟另一个考生说话，回答大声清晰，同时一路走到捐款箱前，厄于温正站在那儿，回答他的朋友汉斯问他关于旅途的所有问题。

“日安，厄于温。你今天看起来挺不错的啊！”他拽住他的夹克领子好像要跟他说话。“听着。我认为你一切进行得很顺利。我一直在跟牧师说，你会保住你的位置的，成为第一名的，有条不紊地回答吧！”

厄于温抬起头来惊讶地看着他，校长坚定地点点头；男孩抬腿走了几步，停下来，又走了几步，又停下来。“是的，情况确实如此；他跟牧师说我的事情了。”他步履轻快地走上自己的位置。

“最终，你会成为第一名的，”有人朝他嘀咕着。

“是的。”厄于温低声回答道，但是并不是很确定他自己是否敢这么认为。

位置分配结束了，牧师已经来到，铃声响起来了，人们蜂拥进教堂。然后厄于温看见玛丽特·海德嘉德就站在他前面；她也看见他了；但是他们都很敬畏这一神圣之地，因此没敢互相打招呼。他只注意到她美得令人目眩，她的头发没有盖住；还有很多他从未发现的美丽。厄于温，半年多以来一直在设想站在她对面的画面，而现在当这一刻到来之时，他完全忘记了地点和她，忘记了他竟然还曾想到过这些。

校长努力让他们振奋起来；事实上，现在他们意识到他们俩都在逃避历时两年的分离，而在这之前，他们一天也没有分开过；但是他们都不愿意承认这一点。后来厄于温变得越来越沮丧，他不得不出去透口气，让自己恢复镇静。

现在已经是黄昏时分。空气中弥漫着奇怪的声响。厄于温站在门口台阶处，眼睛盯着上面。然后，他听到有人在悬崖边沿叫他的名字，声音轻柔；这不是错觉，因为声音重复了两次。他抬起头来，模糊地分辨出是一个女人趴在树丛中在朝下看。

“是谁啊?”他问。

“我听说你要离开了，”那个声音低低地说，“所以我才来跟你道别的，因为你不会到我那儿去。”

“天啊！是你吗，玛丽特？我会去和你道别的。”

“不，请不要来。我已经等了很长时间，如果你要来，我还要等更长的时间；没有人知道我在哪里，我必须要马上回家。”

“你真好，还过来跟我道别。”他说。

“我不能忍受你就这样离开，厄于温；我们从孩提时代起就互相认识。”

“是的，是这样的。”

“现在我们已经半年没有互相说话了。”

“是的，是这样。”

“那时候，我们也是如此奇怪地就分开了。”

“我们确实是这样。我认为我必须要去找你。”

“哦，不要，千万不要来！但是请告诉我，你已经不再生我的气了？”

“天啊，你怎么会这么认为呢？”

“那么，再见，厄于温，感谢我们一起曾度过的快乐时光。”

“等等，玛丽特！”

“事实上，我必须要走了；他们会想念我的。”

“玛丽特！玛丽特！”

“我不敢再多待一会了，厄于温，再见！”

“再见！”

后来他四处走动，就好像在梦游一样，有人喊他的时候，他也是茫然地应答。如果把这归因于他的旅途，看起来很正常；事实上，在晚上校长来跟他告别的时候他满脑子想的还是这件事，竟然完全没有注意到校长塞到他手里的东西，竟然是五美元钞票。但是后来，他上床睡觉的时候，想到的不是旅途，而是从悬崖边沿传下来的那些话，以及那些又涌上心头的往事。小时候，玛丽特是被禁止到悬崖上来的，因为她祖父害怕她会摔下来。无论如何，或许有一天她真的会下来。

八

亲爱的父母亲：

我们现在比刚来的时候学习的内容更多了，但是我现在与别的同学的差距不像刚来的时候那么大了，学习并没有那么艰难。等我回家的时候，我会把父亲的很多东西改造一下；因为那儿很多东西都是错误的，能赋予它们本来就有的旺盛的生命力真是一件美事。我应该用在这儿学到的知识让一切走上正常轨道。我想去一个可以将我所学的知识付诸实践的地方，因此当我结束这儿的学习后必须要找到一个很好的工作。在这里，没有人像家乡的人一样认为乔恩·汉特伦很聪明；但是因为他有自己的农庄，这也就与任何人无关。许多从这里毕业的学生都挣得很高的薪水，这是因为我们学校是国家最好的农学院。有人说隔壁街区的那个农学院更好，但这绝不是真的。这里奉行两个词：一个是“理论”，另一个是“实践”。最好是两者都有，因为如果没有其中一个，另一个就什么也不是，但是后者更好点。前者意味着要理解一项劳动的原因和原则，后者，就是要能够实施和履行，比如拿沼泽地来举个例子。很多人都知道应该怎样处理沼泽，然而他们的做法还是错误的，因为他们没有能够将他们的知识付诸实践。而另一方面，许多善于治理沼泽的人，却不知道应该怎么做，因此他们也把沼泽处理得一团糟，因为沼泽也分很多种。但是我们在农学院里理论和实践都学。我们的督学技艺娴熟，无人能比。在上一届全国农业会议上，他主持了两场讨论，其他督学只有一场，经过仔细考虑后，他的意见一直都能得以保留。上上届讨论会，他没有出席，结果整场会议就只是一些不着边际的漫谈。教授调查的中尉也是督学在全面评估了他的能力之后聘任的，因为其他学校没有中尉。他很聪明，是军事学院最好的学者。校长问我是否做礼拜。是的，我当然做礼拜，我们这儿的牧师有位助手，他的布道让我们感到恐怖，但是听他布道确实很开心。他属于挪威首都奥斯陆的新宗教，人们认为他太严格了，但是他严格点对他们有好处。现在我们刚学了历史，这个我们之前还没学过，因此也很好奇地去了解世界上发生过的事情，尤其是我们自己的国家的历史，因为我们总是赢，当然撇去我们的损失不谈，然后我们拥有的也越来越少。我们现在拥有自由，没有其他国家像我们现在这样拥有这么多的自由，除了美国；但是美国人并不快乐。我们应该热爱我们的自由胜过一切。现在我要搁笔了，因为这封信我已经写得够长的了。我想，校长会看我的信。如果他答应了替你们给我回信，请让他告诉我一些其它信息，因为他自己从来不跟我讲其它事情。现在请接受你们挚爱的儿子对你们的忠心问候，厄于温·托勒森

亲爱的父母亲：

现在我必须要告诉你们我们已经考过试了，我有好几门课都得了“优秀”，写作和调查是“良好”，但是挪威文作文只得了“及格”。督学说，这是因为我阅读得还不够多，他送了我一份礼物，是奥利·维格的书。这些书真是无与伦比，我深深领悟到这些书的全部精华。督学对我很好，他告诉我们很多事情。他说这里的

一切都远比不上他们在国外所拥有的;我们几乎一无所知,但是跟苏格兰人和瑞士人学会了一切,尽管我们是跟荷兰人学的园艺。许多人去参观过这些国家。瑞典人也比我们聪明,督学本人就到过那里。我已经到这里快一年了,我认为我已经学到了很多知识;但是当我听说那些通过考试的人的学识后,便认为如果他们不跟外国人有所接触的话,他们可能不会取得任何成就,于是我开始灰心丧气。而且,与国外相比,挪威的土壤比较贫瘠,土地的产出并不会跟我们的付出成正比。此外,人们不再愿意吸取其他人的经验,即使他们愿意,即使土壤状况有所改善,他们也没有钱培育它。能让农作物茁壮生长真是很了不起啊。我现在在最高的班级,再过一年就要毕业了。但似乎我的许多同伴已经回家了,我非常想家。我感到很孤单,尽管我实际上我并不孤单。但是一个人独自待久了以后就会有这种感觉。我曾经想过我会是一位优秀的学者,但我没有取得预期的进步。当我离开这里后我该何去何从呢?首先,当然啦,我会回家;然后,我想我会去找些事做,但是一定不能太遥远。现在,再见了,亲爱的父母亲!向那些问询我情况的人问好,告诉他们我在这里很开心,但是现在我又想回家了。你们挚爱的儿子,厄于温·托勒森·普拉德森

亲爱的校长:

我写这封信就是想问问您是否把那封信送出去了,并且没有跟任何人说。如果还没有的话,请务必要把信烧掉。

厄于温·托勒森·普拉德森

致最高贵的少女，海德嘉德高地的玛丽特·克努斯丹特·诺尔迪斯图恩：

毫无疑问，收到我的信，你一定感到很惊讶。但是，你不必如此，我只是想问问你的近况。你一定要尽快给我回信，告诉我一些细节。至于我，我不得不说我还有一年就要完成学业了。

此致

厄于温·普拉德森

致农学院的厄于温·普拉德森：

校长按时把你的信转给了我，我会回信的，因为你有此要求。但是我很害怕这样做，因为你现在是学识丰富了；我有一个可以代写信的人，但是这于我并无帮助。于是我不得不自力更生，请你务必体谅我这苦衷，但是请不要把我的信拿给别人看，如果你那样做，你就不是我认为的那个你了。你也不准保存这封信，那样的话，别人可能会看见，你必须要烧毁它。你必须要对我保证会这么做。我想写很多事情，但是我不敢。我们今年有个好收成。土豆的价格卖得很高，我们海德嘉德有很多土豆。但是今年夏天熊给牛造成了很大伤害：它杀死了奥利·内德加德家的两头牛，还严重伤害了我们勤杂工家的一头，以至于他们不得不杀了这头牛卖牛肉。我正在织一块很大的布，就好像苏格兰彩格布，这活儿很难。我还要告诉你我现在仍然待在家里，另外，很多人想要我织的布呢。现在我没有什么要说的了，因此我必须要跟你再见了。玛丽特·克努斯丹特 另：请务必烧了这封信。

致农学院的厄于温·普拉德森：

正如我之前告诉你的，厄于温，与上帝同行的人会拥有一些优良传统。但是现在你必须听从我的建议，那就是千万不要对这个世界充满渴望和忧虑，而是要相信上帝，不要让你的心毁灭了你，因为如果你那样做，你就有了另一个上帝。然后我必须要告诉你，你的父亲和母亲身体都很健康，但是我的一个髋关节出了点问题。现在战争又爆发了，一切都处于水深火热之中。年轻时种下什么样的籽，年老时必须要收获什么样的果，这话对身体和心灵来说都很正确。现在年老了身体阵阵刺痛，忍不住让人悲叹。但是老年人不应该抱怨，因为吃一堑，长一智，疼痛可以锻炼一个人的耐心，这样或许可以坚强地走完最后的旅程。今天我出于很多原因拿起笔来，首先也是最重要的，是为了玛丽特。她已经成为一个害怕上帝的少女，但是她的脚步像驯鹿一样轻快，脾气却变幻无常。她很高兴遵守一件事情，但她的本性却阻止她这样做。但是以前我经常看见拥有一颗脆弱之心的上帝很宽容，正长期经历着苦痛，他不允许他们受到超出他们能力之外的诱惑，以防他们破成碎片，因为她是如此脆弱。我按时把你的信交给了她，她把它藏起来不让任何人看见，除了她自己的心。如果在这件事上上帝都愿意助一臂之力，我没有什么可以反对的，因为玛丽特对男青年最具吸引力，这一点显而易见。她身上具备很多俗世的优点，神圣的优点也有，包括她那古怪的脾气。她对上帝的害怕就像浅池塘里的水：下雨的时候才有，太阳出来后马上就干涸。我的眼睛现在也快不行了，远处的东西可以看得很清楚，而当看近处的小东西时便感觉到刺痛，流眼泪。总之，我建议你，厄于温，无论你有何种欲望，做出何种承诺，都要让你的上帝与你同在，因为《圣经》上说：满了一把，得享安静，强如满了两把，劳碌捕风。你的老校长，巴尔达·安德森·乌普达尔

致最高贵的少女，海德嘉德高地的玛丽特·克努斯丹特：

我很感谢你给我回信，按照你的吩咐，我看完信后，就把它烧毁了。你写到很多事情，但是没有写我希望你能够写的内容。我在不知道你各方面如何的情况下也不敢说任何具体的事情。校长的来信也没多大指望，但是他表扬了你，他说你是古怪精灵。事实上，那是以前的你。现在我不知道想些什么，因此你必须要写，因为只有你回信我才会感觉好些。刚刚我还清晰地记得我离开前的最后一个晚上你到悬崖来，还记得你当时跟我说的话。这次我就不多说了，再见。

此致，厄于温·普拉德森

致厄于温·托勒森·普拉德森：

校长给了我你的另一封信，我刚刚看完，但是我不怎么理解，我敢说，这是因为我学识不够。你想知道我各方面情况怎样：我现在身体健康，心情愉快，没有什么要烦的事情。我痛快地吃饭，尤其是牛奶粥。我晚上睡觉，白天偶尔也睡。今年冬天我跳了很多舞，因为这里有很多派对，我玩得很开心。积雪不是很深的时候，我会去做礼拜；但是今年我们这里下了很多雪。现在，我想，你知道所有的事情了。如果你不知道的话，我就再也不会想起更好的事情来告诉你了。玛丽特·克努斯丹特

致最高贵的少女，海德嘉德高地的玛丽特·克努斯丹特：

我已经收到了你的来信，但是你看起来好像跟我之前一样懵懂无知。或许这注定是个答案。我不知道。我不敢写出我的心里话，因为我不理解你。但是有可能你也不理解我。你不能认为我不再是原来的我，那个坐在一旁看你跳舞时，任你挤出水的软奶酪。从那时起我已经做出改变了。我也不像那些长毛狗一样，人家稍一挑逗，便垂下耳朵，逃之夭夭，就像我以前一样。现在我能够经得起烈火的考验了。你的信写得妙趣横生，但是你总在不该开玩笑的时候开玩笑，因为你很了解我，你应该明白我实际上想问的并不是运动。但是因为时隔太久，我想不起别的，只有问你那个了。我一直在焦虑地等待着你的回信，结果却只等来一些无关痛痒的话和笑声。再见了，玛丽特·海德嘉德，我不应该注视你太久，就像我在那次舞会上那样。祝福你们俩吃好，睡好，早日建好你们的新闻站，最重要的是，愿你能铲除教堂门前的积雪。
你最尊敬的，厄于温·托勒森·普拉德森

致农学院的农学家厄于温·托勒森：

尽管我年事已高，眼睛已经老花得很厉害，右髋疼痛难忍，我还是要答应年轻人的要求，因为当他们陷入困境的时候我们这些老家伙就被他们需要了。他们引诱我们，哭哭啼啼，直到跳出困境，重获自由，然后便立刻弃我们而去，不再理会我们的任何建议。现在轮到玛丽特了。她对我说了许多甜言蜜语引诱我和她一起给你写了很多话，因为不是她独自给你写信，让她感觉安全点。我已经读了你的信，她认为她要去找乔恩·汉特伦或其他傻瓜来回信，而不是去找一个接受校长巴尔达培训过的人；你瞧，现在她进退两难了。不过，你确实太严肃了，因为有一种女人喜欢借玩笑来逃避哭泣，她认为这两者之间没啥区别。但是，你对严肃的事情严肃对待，这让我很高兴，否则的话，你就不能嘲笑无稽之谈。关于你们俩的感情，现在从很多事情来看，很明显，你喜欢她；而对于玛丽特，我常常心存怀疑，她就像风一样飘忽不定。但是，我现在已经知道，尽管如此，她拒绝了乔恩·汉特伦的追求，为此她的祖父怒火中烧。当你向她表白爱意的时候，她很开心，如果她写信开玩笑，那也是出于高兴，而不是要伤害你。她已经承受了很多，而且一直在这样做来等待她心仪的人儿。现在你却不要她了，就这样像扔掉一个淘气的孩子那样扔掉她。这就是我想要告诉你的。我必须要多说一句，你应该理解她，因为你已经发现了足够的无法苟同之处。我就像一个过了三代的老人，见过了愚蠢也尝尽了它的教训。你的父母让我转达他们对你的爱。他们都期待你回家，但是我之前不愿意提及这个，恐怕你会想家。你不了解你的父亲，他就像一棵树，平时沉默无语，直到被砍倒了才会呻吟两声。但是如果曾经有什么不幸降到你头上的时候，你就会为他性格的丰富内涵感到惊奇。他一直在承受着沉重的负担，对一些凡尘俗事默默忍受。但是，你的母亲拯救他脱离了焦虑的深渊，现在阳光开始冲破了雾霾。我的眼睛变得越来越模糊了，我的手也拒绝再继续往下写了。因此我请你代我向那些视力很好的人，那些手永远不知疲惫的人致意。巴尔达·安德森·乌普达尔致厄于温·普拉德森：

你好像对我很不满意，这让我感到很悲伤。因为我本不想让你生气。我的本意是好的。我知道我经常对你有失公允，这也是我现在给你写信的原因。但是你不可以把我的信给任何人看。曾经我拥有我期望的一切，那时候我并不友好；但是现在没有人在乎我了，我很不幸。乔恩·汉特伦编了一首讽刺我的歌，所有男孩都争相歌唱，我不敢再去跳舞了。老年人也都知道这件事，我不得不听一些冷嘲热讽。现在我正一个人坐着给你写信，你一定不要把我的信给别人看。你学了很多知识，应该能够给我建议，但是现在你却远在他乡。我经常下去看你的父母，也跟你的母亲经常交流，我们已经成为好朋友；但是我不想告诉你我们谈话的内容，因为之前你的来信很奇怪。校长只会取笑我，他对那首讽刺歌一无所知，因为教区内没人会给他唱这样的歌。现在我一个人孤单地站着，没有人说话。我记得在孩提时代，你对我如此地好；我一直坐在你的雪橇上，我真心希望我又回到孩提时代。我不能要求你给我回信，因为我不敢如此要求。但是如果你能够给我再回一次信的话，我会终生铭记。玛丽特·克努斯丹特

请烧了这封信，我几乎不知道我是否敢寄出它。

亲爱的玛丽特：

谢谢你的来信，你在一个幸运的时刻写了这封信。现在我来告诉你，玛丽特，我深爱着你，爱到我几乎不愿再在这里待着了。如果你也真的同样爱着我的话，乔恩的那些讽刺歌和其他人的冷嘲热讽就好像树上那些过于繁茂的叶子。自从收到你的来信后，

我感觉像换了个人，因为我体内仿若注入了之前双倍的力量，在这个世界上我无人可惧。我发出上封信之后，一直很后悔，差点为此生出病来。现在你就会知道这样的结果是什么了。督学把我带到一旁，问我究竟怎么了，他还想着我是学习太过刻苦。然后他告诉我等我结束我的学年后，我或许可以在这里免费再学一年。我可以帮他做些杂活，他将会教给我更多知识和技能。然后我就想那份工作是我唯一能够用来维持生计的，我非常感谢他；然而我并不为此后悔，尽管现在我很想念你。但是我知道我在这儿待得越久，将来我就能够为你争取更好的权利。现在我有多高兴啊！我工作起来一顶仨，任何事情绝不落后。但是你必须要有一本我现在正在读的书，因为书内有很多关于爱的内容。每天晚上别人在睡觉的时候我都在看书，然后我再反复看你的信。你曾经想过我们见面时的情景吗？我经常想，你也一定要试一试，看看有多有趣。我真的很高兴我学习刻苦，兢兢业业，虽然学习很辛苦，但我毫无怨言，因为现在我可以把我高兴的事儿说给你听。我会再多给你些书看，然后你就会明白那些真正彼此相爱的人曾经历多少波折，他们宁愿抱憾而死也不愿放弃彼此。那就是我将要做的，而且是怀着最大的喜悦去做。说实话，我们还要有将近两年才能再相见，要真正拥有彼此还需要更长的时间。但是每过去一天，我们等待的日子就减少了一天；当我们工作的时候我们必须要有这种想法。我的下一封信会写很多事情，但是今天晚上我没纸了，其他同学都已入睡。现在我要去上床睡觉了，想着你，直到入睡。你的朋友，厄于温·普拉德森

九

仲夏的一个星期六，托雷·普拉德森划着小船过河去接他的儿子厄于温，厄于温结束了农学院的课程那天下午要从农学院回来。厄于温的母亲几天前就雇好了几位妇女打扫屋舍，擦洗过的一切都很整齐干净。卧室已经整理得井然有序，架了一台火炉，供厄于温取暖。今天，母亲拿出新鲜的蔬菜瓜果，取出干净的亚麻床单，开始铺床。她时不时地朝外看，想瞧瞧是否能够看到湖上有船只过来。房间里的餐桌上摆满了丰盛的美味佳肴，却总感觉还缺了点什么，或者要去掉些什么。卧室内满是灰尘，持续地灰尘飞舞。仍然没有船过来。母亲斜靠着窗户，望着湖水；然后她听到路上传过来一阵很近的脚步声，便转过头来。原来是校长，他正慢慢地走下山来，由一位教师搀扶着，因为髋部疼痛把他折磨得够呛。他那双智慧的眼睛看上去很冷静。他停下来休息，朝她点点头：

“还没有来吗？”

“没呢，我每时每刻都在等着他们回来。”

“今天真是个制作干草的好天啊。”

“老年人出来走走也很暖和啊。”

校长看着她，笑着说：

“今天有年轻人外出吗？”

“是啊，但是又离开了。”

“是的，是的，那当然了；今晚某处很可能会有聚会哦。”

"我猜会有的。托雷说他们不会在他家聚会除非有老人的同意。"

"对,很对。"

就在这时,母亲叫道:

"来了!我认为他们来了。"

校长朝远处看去。

"是的,是他们。"

母亲离开窗户,他走进屋内。他休息了一会,喝了点东西后,他们已经准备靠岸,可是小船却朝着他们猛冲,因为父亲和儿子都在划桨。划桨人已经脱掉他们的夹克,水在他们的划动下冒着白色的浪花,这样小船很快就与那些等待的人靠近了。厄于温转过头,看到了靠岸处的两个人。他放下桨,喊道:

"您好,妈妈!您好,校长!"

"多么阳刚的声音啊,"母亲说,脸上泪迹斑斑,"哦,天哪,他还像以前那么可爱。"她补充道。

校长慢慢靠近船边。父亲放下桨,厄于温绕过他,跳下船,先是与母亲握手,然后再与校长握手。他不停地笑着,然后就开始滔滔不绝地讲考试啊、旅途啊、督学的证书啊以及收到的很好的offer,这与当地农民的习惯截然相反。他问到了庄稼和一些昔日好友的情况,只除了一个人。父亲停下来把船上的东西搬到岸上来,但是也想听听他们的谈话,他觉得这些行李可以暂时放在这里,于是便加入了其他人的谈话。他们朝家里走去。厄于温一路谈笑风生,母亲也开心地大笑,因为她完全不知道该说些什么。校长在厄于温身旁缓慢地走着,仔细地瞧着他的学生;父亲离他们有一小段距离。就这样，他们到家了。厄于温看到眼前的一切很是开心：首先因为房子粉刷了；然后呢，磨坊也变大了，再就是家人休息室和卧房那些沉闷的窗户已经被换掉了；绿玻璃换成了白玻璃，窗框也加大了。他一走进房屋，感觉一切都变得小得不可思议，一点也不是他记忆中的模样，但是这一切都显得很快乐。时钟像一只肥母鸡一样滴滴哒哒地响个不停，雕刻的椅子看起来好像会说话；他知道桌子上每一个盘子都在他面前展开，刚刚洗白的火炉微笑着欢迎他回家；墙上的绿色装饰物四处散发着芬芳，满地蔓延的杜松呈现出一片节日的气氛。

他们都坐下来用餐；但是也没吃多少，因为厄于温一直在滔滔不绝地讲个不停。其他人都在静静地看着他，悄悄地观察这孩子哪些地方变了，哪些地方还没变；看看他究竟有了哪些新变化，甚至他身上穿的那件蓝色的厚呢西装。他在讲他的一位同伴的故事，故事很长，终于要总结收尾了，他停顿了一下，父亲趁机说道：

“我几乎听不懂你说的话了，孩子，你说得太快了。”

他们都开怀大笑起来，厄于温也不例外。他知道这是真的，但是对他来说要他说慢点也是不可能的。他在离开家远赴他乡求学的这段时间里看到的和学到的新事物和新知识深深地影响了他的想象力和理解力，让他背离了他已经习惯的礼仪，他那些长期沉睡的器官被唤醒，他的大脑也开始持续地积极地运转起来。此外，他们还注意到他习惯随意地说上两三个词，然后再匆忙地一遍又一遍地重复着。他好像有点结结巴巴。有时候看起来很荒谬，但是他马上大笑起来，然后就让人忘掉了这些插曲。

校长和父亲坐在那里想看看他是否已经忘记了昔日的一些事，结果好像并非如此。厄于温清晰地记得一切，甚至还提醒其他人应该把船上的行李搬上岸来。他立刻打开他的衣服包，把衣服挂起来，把他的书、手表和所有新东西都拿出来，一切都收拾得井井有条，他母亲说。他对他的小房间尤为满意。他说，他会在家里待上一段时间，边帮忙制干草边学习。他不知道他以后会去哪里，但这对他来说没什么不同。他现在才思敏捷，思维活跃，而且还能淋漓尽致地表达自己的感情，这让一个整年都在压抑自己感情的校长感到精神焕发。他仿佛一下子年轻了十岁。

“现在我们已经离他很远了。”他起身离开时，笑容满面地说。

母亲像往常一样送他到门口，然后她把厄于温喊进卧室。

“有人九点钟在等你。”她低声说。

“在哪里？”

“悬崖上。”

厄于温瞥了一眼钟，已经快九点了。他在屋子里待不住了，走出去，攀上悬崖，在崖顶停了一下，环顾四周。房子就在正下面，屋顶的灌木丛更加茂盛了，周围的那些小树都长大了，他能认出每一棵树。悬崖边有一条小路，周围是另一边的森林，他一直朝小路延伸的方向望去。灰色的小路静静地躺在那里，庄严肃穆，但是旁边的树林却活力焕发，里面种着各种各样的树。这些树高大挺拔，长势很好。小海湾内躺着一艘白布帆船，里面装满木板，就等着海风吹来，扬帆起航。厄于温望向水面，它曾载着他离开，又载着他归来。海水在他面前铺展开，水面平静得不起一丝波纹；一些海鸟掠过水面的上空，但是没有发出任何声响，因为天色已晚。他父亲从磨坊回来正朝家走，他在门阶前停了一下，四周环顾了一下，就像他的儿子刚刚做的那样，然后走到海边把小船收好过夜。母亲这时出现在房屋里，之前她一直在厨房忙活。她经过院子给母鸡喂食的时候，抬起头朝悬崖上看，看了又看，然后开始哼着小曲儿。厄于温坐下来等待。林下的灌木丛太过繁密，挡住了他的视线，虽然他不能看得很远，但他静听着哪怕最细微的声响。很长一段时间他什么声音也没有听到，只有鸟儿扑哧着翅膀飞翔的响动，又过了一会儿听到一只松鼠在树丛间跳动的声音。最终，远处传来了一阵响动；这响动停了一会儿，又重新响起来。他站起身来，心跳加速，血往脑门上冲；然后一个东西冲破灌木丛靠近他。它是一条毛发蓬松的大狗，这条狗一看见他，马上用三条腿支撑着身子停下来，竟然没有丝毫的抖动。这是海德嘉德高地的狗，在它身后可以听到另一阵骚动。大狗转过头去，摇着尾巴；这时玛丽特出现了。

一根灌木挂住了她的裙子；她转过身去解开，这样当厄于温看见她的时候，她是站着的。她头上没戴帽子，头发扎起来，就像女孩子通常的打扮；她穿着一件厚无袖格子裙，脖子上除了一个向下卷的亚麻布领，什么也没有戴。她刚刚在田里干活偷偷溜过来，根本没来得及换衣服。现在她斜眼朝上看，微笑着；洁白的牙齿闪闪发光，一双水汪汪的大眼睛也在半睁的眼皮底下炯炯发光。她就那样站了一会儿，摆弄着手指，然后走上前来，每前进一步，脸也羞得越来越红。他走上前去迎接她，把她的手掌握在他的掌心内。她的眼睛一直望着地面，就这样他们站起身来。

“感谢你给我写的所有信。”这是厄于温说的第一句话。她稍微抬起头，笑起来，他觉得她就是他能在森林里遇到的最调皮的巨怪，但是他被捉住了，很显然，她也被抓住了。

“你长得好高啊。”她说，其实话外有着不同的意思。

她仔细地端详着他，笑个不停，他也跟着大笑起来；但是他们什么也没说。大狗坐在斜坡上，巡视着农庄。托雷从水面上看到狗头，他一生都不能理解它怎么会出现在上方的悬崖上。两位年轻人现在已经松开了彼此的手，开始交谈了。一旦开始慢慢往前走，厄于温便开始滔滔不绝起来，玛丽特不得不嘲笑他。

“你瞧，这就是我开心——真正开心的时刻啊，你瞧瞧；我们两人一旦冰释前嫌，看起来好像打开了我心中的锁——让我大敞心门。”

她笑起来，然后，说：

“我几乎记住了你写给我的所有的信。”

“我也记住了你的。但是你给我写的信总是很短。”

“那是因为你总是希望信写得越长越好。”

“而且每当我期望我们应该就某事进行更深入的交谈，你就换了话题。”

“‘当你看见我的尾巴的时候，我正在展现我最优美的舞姿。’山泽仙女说。”

“啊！原来如此。你从来没有告诉我你是如何摆脱乔恩·汉特伦的。”

“我大笑。”

“什么？”

“大笑。不要告诉我你不知道什么是大笑？”

“是的，我可以放声大笑。”

“让我见识一下！”

“谁听说过这样的事啊！说真的，我必须有笑料才可以笑。”

“我就不需要，开心的时候就笑。”

“你现在开心吗，玛丽特？”

“拜托啦，我现在不是在笑着吗？”

“是的，你是在笑着，真的。”

他拉过她的双手放在他的双手内，合在一起，分开，又合在一起，反反复复，眼睛盯着她的脸庞。这时候狗开始叫起来，它毛发竖立，朝着下面什么东西狂吠，越叫声音越响亮，最后变得非常愤怒了。玛丽特警觉地跳回去，但是厄于温走上前来，朝悬崖下望去。原来狗是在朝他的父亲狂吠。他正站在悬崖底下，双手插在口袋里，盯着狗看。

“你们在那里吗，你们俩？上面的狗疯了不成？”

“这是海德嘉德的狗。”厄于温有点尴尬地回答道。

“它怎么会到上面去的啊？”

这时母亲从厨房的门伸出头来，她一听到那可怕的噪音，马上就知道发生什么事情了。她笑着说：

“那狗每天都在那儿溜达，所以没什么好大惊小怪的。”

“哦，我不得不说那是一条凶恶的狗。”

“如果我打它一下的话，它会变乖点。”厄于温想，于是他就去做了。

狗停止了狂吠，但还是在低哮。父亲走开了，好像什么事情也没有发生，悬崖上的两个人安全得没有被其他人发现。

“这个时间很好。”玛丽特说，他们彼此互相靠近。

“你希望以后再糟糕些吗？”

“我知道一个人会密切注意我们——我知道。”

“你的祖父？”

“是的，是他。”

“但是，他不会伤害我们。”

“一点也不会。”

“你保证？”

“是的，我保证，厄于温。”

“你真美丽，玛丽特！”

“狐狸这样对乌鸦说，它得到了奶酪。”

“我也想得到奶酪，我向你保证。”

“你不会得到的。”

“但是我会争取。”

她转过头去，但是厄于温并没有接受。

“但是我可以告诉你一件事，厄于温。”她说话的时候，侧过头去。

“嗯？”

“你长得多亲切啊。”

“啊！无论如何，你要给我奶酪了，是吗？”

“不，我不会的。”她又转过身去。

“现在我必须要走了，厄于温。”

“我跟你一起走。”

“但是不能越过树林；祖父可能会看见你的。”

“好的，不越出树林。天啊，你是在跑吗？”

“怎么了，我们不能在这里肩并肩走。”

“但这样也不是一起走啊？”

“来，抓住我吧。”

她跑开了，他在后面追她；很快她跑进了树林里，他从后面抓住了她。

“我永远抓住你了，玛丽特？”他的手放在她的腰上。

“我想是的。”她说着笑起来，脸色羞红，但很严肃。

“哦，现在是时候了。”他想，于是想去亲吻她；但是她低下头躲到他的胳膊下，笑着跑开了。然后她在最后一排树前停下来。

“我们什么时候再见面呢？”她低声问。

“明天，明天！”他低声应答。

“好的，明天。”

“再见。”她继续跑。

“玛丽特！”她停下来。“你说我们第一次约会就在悬崖上，不是很奇怪吗？”

“是的，是很奇怪。”她又笑着跑开了。

厄于温良久地注视着她远去的身影。狗在她前面跑着，吠着；玛丽特跟在后面，试图让它安静下来。厄于温转过身来，摘下帽子，扔向空中，抓住，然后又扔向空中。

“现在我真的认为我开始快乐了。”男孩说，哼着歌朝家走去。

十

一个夏日的午后，厄于温的母亲和另一个女孩在耙干草，父亲把干草收进屋，此时，一个光头男孩蹦蹦跳跳地从山丘那跑来了。他光着脚丫，越过草坪，走到厄于温面前，递给他一个纸条。

“你脚力真好，哥们。”厄于温说。

“有人付钱让我送来的。”男孩答道。

厄于温问男孩是否需要回信，男孩回答说不需要。因为有人正沿着男孩来时的路往这里来，所以男孩选择了越过悬崖的路回家。厄于温颇费功夫才打开纸条，因为纸条先是被折成长条，打了结后又封起来的，上面写着：

“他正在来的路上，但是动作慢慢悠悠的，快到树丛里藏起来。

——你认识的人”

厄于温想：“我才不会做这种事情。”然后他轻蔑地望着小山坡，不一会儿，一位老人出现在坡顶，他走走停停，不时地停下来休息。托雷和他的妻子都放下手中的活儿朝山顶看去。托雷微笑了，但是他妻子却变了脸色道：“你知道他是谁吗？”

“当然，想要认错都难。”托雷道。

他后脑勺秃得厉害，圆胖的脸上布满了皱纹，小眼睛一闪一闪的，眉毛浓密，牙齿很是坚固，全都健在。说话时声音尖锐刺耳。他年轻时富有活力但性急易怒，经历了人生的挫折和不幸之后，变得越发暴躁多疑。奥勒老人到来之前，父子俩已经来来回回搬了很多次干草了，他们都知道他这次来一定不怀好意。父子俩步伐庄重，不时低声耳语，气氛变得更加滑稽。

在这种情形下，任何切中要害的只言片语都会引人发笑，尤其是这种不适宜发笑的场合。最后，虽然奥勒老人离他们已经很近了，但是这距离老半天都不见缩短，厄于温低声说道："那人身上一定背了千金重的东西。"要知道，现在任何言语都会让人发笑。

"我想你真的不太明智。"父亲低语道，虽然他已经笑出来了。

"喀……喀……"奥勒老人的咳嗽声从山边传来。

"他已经清好嗓子，准备发话了。"爸爸低声道。

儿子一下子跪到干草堆前，将头埋进干草堆里，开始大笑起来。父亲也弯下腰来，和儿子窃窃私语："我们到谷仓里去。"说着抱起一堆干草便跑走了。儿子厄于温也笑弯了腰，抱起一堆干草追了过去，一进谷仓便把干草丢在了地上。父亲本是个严肃的人，但是一旦笑起来，起初是慢慢地轻声笑，偶尔会发出哈哈大笑，然后笑声会越来越大，同时伴随着阵阵喘息。儿子笑得躺到了地上，父亲站在他旁边，两人都笑得前仰后合。他们很少才会笑得如此开心。

"但这倒是挺不方便的。"爸爸说。

最后，老人差不多到了，他们都不知道该如何收场了。

"我是不会出去的，他和我可没什么关系。"父亲说。

儿子说："那么我也不会出去的。"

"喀……喀……"谷仓外传来了奥勒老人的咳嗽声。

父亲向儿子挥手示意。

“走，我和你一起出去！”

“好，你先！”

“不行，你得马上离开。”

“好，还是你先走。”

他们为对方拍掉身上的灰尘，步态严肃地向前走。奥勒老人面对着厨房门站着，一副若有所思的样子。他一只手持着拐杖拿着帽子，一只手正用手帕擦头上的汗珠，同时将耳后和肩上的头发捋顺。儿子厄于温站在父亲的身后，使得父亲不得不待在原地。为了尽快结束这一切，父亲庄重地问：“这位老先生是出来散步的吗？”

奥勒老人转过身来，目光锐利地看着他，戴上帽子后回答道：“是的，看起来是这样。”

“您该是累了吧，为什么不进去歇息一下呢？”

“啊！我在这里休息就很好了，我要办的事情用不了多久就可以办好。”

有人半开着厨房门往外看，老人就站在她和托雷之间，由于头发稀少，老人的帽子有些大了，所以帽檐卡得很低，压在眼睛上方。为了看得清楚，老人用力把头往后仰，右手持着拐杖，左手不做手势的时候，手紧贴身体放着。当他把手伸在半空中捍卫自己尊严的时候，显得活力十足。

他突然问道：“站在你身后的是你的儿子吗？”

“是的。”

“他叫厄于温，是吗？”

“是的，大家都这么叫他。”

“我想，他应该是在南部的某个农业学校上学吧。”

“是有这么个学校，是的。”

“我的孙女玛丽特，最近疯了。”

“那太不幸了。”

“她拒绝结婚。”

“真的吗？”

“她不愿意嫁给任何一个向她求婚的男孩子。”

“啊，真的吗？”

“但是别人说是因为你儿子厄于温，她才会这样的。”

“他不可能做这种事！”

“当我把马放出去满山遍野地跑动时，我可不希望别人把他们牵了去，正如我虽然允许孙女和男孩们跳舞，但是绝不允许别人拐跑她。”

“那是自然。”

“我老了，不能和他们一起，不能永远守护她。”

“哪有，您没那么老。”

“你知道的，我有自己的规范和秩序，障碍物必须立在那边，斧头必须放在那里，刀必须放在那儿，他们需去扫那边的地面，垃圾必须扔到不远处的角落里，而不是仅仅扔出门外或者其他什么地方。所以当我对我孙女说‘不是这个而是那个的时候！’我心里希望的是让她选择那个，而不是这个。”

“当然。”

“但是现在却不是这样，三年来，她一直在违抗我的安排，我们这三年相处得一直不太愉快。如果他是罪魁祸首，作为他的父亲，你听好了，他这样做不会有任何好处的，还是赶紧放弃吧。”

“是，是。”

老人看了托雷一会，接着说：“你的回答都很简短。”

“话和香肠一样，简短而实用。”

尽管厄于温没心思笑，但还是忍不住想笑。

“你在笑什么？”奥勒的语气变得短促而尖锐。

“您说我？”

“你是在笑我吗？”

“怎么可能，天理不容。”但是他自己的回答让他越发想笑了。

奥勒看到这副情景，变得怒不可遏。托雷和厄于温此时都希望用庄重一点的表情赔罪，并且想赶快撤退。但是奥勒压抑了三年的怒火怎肯轻易罢休，正在寻找发泄的途径呢，实难平息。

“你休想愚弄我，”奥勒开口了，“我此次前来完全是合理合法的，我在捍卫自己孙女的幸福，狂妄自大的年轻人，你的笑可阻止不了我，没有人家会把养大的女孩子嫁给一个男仆，也没有人会把经营了四十年的家产交给一个玩弄女孩子感情的人。我女儿因为嫁给了一个浪子而名声尽毁，他们双双饮酒过度而早亡，剩下我来抚养孙女，为他们的荒唐买单，我保证，绝对不会让孙女步我女儿的后尘，你最好放明白点！我是海德的奥勒·诺丁斯坦恩，牧师不久就会颁布对住在诺达森林的人的禁令，是不会有神职人员替你们俩主持婚礼的，圣诞节小丑！你以为你真的可以赶走那些条件极佳的追求者吗？你只要敢来，定会被摔下山坡。你这只窃笑的狐狸！我想你一定是认为我猜不到你和我孙女在合计什么，是不是？你以为我会早早进了坟墓，然后你们就可以在一起了,想都别想,我才六十六岁,小子,我会向你证明,我会活到直至你两人耗尽精力为止!你也可以像雪花落在房子上一样黏着她,但是你连她的鞋底都别想看到,我会把她送出教区,送到安全的地方去,你就在这里像啁啾的松鸡一样闲逛,和雨水和北风结婚吧!而你,作为他的父亲,我想我的观点你也都明白了,为了你儿子的幸福,你最好还是把他领上正道的好,别打我孙女和我财产的歪主意。"

他说完便转身走了,迈着碎步,令人讨厌。因为跛足,他右脚比左脚迈得高些,边走还边自言自语地咒骂着。

所有人都沉浸在一片严肃的气氛中,不祥的预感取代了戏谑和玩笑,一瞬间,这房子像经历了打斗,被洗劫了一样。妈妈透过厨房的门听到了一切,她焦急地看着儿子的眼睛,险些落泪,她没有说话,生怕加重儿子的负担。厄于温和父亲进了屋子,父亲靠窗坐下,朝老奥勒走的方向望去,一脸的认真,儿子密切注视着父亲的面部表情,因为他将要说的话几乎可以决定两个年轻人的未来。如果父亲和奥勒一样反对,那么他几乎就不能再反抗什么了。厄于温陷入了沉思,他想到了一个又一个障碍,心生恐惧。他一度眼中只有贫困、反对、误解、受伤的自尊心,还有一切他试图紧握但是最终消散了的事物。母亲的举动使他更加不安,她的手紧握厨房门的把手,不确定自己是否有勇气留下来听父亲的决定,最终,她还是没有勇气留下来,慢慢地走出门去了。父亲目不转睛地盯着窗外,儿子不敢说话,毕竟父亲需要足够的时间好好考虑这件事。厄于温紧紧地盯着父亲,他先是满心的焦虑,后来慢慢恢复了镇定。"只有死亡能让我们分离。"厄于温边看着父亲皱起的眉头边这样想。接着，父亲叹了口气，站起来，扫视了一周，看到儿子的眼神，他停下来，两人对望了良久。

“我觉得你应该放弃，人应该对恳求或者威胁而得到的东西产生犹豫的，但是如果你打定主意坚持到底的话，你得告诉我你什么时候才有成功的机会，说不定我还能帮助你。”

父亲接着去干活了，儿子也跟了上去。

当天晚上厄于温就制定好计划了，他会拼命努力成为这里的农学家，然后向督管和校长寻求帮助。“如果她坚持到底绝不动摇，希望老天帮忙，我定努力证明自己并赢得机会，和她在永远一起。”

那晚，他等了玛丽特整整一夜，最终还是没有等到她出现，他边走边唱起他最爱的歌：

抬起头，渴望的男孩

完成梦想吧，否则就会两败俱伤

你的眼神里充满喜悦

希望的光芒在闪耀

抬起头凝视啊

你会发现希望在召唤

千万种语言

歌唱着和平的消息

抬起你的头

撑起蓝色的拱顶
当竖琴弹起时
尽情摆动、欢喜、跳跃

抬起你的头，放声歌唱
让希望在春天里发芽
让力量强大，让生命发光，
让希望肆意生长

抬起头，接受洗礼
高处的梦想虽易破碎
但是希望的光芒在普照
照亮每个朝气蓬勃的生命

十一

这是中午休息的时候，海德嘉德高地的人都在午睡，干草散落在草地上，草耙斜插在地面上。谷仓桥下是运输甘草的雪橇，旁边放着马具，马儿就拴在稍远处。除了这些马儿和远处田野里闲逛的几只母鸡，整个平原没有一点生气。

农庄上的群山间有个峡谷，峡谷内的路通向海德嘉德高地牧场——广阔肥沃的山间平原。一个男人站在峡谷内，观察着下面的平原，好像在注视着某人。他后面是一个山间小湖，小湖又分出一条小溪，款款而流，使得山川可以由此经过。湖的两边都有牛道，通向远处的高地牧场。远处飘来一阵喊叫声和狗吠声，牛铃在群山中回响；因为牛儿已经散开各自去寻找水源，狗儿和牧童都在徒劳地努力将它们聚拢起来。牛儿用最为荒谬的姿势疾奔而来，极不情愿地投进牛群，发出短促疯狂的怒吼。它们尾巴朝上，冲进水中停下来；每一次它们摇动头部，牛铃的叮当声都会悠扬地穿过水面。狗儿也喝了点水，但是是站在后面的陆地上；牧童们跟在后面，坐在温暖光滑的山边。就在这里，他们取出午餐盒，边吃边互相交流，吹嘘他们家的狗儿、牛儿和与他们生活在一起的家人，然后脱下衣服，跳进水中和牛儿一起嬉戏。狗儿坚持不跳进水里，只在岸上慵懒地闲逛。它们低垂着头，眼睛热得红红的，耷拉着舌头。山坡的周围看不到一只鸟，也听不到一点响动，除了孩子们的嬉闹声和牛铃的叮当声；石楠花也被烈日烤焦了，干枯了。太阳火辣辣地照在山坡上，大地万物都被它灼伤了。

而厄于温就这样坐在中午的炎炎烈日下，等待着。他坐在自己的衬衫袖子上，紧挨着那条从湖边分流而出的小溪。然而，还是没有人出现在海德嘉德平原上，他逐渐变得焦虑起来。这时一条大狗拖着沉重的步伐从诺迪斯图恩一家大门冲出来，后面跟着一位穿白袖衬衫的女孩。她轻快地穿过草坪朝悬崖方向走去。他内心急切地想朝下喊住她，但是却不敢这么做。他仔细观察了下农场，看看是否有人会出来发现她，然而好像完全没有被侦探的危险。几番巡视过后，他不耐烦地站起身来。

她终于沿着小溪旁的那条小路姗姗来迟，狗儿跑在她的前面，朝空气中嗅着鼻子。她双手抓住矮灌木，拖着越来越疲惫的步伐小心翼翼地走着。厄于温跳下去；狗儿咆哮起来，马上被制止住安静下来。但是玛丽特一看见厄于温来了，马上在一块大石头上坐下来，脸红如血，筋疲力尽，差点热昏了。他飞快地奔过去坐在她旁边。

“谢谢你赶来。”

“天真热，路真远啊。你在这里等很久了吗？”

“没有很久。因为晚上我们受到监视，我们必须要利用中午的时间。但是从今以后，我认为我们不要再这样秘密地幽会了，也不要再费这么多周折了；这就是我想跟你说的话。”

“不要这样秘密地？”

“我知道一切都秘密进行最让你开心，但是能够表现出我们的勇气也会让你开心。今天我想跟你长谈一番，现在你必须要听我讲。”

“你想成为我们教区的农学家，是真的吗？”

“是的，我希望能成功。我这样做有双重目的：第一，为我自己赢得一个职位；但是第二也是主要的，是要取得你爷爷能够看到和理解的成绩。幸运的是，很巧，海德嘉德的许多财产持有者都是那些希望改善、急需帮助的年轻人。他们也有钱。因此，我会从他们之间开始。我会帮助他们管理一切，从马厩到水管；我还要去教学和工作；我会用我的善行公平地赢取你爷爷的认可。”

“这番话真是慷慨激昂。还有吗，厄于温？”

“哦，剩下的只跟我们俩有关。你一定不可以离开。”

“如果我爷爷命令我，也不可以？”

“我们必须要坦诚相待，彼此不要有秘密。”

“即使他折磨我?”

“如果公开交往,我们收获的会更多,也能更好地守卫爱情。我们必须要经常在众人面前出现,让他们不得不经常谈论我们俩是如何互相爱慕,这样的话,他们就会更快地祝福我们一切进行顺利。你不可以离家出走。邻人的闲言碎语可能会让那些相爱的人分开。第一年我们没有注意邻人的闲言碎语,但是第二年我们开始渐渐相信了。我们俩要一周约会一次,对人们在我们中间造成的伤害一笑置之;我们应该经常在舞会上出现,步调一致,直到一切都为我们歌唱,尽管那些中伤我们的人就坐在周围。我们会在做礼拜的时候遇见,彼此互相招呼,这样就会吸引那些希望我们能分开百余里的人的注意。如果有人要为我俩编歌的话,我们会一起坐下来,然后一起起身应对;如果我们齐心协力,我们一定能成功的。如果我们要在一起,就没有人能够伤害我们。所有不幸的爱情都属于那些胆怯的、虚弱的、生病的或会算计的人,他们一直在等待着特殊的机会眷顾;或者属于那些狡猾的人,他们最终为自己的狡猾付出惨痛的代价;或者属于追求感官刺激的人,他们并不是很关心彼此,忘记了头衔和区别。他们写情书,因情书中的词句而颤抖,最终他们误把恐惧、血液内持续的不安和骚动当作爱情,落得可怜的下场,所有的甜言蜜语都烟消云散。哼!如果他们真正彼此深爱,他们就不应有恐惧;他们应该大笑着,在众人的微笑和祝福中,公然来到教堂的门口。我在书本中读到这些,自己也曾预见自己的那一幕情景。选择秘密路线的爱情是可怜的。爱情当然应该始于秘密,因为爱情初始时是害羞的;但是爱情应该生活在光天化日之下,因为爱情是幸福的。就好像树叶变色，那些要生长的事物是掩藏不住自己的，无论如何，你看那些干枯的叶子刚从树上落下，新叶马上就发芽。拥有爱情的人会扔掉他以前钟情的所有废弃的死亡的垃圾，琼浆玉液油然而生，流淌不息。那时难道没有人会注意到吗？嘿，我的姑娘！他们看见我们幸福的时候也会感到开心；互许终身、坦诚相待的两个人对别人也是有益的，因为他们为那些互相怀疑的父母传递了一首诗，好让他们的孩子用心铭记。我读过许多这样的例子，有些人仍然活在教区内人们的记忆中，那些讲述这些故事并为其感动的人就是那些始作俑者的孩子。现在，玛丽特，我们俩要联起手来；我们要承诺彼此相偎相依。一切都会好起来的。哈哈！”

他作势要拥过她的头，但是她扭开了，身体从石头上滑下去。

他坐在原位；她折回来，胳膊靠在他的膝盖上，蹲下身与他谈话，眼睛看向他的脸。

“听着，厄于温；如果他下定决心要将我赶出家门，那将怎么办呢？”

“那么你一定要说不，就这样说。”

“哦，天哪，那怎么可能？”

“他不能把你拖到外面塞进马车里的。”

“如果他没有那样做，他会有更多其他方式来强迫我的。”

“那我倒不信；你应该服从，这倒是真的，只要服从的不是罪恶。但是你也有责任让他完全理解对你来说这个时候要服从他很难。我保证当他看到这一切他会改变想法的；现在他像许多人一样认为这一切只是幼稚的废话。向他证明我们之间是认真的。”

“他不会为这种事浪费时间的，我可以向你保证。他认为我就是一只拴着的小羊羔。”

“但是你一天有好几次要挣扎着摆脱他的牵缚。”

“那不是真的。”

“是的，你是这样的；每次你偷偷想我的时候都是在挣扎着要摆脱他的牵缚。”

“这样说来，是的。但是你真的非常肯定我经常想起你？”

“如果你不想我的话，你就不会坐在这里啦。”

“哦，天哪！不是你捎信让我来的吗？”

“但是你来了是因为你的思想驱使你来这里。”

“而不是因为天气如此美好。”

“刚刚你还说今天太暖和了。”

“是的，上山；但是又下去？”

“为什么你要上来呢？”

“我会再跑下去的。”

“你为什么不在来这里之前跑下去？”

“因为我必须要休息。”

“跟我谈谈爱情？”

“让你享受聆听的乐趣是件很容易的事。”

“当鸟儿在歌唱。”

“其他人都在睡觉。”

“铃声叮当响。”

“在阴暗的小树林里。”

这时他们都看见玛丽特的祖父慢悠悠地出来进入农庄，拉动钟绳叫醒农场上的工人。工人们缓慢地从马房、棚屋、房子内走出，睡眼惺忪地朝他们的马和草耙移动，零落地分散在牧场上，于是一切又呈现出勃勃生机的忙碌景象。只有祖父进出各个房间，最后爬上最高的谷仓桥，朝外面看。远远地有个小男孩朝他跑来，一定是他之前叫过这个男孩。男孩自信地朝普拉德森的方向跑开了。然而，祖父却在农庄里四处走动，不断地朝上看，至少怀疑“大岩石”上的黑色斑点是厄于温和玛丽特。现在是玛丽特的大狗第二次惹麻烦了。它看见一匹陌生的马骑进海德嘉德，认为自己应该履行自己的职责，开始竭尽全力狂吠起来。他们呵斥狗安静下来，但是狗已经非常愤怒了，无法安静下来。下面的祖父怒气冲冲地盯着上面瞧。但是，形势变得更加糟糕了，因为所有牧童的狗都听到了那奇怪的声音，跑着冲上来。当它们看到闹事的原来是个像狼一样的巨人，这些毛发僵硬的拉普狗马上就把它包围起来。玛丽特吓得跑开了，连再见都没来得及说。厄于温冲进厮杀的场地中，拳打脚踢；但是这些狗儿只是改变了战斗场地，马上又互相扭打起来，一边惨烈地踢打，一边发出恐怖的嚎叫。厄于温就跟在它们后面，厮打持续进行，狗儿们扭打到小溪的边沿，厄于温再次跑着跟了上来。结果它们都扭在一起坠落到水里，正好落在一个深水处。它们羞着脸，狼狈地分开了。这场森林之战就这样结束了。厄于温穿过森林来到教区的小路上；而玛丽特在篱笆处遇到了她的祖父。这全是狗的错。

“你从哪儿来的？”

“从森林里。”

“你在那儿做什么？”

“摘莓果。”

“你说的不是真的。”

“是的，不是真的。”

“那么，你在那儿做什么呢？”

“我在跟某人谈话。”

“是普拉德森的那个男孩吗？”

“是的。”

“现在听我说，玛丽特，明天你离开家。”

“不。”

“听我说，玛丽特；我只有一件事要说，只有一件事：你必须要离开。”

“你不能把我抬进马车里。”

“真的吗？我不能？”

“不能，因为你不会那样做。”

“我不会吗？听着，玛丽特，就算是做做运动，你瞧，就算是做做运动。我告诉你我会毁了你的那个败类的脊椎骨。”

“不，你不敢这样做。”

“我不敢？你是说我不敢？谁应该干涉呢？谁？”

“校长。”

“校——校——校长。你认为他会操那家伙的心？”

“是的，是他让他待在农学院的。”

“校长？”

“是校长。”

“听着，玛丽特，我不想再听这些废话了。你要离开这个教区。你只会给我带来悲伤和麻烦;就跟你母亲一样,只有悲伤和麻烦。我现在已经老了。我想看到你衣食无忧。我不会因为这件事让人们嘲笑我是个傻瓜。我只希望你为自己着想;你应该理解这一点,玛丽特。很快我就会离开人世,那时只有你孤零零留下来。如果不是我的话,你母亲会怎样呢?听着,玛丽特,理智点,仔细想想我所说的话。我只希望你能为自己着想。”

“你,你才不是呢。”

“真的吗?那我想要什么呢?”

“去实施你自己的意愿,这才是你想要的;但是你根本就没有问我的想法。”

“你有想法吗,你这个稚嫩的海鸥,就你?你认为你知道什么是为你着想吗,你这个傻瓜?我会让你尝尝遭鞭打的滋味,我会的,因为你现在长得又高又大了。听着,玛丽特,我现在友好地跟你谈谈。你心眼并不坏,但是你失去了理智。你必须要听我的。我是一个理智的老者。我们可以友好地交谈;我可从来没对别人这样好过。一只正在飞行的穷鸟轻易就把我的小甜心带走了。你的父亲没有认真对待,事实上他的确没有照顾好你妈妈。让我们自己照顾好自己吧,这是我们能做的最好的事情。校长能来谈谈也好,因为他自己有钱;牧师也有钱,就让他们布道吧。但是对我们这些必须要为一日三餐奔波的人来说,情况就不同了。我现在老了。我懂得很多。我已经见识了很多事情:爱情,你知道的,讲讲很好;但是,并不值得那么做。你可以对牧师之类的人谈谈爱情,但是农民们会从另一个角度看。食物第一,你知道的;然后就是上帝的教导;然后是会点写作和数学,然后才是爱情,如果碰巧爱情来临的话。但是，由爱情而始，却因一日三餐而终，没有任何意义。现在你想说什么，玛丽特？”

“我不知道。”

“你不知道你应该怎么回答吗？”

“不，实际上，我知道。”

“哦，那么请讲？”

“我可以说吗？”

“是的，你当然可以说了。”

“我很在乎我的爱情。”

他惊呆地站了一会儿，记起了类似的上百次的谈话和结果，然后摇摇头，转过身，走开了。

他与管家吵了一架，责骂那些姑娘们，抽打了大狗，几乎让那些在田野中闲逛的母鸡吓破了胆；但是对玛丽特，他什么也没有说。

那天晚上玛丽特上楼睡觉的时候格外开心，她打开窗户，躺在窗台上朝外看，还唱起了歌。她之前找到一首非常动听的爱情歌曲，就是她现在唱的这首：

你爱我吗，
我会永远爱你，
永生的日子，深深地爱着你；
夏日短暂，
如今花儿腐烂，
春天重又来，友好地陪伴你。

去年你对我说的话
依然回响在耳畔，
当我独自坐在这里，
你的思想就会在
我心中飞翔，
在烂漫阳光下描绘幸福生活。

亲爱的，亲爱的！
我听到男孩
在白桦树后喘息。
我很惊慌，
你必须要指路，
因为黑夜已经在编织她的寿衣。
嘘，嘘，嘘！
给我一个吻，
不，你肯定是搞错了。
你听见了吗？
把这念头丢置一边，
把我看作一个被抛弃的人吧。

哦，晚安！晚安！
梦想之眼如此明亮，
温柔拥我入怀，
但是你认为没有听到的

那些伤人之语
让我心中的爱意荡然无存。

而在甜蜜的睡梦中
我听见你的歌声婉转回旋；
微笑着轻唤我，
于是我的思想又蠢蠢欲动，
我一定是在一直想念你吗？

十二

一晃几年的时光过去了。

正值秋日，校长来拜访诺丁斯坦恩，他推开最外面的大门，没有人，又推开另一扇门，还是没有人。他接着往里走，一直走到那长长的建筑的最里端，奥勒独自一人坐在床边，眼睛盯着手。

校长和奥勒互相打了个招呼，然后在奥勒面前的凳子上坐下来。

"你曾差人去请我过来。"校长说。

"是的。"

校长抽了口烟，四下里望了望，拿起长凳上的一本书翻起来。

"您找我过来有什么事呢？"

"给我些时间想想，好吗？"

为了看清书名，校长慢悠悠地翻寻着自己的眼镜，擦了擦，然后戴上了。

“奥勒，你看起来老多了。”

“是的，我想和你说的正是这个，我身体一天不如一天了，很快就要进坟墓了。”

“你一定要好好照顾自己，奥勒。”校长合上书，盯着封面看。

“你手里拿着的可是本好书。”

“是不赖，你多久才会看一眼这本书啊，奥勒？”

“怎么问这个，最近……”

校长将书放到一边，摘下眼镜，说：“事情的发展可不遂你愿啊。”

“我记得还没到一发不可收拾的地步。”

“我也一度像你一样苦恼了好久，我曾经和一个好朋友住在一起，但却常常闹矛盾，我总是希望他能先来找我和解，弄得自己也很不开心，后来我决心主动找他和解，感觉真好。”

奥勒抬起头看了看，一言未发。

校长接着说：“你觉得嘉德庄园现在发展得如何？”

“如同我一样每况愈下。”

“那么，你不在后，会把它留给谁呢？”

“我也不知道，这正是一直以来困扰我的心病。”

“你的邻居们近来可经营得有声有色。”

“是的，他们请了那个农学家帮他们打理。”

校长表情漠然地转向窗户：“奥勒，你也需要帮助，你不常走动，对新的管理方法知之甚少。”

“我可不认为有人能帮得上我的忙。”

“那么你试图打听过吗？”

奥勒没有回答。

校长说道："我和洛尔之间曾经发生过这么一件事情，我对他说：'你对我一点都不友善，'他反问：'那您祈祷过我要这样吗？'是啊，我并没有这样做过，于是，我开始祈祷他对我友善一些，后来发生的一切如我所愿。"

奥勒没有讲话，这次，校长也沉默不语。

最后，奥勒终于开口了："我有个孙女，她知道怎么样才能让我高兴起来，可是她不愿意这么做。"

校长笑了笑，说："也许，这样做并不能取悦她自己。"

奥勒一语不发。

校长道："困扰你的事情很多，可是据我所知，这些事全都与嘉德庄园有关。"

奥勒平静地说："这里土地肥沃，代代相传，祖祖辈辈都在这辛苦劳作，去世后安葬于此。但是现在这里却败落了，不知道我不在之后，谁在这里经营。"

"您的孙女会保护这里的。"

"但是在我死之前，我想知道她会嫁给谁，是谁来经营嘉德，你知道的，我和嘉德庄园都等不起了。"

两人都陷入一片寂静，良久，校长开口道："天气这么好，我们出去逛逛如何？"

"好的，我们去庄园里逛逛，山坡上有工人在捡树叶，但是我不盯着他们的时候，他们可是会偷懒的。"他边蹒跚着过去拿起帽子和手杖，边说，"他们好像并不想为我工作，真是令人费解。"

当他们走到房屋转角处的时候，奥勒停了下来："你瞧瞧，简直一片狼藉，木柴散落得到处都是，斧头也没摆好。”

奥勒吃力地弯下腰，捡起斧头，快速摆好。

“你看，那边有块兽皮掉下来了，有人把它重新挂起来吗？”

奥勒亲自动手把兽皮挂了起来。

“看那间储藏室，你不觉得梯子被搬走了吗？”

奥勒停下来，看了看校长，说：“每天都是这副景象。”

他们继续往前走，此时山坡那边传来愉快的歌声。

“什么，他们工作的时候还唱歌？”校长说。

“是小肯特在唱歌，他在帮他爸爸捡树叶呢，我的工人们在那边工作呢，应该不会有人唱歌的。”

“这不是教区里的歌吧，是吗？”

“嗯，不是。”

“厄于温现在在这里出名了，这个也许是他带来教区的，他走到哪里，哪里就有歌声。”

奥勒没有作声。

他们接着穿越田野，道路十分难走，需要时时小心，校长就此发表了一番评论，接着，奥勒停下来：“我对此实在无能为力。”语气中透着一丝悲伤与无奈，“如果雇人来修，又不看着他的话，未免代价太大。不过我保证，想穿过这个田野实在不易。”

现在他们谈到了农场的规模以及哪些地方最需要改善，他们决定爬上斜坡这样可以看到整个农场。当他们费尽周折爬到一个制高点，可以将整个农场揽入眼底的时候，老人变得激动起来。

“事实上，我也不愿意让这里的一切变成如今这副样子。毕竟，我和我的祖辈们，都曾在这里辛勤耕耘，但如今我们的成果已然无存。”

这时一阵歌声径直掠过他们的头顶，高音处可以听出是一个男孩用尽全力发出的刺耳的嚎叫。原来在他们不远处的一棵树上，克努特·奥斯提斯图恩正在帮他父亲摘树叶，他们也只有硬着头皮听这孩子唱歌了：

当你快步走在山顶上，
在葱郁的山坡间逗留，
行囊中请不要装，
不堪重负的东西。
不要带着障碍，
去往水晶之泉，
将它们淹没在欢歌中，
送它们下山去。

树上的鸟儿向你欢迎致意，
闲言碎语朝山谷涌去；
当你溯流而上，
溪水变得更清、更甜。
屏住呼吸，继续朝上而行，
一路欢快地歌唱，
儿时的回忆，石楠和小树林，
都逐渐变得清晰红润。

驻足在绿树成荫的小树林中，
聆听孤独的圣歌
在彼处嘹亮的呼喊，
一直向远处回旋。
一颗小石子滚动着，
全世界都随之欢乐起来。
在溪水流动的悦耳音乐中，
每个人都忘掉了俗世的闷嗡声。

亲爱的，请在上面祈祷，
焦虑的记忆萦绕，
连绵不断：你会在上面
发现美好的讯息。
那些选择基督做先知的人，
丹尼尔和摩西，
到处可以得到满足，
安详入睡。

奥勒已经坐下来，双手掩住了脸。

“我来跟你谈谈吧。”校长说着，在他身旁坐下来。

在下面的普拉德森，厄于温刚从一趟稍远的旅途赶回家来，车夫男孩依然在门口，因为马儿还在休息。尽管现在厄于温身为教区的农学家拥有一份很好的收入，他仍然住在普拉德森自己的小房间内，有空就去帮助父母亲干活。普拉德森从头到尾都已经作了改善，但是毕竟这地方太小，厄于温称它是“母亲的玩具农场”，因为主要是母亲在照看农场。

他换完衣服，父亲从磨坊回来了，身上全被面粉染白了，也必须要换衣漱洗。他们就站在那里说晚饭前出去走走，这时母亲脸色苍白地闯进来了。

“哦，天哪，有一群特别奇怪的人朝我们家来了，快看！”

两个男人都朝窗户外面看，厄于温第一个叫出声来：“是校长，哦，我确信，一定是他。”

“是的，还有老奥勒·诺丁斯坦恩。”托雷说着从窗口移开身体，这样就不会被别人发现，因为那两个人已经快到门口了。

厄于温正准备离开窗边，看到了校长的眼睛。巴尔达微笑着，朝后望了一眼老奥勒，后者正和他的随从们迈着细碎的步伐，深一脚，浅一脚，吃力地跟着。在屋内可以听到说：“我想，他可能刚回家。”奥勒大声说：“哦，哦！”

他们在门前走道里安静地待了很长时间。母亲蹑手蹑脚地走到对面乳货架的墙角，厄于温也已经找到他最喜欢的姿势，只见他背靠着大桌子，脸看向门；他父亲就站在他身旁。最后，传来一声敲门声。先是进来了校长，他脱下了帽子；后面是奥勒，他也拽下帽子，然后转过身关上了门。这着实花了他点时间；很明显，他很尴尬。托雷站起身，请他们落座；他们相挨着在窗前的长凳上坐下来。托雷也重新落座。

一场恳谈马上就要开始了。

校长说：“今秋的天气很好啊。”

托雷道：“晚点还可能会更好呢。”

“现在季风已经结束了，这种好天气很有可能会继续保持下去哦。”

“你在远地的秋收结束了吗？”

“还没有呢。奥勒·诺丁斯坦恩，或许你也认识他，非常想要你的帮助，厄于温，如果没有什么事情妨碍你的话。”

厄于温说：“如果确实需要帮忙的话，我会尽力的。”

“哦，也不用很着急。农场现在经营得不大顺利，他认为现在紧缺的就是适合的耕种和监管。”

厄于温说：“我很少待在家里。”

校长看向奥勒。后者觉得现在他真想跳进火坑里；他清了好几次嗓子，匆忙说道：“是这样的——是这样。我的意思是如果你不出远门的话，某种程度上，你应该——你应该——跟我们待在一起。”

“非常感谢您的邀请，但是我还是想住在我现在住的地方。”

奥勒看着校长，校长说：“奥勒今天好像思维混乱了。事实是，他之前已经到过这里，回忆起上次的经历，把他搞得语无伦次了。”

奥勒很快说：“是的，确实是这样；我在进行一场疯子比赛。我同小姑娘做斗争，直到关系破裂。但是，让一切都过去吧。狂风，不是雨雪，拍掉了谷粒；雨溪没有冲破巨石；五月飞雪在地面上待不久；巨雷杀不了人。”

四个人都笑了，校长说：“奥勒的意思是他想让你忘掉过去的不快。你会忘记的，对吗，托雷？”

奥勒看着他们，不确定是否敢再继续说话了。

托雷说:“荆棘身上长着许多刺,但是没有伤害人。我的心里肯定没有留下伤痕。”

奥勒说:“那时我还不了解这孩子呢。现在我看到他种的种子茁壮成长;丰收应景了春天的希望;他的双手可以赚钱了,我应该抓住他。”

厄于温看着父亲,父亲看着母亲,母亲看着他们又转向校长,然后三个人都看着校长。

“奥勒他有一个大农场。”

奥勒插话道:“一个大农场,但是经营得一团糟。我现在动不了啦。我年老体迈,腿脚也不听大脑的使唤了。但是你们掌管农场会有所收获的。”

“我们教区最大的农场,”校长插进来,“教区内最大的农场,遭遇到不幸。鞋子太大掉下来了,最好是有把好枪,可以托得起它的枪。”然后迅速转向厄于温,“你愿意帮忙拯救农场吗?”

“你想让我去做农场的监管者?”

“完全正确,你应该接管农场。”

“我应该接管农场?”

“正是如此——是的,这样你才能够经营好。”

“但是——”

“你不愿意吗?”

“哦,不,当然不是,我愿意。”

“好,好,好,那就这样决定了。”

“但是——”

奥勒困惑地看着校长。

“我猜厄于温是在问他是否也会拥有玛丽特。”

奥勒急忙说：“玛丽特也在商谈内，玛丽特也在商谈内。”

然后厄于温突然笑起来，跳起身来；其他三人也都笑起来。厄于温擦擦手，在地板上踱来踱去，一遍遍重复道：“玛丽特也在商谈内，玛丽特也在商谈内！”托雷意味深长地笑着，角落里的母亲眼睛紧盯着儿子，直至泪眼婆娑。

奥勒激动地问：“你觉得农场怎么样？”

“神奇的土地！”

“神奇的土地，不是吗？”

“无与伦比。”

“无与伦比！可以为它做点什么吗？”

“它将会成为教区内最好的农场！”

“它将会成为教区内最好的农场！你认为呢？你是这意思吗？”

“那当然了，我站在这里拍着胸脯保证。”

“哦，那不就是我之前说过的吗？”

他们俩兴奋地交谈着，语速飞快，一唱一和，就好像两个齿轮的轮牙。

“但是，钱，你知道的，钱？我没有钱。”

“我们可以白手起家，先慢慢来，会东山再起的。”

“会东山再起的！我们当然会东山再起！但是如果我们有钱，进展就会快一点，对吗？”

“会快很多倍？”

“很多倍？我们必须要有钱！哦，牙齿不全的人也能咀嚼，赶牛的人也能出人头地。”

母亲站在那里朝托雷眨眨眼睛，后者从旁边快速地扫了她几眼，他坐在那里，来回晃动着身体，双手敲打着膝盖。校长也朝他使眼色。托雷张开双唇，咳嗽了一声，作势要说话；但是奥勒和厄于温一直在不停地讲着，笑着，根本听不到别人说话。

“你们必须要安静一会儿，托雷有话要说。”校长插话道。

他们停下来看着托雷，后者终于缓慢地开口了：“很巧我们这儿有个磨坊。最近以来我们家有两座磨坊了。一年来这两个磨坊赚了不少钱，但是我父亲和我只有在厄于温出门不在家的时候才会用点钱。校长一直在帮我们打理这些钱，他说这些钱用得其所，但是现在最好让厄于温拿去经营诺丁斯坦恩的农场。”

母亲站在角落里，缩得几乎看不到了；她注视着托雷，眼中泪光闪闪。托雷看起来非常严肃，脸上甚至有一丝几乎愚蠢的表情。奥勒·诺丁斯坦恩就坐在他的对面，目瞪口呆。厄于温第一个惊呆地跳起来，冲口而出：“难道不是好运眷顾我了吗！”边喊着，边跃到他父亲的面前，拍着父亲的肩膀，响彻整个屋子。“你，父亲！”他大声喊道，边走边搓着双手。

“会有多少钱呢？”最后奥勒低声问校长。

“没有那么少。”

“几百元？”

“更多。”

“更多？厄于温，更多！上帝帮助我们，我们的农场有救啦！”他站起身来，朗声笑道。

“我必须跟你一起上去见玛丽特，”厄于温说，“我们可以用外面的马车，这样就不用花很长时间。”

“是的，赶快！赶快！你也想匆忙解决所有事情吗？”

“是的，匆忙草率。”

“匆忙草率！我年轻的时候也是这样。”

“这是你的帽子和其他东西，现在我载你离开。”

“你载我离开，哈—哈—哈！但是你和我一起来，不是吗？你是和我一起来吗？你们其他人也一起来；我们今晚必须要坐在一起，直至炭火熄灭。一起来吧！”

他们答应会来。厄于温帮助奥勒上了马车，他们朝诺丁斯坦恩奔去。当奥勒·诺丁斯坦恩和厄于温一起驾车驶进农场的时候，感到奇怪的不只有那条大狗。厄于温帮助奥勒下车，仆人和劳工都惊奇地看着他们，玛丽特从过道里跑出来看看狗儿为何狂吠不停。但她突然停下了，像被施了巫术，然后涨红了脸，跑进去。与此同时，老奥勒走进房子大声叫住了她，她不得不走上前来。

“丫头，去收拾一下自己，这儿可是一位将要接管农场的人！”

“是真的吗？”她不由自主地叫起来，声音大得穿透了屋子。

“嗯，是真的！”厄于温拍着手回答道。

她闻言踮着脚尖转了一圈，扔掉手里的东西，跑出去了；厄于温也跟在她身后跑出去。

然后校长、托雷和他的妻子也来了。老人在桌子上铺了白布，命仆人摆上了蜡烛。酒和啤酒端上来了，奥勒一直忙里忙外，走起路来脚抬得比平常还要高，但是右脚永远高过左脚。

在故事结束之前，必须要交代一下，五个星期之后，厄于温和玛丽特在教区教堂相聚。当天唱诗队助理指挥生病了，婚礼由校长大人亲自领唱。因为年纪大了，他的声音颤巍巍的；但是对厄于温来说，听见校长的声音好像对他的心大有安慰。当年轻人把手伸给玛丽特，领着她走向圣坛的时候，校长从高坛上朝他点点头。就好像在很久之前的那场舞会上厄于温悲伤地坐着的时候，意外地看到校长也朝他这样点着头。厄于温回朝校长点着头，泪水盈满眼眶。

那场舞会上流的泪水就是现在婚礼上流的泪水的开路者，这其中的一段岁月写满了厄于温的忠诚和努力。

《快乐男孩》的故事到此就结束了。

捕鱼女

一　皮尔，皮特和佩德罗

如果鲱鱼很长一段时间经常出没于某个海岸，渐渐地，其它各种迹象也会表明，这里有一个小镇正在慢慢崛起。这类村镇不仅是大海的产物，从远处看来，它们还像是被水泡烂的木材和残骸，亦或是在狂风暴雨的夜里已然倾覆却被渔民们拖着寻求庇护的一堆废船。靠海岸再近一些，你可以清晰地看见，这一切是怎样于偶然之间无声无息地拔地而起。群山蜿蜒起伏，村庄被水域分隔得三三两两，条条整齐的街道纵横其间。在这样的海港，不论多大的船只都会很安全。当船舶载着自己的破帆烂舷从北方的怒海中仓皇出逃时，驶进这座港湾，就会发现它是一个完美的避风港，周遭的一切安静、祥和，为它们提供休养的场所。

这样的小镇是安静的，所有的喧嚣都汇聚于码头。在那里，农夫的小船稳当地停泊，各类货物载上载下。我们镇里唯一的一条街也在那儿，它挨着红白相间的双层房屋，楼房之间布满了美丽的花园。这条街道又长又宽，每当海风拂过，空气里便会弥漫着码头的气息。

这里很安静，并不是因为人们惧怕警察，按照当地的习俗，这儿反倒没有警察。人们害怕的是被议论，因为小镇里大家都熟知彼此。你走在街上，必须在每户人家的窗外鞠个躬，因为没准儿那里面就坐着一个老人家随时准备向路人行礼致敬。同时，你还得向所有在路上遇到的人鞠躬，因为所有表面沉默的人其实都暗自思忖着怎样打招呼才会显得对别人，尤其是对自己来说都礼貌周到。越界，或是偏离了自己应处的位置，都会损害自己的声誉，因为别人不仅认识你，还认识你的父亲乃至你的祖父，自然就会觉得在这样一个有着良好风纪的家庭里，你的行为未免有失体统。

皮尔·奥尔森来到这个安静的小城已经很多年了，他是一个受人尊敬的人。过去在家乡时，他是一个小摊贩，并会演奏小提琴。在这里，他开了一个小铺，除了日常百货之外还卖白兰地和面包，光顾的大多是老客户。人们可以听见他在铺子后面的房间里来回踱步，演奏春天的舞曲和婚礼进行曲。每次走到门边的时候，他都会透过玻璃窗格瞥一眼外面的情况。如果看见有顾客，便会胡乱以一个颤音收尾，然后走进店里。皮尔的生意做得不错，他结了婚又生了个儿子，并以自己的名字将孩子命名为皮特。这位父亲想让儿子来完成自己未竟的梦想，让他成为一个有学识的人，所以把儿子送到了拉丁学校。而现在，每当那些应该和皮特一起玩耍的小伙伴因为他是奥尔森的孩子而集体挤对他时，奥尔森便会硬把儿子又推到这群小朋友面前，暗自断定这是唯一能够让孩子学到礼仪的办法。慢慢地，小皮特觉得自己在学校受到排挤，变得懒惰，逐渐对任何事情都失去兴趣。咱们的老皮尔甚至没法逗他笑，也没法惹他哭。于是，皮尔妥协了，把儿子带到了店铺里，然而皮特的行为却让老皮尔大吃一惊！他做起生意来有条不紊，努力满足顾客的需求，不多给，也不缺斤少两，安安静静地只顾着称量、计算、进进出出，面不改色，行动非常缓慢，但是力求精确，一丝不苟。这位父亲又对儿子重新燃起了希望，他划着一条渔船送皮特去汉堡的一所商学院学习专业知识和行为礼仪。八个月的时间应该足够了。

皮特回到了小镇。重新接受了教育的他站在渡口，把六套衣服一层层地套在自己身上，因为他知道：衣服穿在身上就可以免除关税。但第二天脱去厚厚的衣服之后，皮特走在街上时却依然姿态僵硬。他走路时身板挺直，双手拘谨地垂放在两侧，与人握手就像突然抽搐一样，鞠躬时仿佛没有关节般立马生硬地弹起。他整个人就化身为“礼貌”本身了，但是在进行一切社交活动的时候，他却都是完全沉默，动作迅速，还带着一丝羞涩。他抛弃了自己的名字 Olsen，开始署名为 Ohlsen，这使得镇上略有学识的人开始好奇地询问：“皮特·奥尔森在汉堡游历了多远呀?”有人回答说：“就像他名字里带着‘h’那样，他是跑遍了汉堡啊!”皮特到了德国，甚至更远，以至于想给自己起个西班牙名叫佩德罗。但是为了留下“h”作为自己到过汉堡的证据，他还是忍了忍，两手一摊，签下了自己的名字：P. Ohlsen。他还拓展了自己的生意。二十二岁时，他娶了一个商店售货员，因为母亲刚离世，他觉得有个妻子比找个管家更安全。结婚后一年他就有了孩子，一个礼拜后给儿子取名为佩德罗。受人尊敬的皮尔·奥尔森成了祖父，他感觉到一种内在的力量在召唤，催促着自己快点老去。于是，便把家业过继给自己的儿子，整日叼着一根装了碎烟草的烟管，坐在门外的长凳上。终于有一天，他开始厌倦无所事事地坐着，希望自己能快点死去。事实上，他这一生的愿望都在安静中默默实现了，他的死亦是如此。

如果说皮特仅仅从父亲那继承了一个特点——商业天分，那么佩德罗看起来便像是从祖父那继承了另外一个独一无二的特点——音乐天分。佩德罗识字很慢，但是学唱歌却极快，他还能吹奏出美妙动听的长笛，这一点使得人们很容易就发现他身上温柔、绅士、多愁善感的天性。但这一切在他父亲看来却是一个大麻烦，皮特觉得孩子应该按照他的人生方向发展：终日忙碌，谨慎精确。因此，每当儿子忘记了一些事情，他不会像别的父亲那样只是责怪或是佯打几下，而是狠狠地捏他一把。这样的责罚动作很快，人们或许还会说这其中带着礼貌的善意，但事实是，皮特不放过任何一个惩戒儿子的机会，捏得佩德罗身上青紫不断，伤痕累累。每晚，母亲给孩子脱衣的时候，都会数一数他的伤口，然后亲吻这些瘀痕。但是她从未出声抵抗，因为她也受到了同样的遭遇。她觉得自己要对儿子衣服里的每一滴眼泪、练字簿上的每一滴污点负责，所以经常嘱咐他，“佩德罗，别这么做！”“佩德罗，保重自己！”“佩德罗，这次要记住啦！”儿子畏惧自己的父亲，而妻子厌倦自己的丈夫。

佩德罗没怎么受到同龄人的欺负，因为他总是哭得很响亮，并且恳求朋友们不要弄坏他的衣服（皮特把自己在汉堡买的六套衣服不断裁剪，再制成新衣给儿子穿）。因此，这些小孩会大声讥笑他，“你这个没用的大傻瓜！”然后就再也不把他当回事儿了。

他就像一只虚弱的、还没长毛的小鸭子，一瘸一拐地跟在大家后面，努力地控制自己的身体，却还是微微倒向一边。没有人愿意和他做朋友，因此，他也不理会任何人。

但他不久就注意到镇上的穷人和那些欺负他的孩子们不一样。这些人愿意和自己一起玩，因为自己穿得比他们更讲究些。这帮野孩子的头领是个女生，个头很高，力气又大，她现在把佩德罗置于自己的特殊保护之下。这个女孩的容貌他百看不厌：她有着一头乌黑的秀发，整体呈现出一大绺卷曲的效果，若不用手指梳理，便永远是这副样子。她还有一双深蓝的眼睛，短眉，表情丰富，转瞬多变。她总是一派生机勃勃的样子，富有活力，情绪激动；到了夏天，她赤着双脚光着手臂在太阳底下从容地曝晒；到了冬天，又穿得跟夏天一样清凉。她的父亲是一名飞行员，也是一名渔夫，她到处奔跑贩售父亲捕来的鱼，还时不时地摆弄父亲的船。当他出门执行飞行任务的时候，女孩便一个人下海捕鱼。只要人们看了她一眼，便不会不想再看第二眼，啊，她是一个多么独立的小姑娘！她的名字叫冈劳格，但是别人都称呼她为“捕鱼女”，她就像接受名衔一样光荣地接受了这一称号。玩游戏时，她也总是与弱者组队。她天性爱关怀他人，而此刻，她决定开始守护这个柔弱的男孩。

在冈劳格的船上，佩德罗可以演奏长笛，这在家里是被明令禁止的，因为父母认为这一爱好会使佩德罗无心学习。她划船出海，带他去海湾；随后，又带着他踏上更长更远的捕鱼征程；慢慢地，他们晚上也开始一同出海捕鱼了。天色明亮的夏日黄昏，他们划船驶入那片静谧之中。这时候，佩德罗喜欢演奏长笛或是听冈劳格讲故事。冈劳格知道许许多多关于人鱼、龙、海难、陌生的大陆和黑人的故事，这些故事都是她从水手那里听来的。冈劳格不仅和佩德罗分享自己的所见所闻，还和他共享食物。除了欣然接受这一切之外，佩德罗没有任何东西可以回报她，因为他没法从家里拿来什么吃的给她，也没有从学校听到什么充满想象力的故事。他们俩一直划船航行，直到太阳在白雪皑皑的雪山后面徐徐落下，才找个岩石林立的岛屿靠岸生起火来。而实际上，一直是冈劳格去捡树枝柴禾，佩德罗只在一旁看着。她还从家里给他带来了父亲的水手夹克和毛毯，他就裹着它们取暖。她照看着火堆，而他睡得正香；当睡意一阵阵袭来，她就唱诗章和歌曲以保持清醒。她的歌声一开始高昂清亮，待佩德罗睡着以后就变得十分轻柔。太阳从地球另一端再次升起时，像一个信使，把它淡黄色的光线投射在面前的山脉上。冈劳格就把佩德罗叫醒。树林还是黑黢黢的，田野也仍是一片黑暗，不过，不一会儿都开始渐渐变成棕红色，显出些亮光来了。太阳在山脊上光芒四射后，所有的色彩便纷纷涌动起来。随后他们又把船推进水里，在刺骨的晨风中破浪前进，之后就和渔民们一样，把船搁在了浅滩上。

冬天来了，他们不再出海捕鱼，佩德罗就去冈劳格家里找她。他经常在她工作的时候过来，就在旁边看着她干活，两人话也不多。他们就好像是坐在一起，默默等着夏天再度来临。然而，不幸的是，夏天再次到来的时候，他们生活的新目标却无法实现了。冈劳格的父亲去世了，她也离开了小镇。佩德罗在校长的建议下辍了学，在商店里工作。他和母亲照看店铺里的生意，因为父亲逐渐变得面黄肌瘦，脸色简直就像他称量的谷物一般了，必须住在后面的房间里休息。即便如此，父亲也必须掌控店里的大小事务，把每一样东西卖了多少搞得一清二楚，然后表现得像是听不见别人说话似的，直到把所有东西都放到他跟前，自己亲手捏住才作罢。有这么一个夜晚，灯芯干了，灯灭了，母亲不知何故哭了起来，但是佩德罗却一滴眼泪也挤不出来。既然衣食无忧，他们便不再做生意，把账都结清后，就把店铺改装成了客厅。母亲在窗前坐着织长筒袜，佩德罗就坐在房间走道的另一侧演奏长笛。然而夏天一到，他便立马买了艘轻型小帆船，驶出海，再次来到那座岩石岛上，躺在冈劳格曾经躺过的地方。

一天，佩德罗正躺在石堆间休息，突然看见一艘船直直向他驶来，在他旁边靠了岸，而冈劳格从里面走了出来。她还是和从前一样，但是完全长开了，也显得比其他女人更高挑。她边看他，边向一侧慢慢走过去。令她没有想到的是，他也已经长成男人了。

只是佩德罗的面庞不再精致美好，而是变得苍白瘦弱、毫无生气，让冈劳格认不得了。但是，看着她的时候，佩德罗的眼睛却会因着过去的梦想而散发出一种光芒。她继续向前走去，似乎她每走一步，对他来说就是又长大了一岁。他一骨碌爬起来，当她在他身边站定时，他笑得就像个孩子，说话也还是个孩子样，就像是在脸上戴了个面具，佩德罗看起来虽然是长大了，骨子里却依旧孩子气。

然而，尽管她想要寻找的就是过去那个孩子，可是一旦找到，她却又不知道下一步该做什么了。她笑了笑，两抹红晕染上了两颊。不由自主地，佩德罗察觉到体内似乎涌动着一股力量，他生命中还是第一次体验到这股力量。就在那一瞬间,他变得英俊迷人。或许这瞬间只持续了一秒,但就在那一秒,冈劳格被佩德罗深深迷住了。

她这辈子注定就只能爱那种柔弱得只能被她抱在怀里关怀的人。原本她只打算在镇子里逗留两天,却待了两个月。在这两个月的时间里,佩德罗的成长比整个青年时期都要多。他不再沉迷于幻想,不再整日倦怠,他开始规划起人生。他想要离开这里,想要学习演奏长笛!不过,有一天当他又向冈劳格重复诉说着这些规划的时候,冈劳格的脸色变得苍白:"可以,但是我们得先结婚。"他看着她,发现她又恢复了满怀希望的神情。火烧般的红晕在他们的脸庞迅速蹿开,只听他说道:"大家会怎么议论咱们呢?"

冈劳格原以为佩德罗肯定会答应自己,从未想到他竟然会这样回答,因为她每一次都尽力满足他所希望的一切,而他在意的却是别人的看法。这一刻,她突然意识到,在佩德罗的灵魂深处,除了自己给予他的一切,他一秒钟都未曾想过与她分享任何东西。自从他们相识以来,就只有她一个人在不断给予、妥协、让步。一开始,她对他是同情,后来,她爱上了这个自己一直照顾的孩子。要是她能够稍微冷静一秒钟,事情就不会发展成这样!看到冈劳格脸色越来越难看,佩德罗害怕起来,大声说道:"我会娶你的!"听到这句话,冈劳格并不开心,而是气她自己太傻、太丢人,气佩德罗太没用、太懦弱,她气得仿若要爆炸了一般。这段爱情,孕育于他们孩提时代的落日下,萌发于惊涛骇浪和如水月色里,发展于悠扬笛声和柔美歌曲中,就以这样一种尤为惨烈的方式结束了。冈劳格双手抓住佩德罗,把他拎了起来,使出浑身力气把他狠狠地揍了一顿，然后划船翻越过重重山脉，直接离开了镇子。

出海远航时，佩德罗还是个沉浸在爱情中的小伙子，一心想要成长为真正的男子汉，而当他返航归来，俨然像是个小老头了，却并未真正明白男子汉的意义。他的人生中就这么一个美好的回忆，却悲惨地被他搞丢了；就这么一个可以轻松自在的地方，他却再也没有勇气过去了。一想到自己不幸的遭遇，想到这一切究竟是因何发生的，他就觉得自己仿佛陷入了沼泽地里，再也没有力气爬上来了。镇子里的男孩子们，看到他孤零零的一个人，很快便开始拿他打趣、取笑他。佩德罗在镇子里实在是鲜为人知，根本没有人真正了解他，他的住所、职业都无人知晓。因此，从来也没有人会站出来为他辩解，没过多久，他无论如何也再不敢出门了，即便是上街也不敢。他的生活就是每天和镇子里的男孩子们斗嘴争战。这些男孩子就像是炎炎夏日中惹人生厌的蚊虫，但是若没有他们，佩德罗或许早就已经陷入了无尽的倦怠。

九年后，冈劳格回到了小镇，正如她当年离开小镇那般出人意料。她还带着一个八岁的小女孩，长得和她小时候一模一样，只不过更加漂亮了，像是蒙上了一层梦幻的薄纱。据说冈劳格曾经结过婚，但是爱人离开了她，现在她回来小镇是想为海员们建个可以栖身的旅舍。她挺会做生意，商人和船长们请求她雇用他们的手下，水手们也在她那里做工谋生。另外，镇子里所有的人都从冈劳格这里订鱼。因此，大家给她起了个外号，叫“鱼女冈劳格”或是“海岸边的冈劳格”。于是，“捕鱼女”这个称呼便从母亲传给了孩子。冈劳格的女儿是镇子里所有男孩子的头领。

这里要讲述的就是这个“捕鱼女”的故事。她不仅继承了母亲天生的力量，还有机会利用它们。

二　那些男孩

小镇很多可爱的花园都会在雨后吐露新的芬芳。夕阳早已在雪山后方落下，远方的天空红艳如火，皑皑白雪也折射出淡淡的光；近处，被阴影覆盖的山峰因沾上了森林中的些许秋色而微弱地发亮。再近一些，岩石林立的岛屿遍布于层层峡湾中间，仿佛轻轻一划便能靠岸似的，它们为密林投上了一层更加绚丽的色彩。海面出奇地平静，一艘大船悠悠地晃荡而来。人们坐在自家的木制门阶上，两旁长满了玫瑰花桩。他们有时透过门廊，有时干脆就直接穿过门廊，跟邻家聊聊天，若是有人经过家门口向着大道走去，他们就热情地互相打招呼。钢琴声偶尔会从敞开的窗户里飘扬而出，除此以外，人们聊天之余便只剩一片沉默。随着最后一缕光沉入大海，这种安静的气氛便会越发肆虐地扩散开来。

突然，镇子里爆发出一阵疾风骤雨般的喧闹。男孩儿大声呼喊，女孩儿拼命尖叫，其间有一群小伙子还拍手称好，老妇人们开始严肃地叫骂、下达着命令，尽职的警犬则不住地狂吠，引得镇上所有的狗纷纷跟着嚎叫。屋子里的人可待不住了，都纷纷跑了出来，噪音越来越大，人们也越来越恐慌，治安官被迫打开了门，边走边说着：“一定是发生什么事情了！”

“到底怎么了？”那些站在门阶上的人急急地问着刚从事发现

场回来的同伴，却收到这样的回答，“你觉得能是什么嘛!”大家都不罢休，便缠着每一个从市中心回来的人，一遍一遍地问着：“究竟能发生些什么呢?”要知道，这个小镇是沿着海湾呈新月形缓缓地铺展开来的，所以在过了很久以后，全镇人才陆续听到这样的回复：“还不是那个捕鱼女!”

这个胆大不羁的女孩有一个令人敬畏的母亲，但母亲一直对她爱如珍宝，甚至有些水手也对她保护有加(为此，她的母亲会给他们提供少许免费的威士忌)。这回她带领了一大波男孩扫荡了佩德罗·奥尔森的果园。此次袭击事件的计划是这样的：首先，一部分男生负责将玫瑰花砸到窗户上来把佩德罗吸引到房子前面来，然后一个人使劲儿摇苹果树，其他人从各个方向把苹果扔到树篱外边。他们这么做并不是为了偷苹果，只是想找找乐子。然而不幸的是，当他们午后在佩德罗的花园后面讨论出这个自以为绝妙的点子时，佩德罗正坐在篱笆的另一边，清楚地听到了整个计划的所有内容。就在他们约定的时间前不久，佩德罗找到了醉醺醺的警察和他的警犬，并把他们妥善地安置在了后房。快到点时，女孩如期出现在篱笆外，身边还跟着一大群从镇上各地集结而来的小伙伴们，大家都痴痴地窃笑着。他们毁了房前的玫瑰，还兴奋地捣着花桩，佩德罗则强忍着不出门，默默地在房间里等着。过了一会儿，大家渐渐安静下来，围着苹果树站定，领队的女孩则脱了鞋袜，摩拳擦掌，就在她准备开始摇晃大树的时候，侧门突然打开，佩德罗和警察持着棍子冲出屋子，那只厉害的大狗也跟着狂吠起来。人群中爆发出一阵恐慌的嘶喊，这使得那些站在篱笆外面无辜地玩着游戏的小姑娘们不由得揣测这里边是不是发生了什么谋杀案，于是忍不住声嘶力竭地尖叫起来，而那些逃出来的男孩则开心地大声欢呼！最苦的是那些还站在篱笆旁的孩子们，他们被木棍追着戳打发出可怜的嚎叫。更糟糕的是，一些老妇人也被惊醒了！跟往常一样，她们只要听见年轻人奋力嘶喊便也张开嘴大叫起来！看到这样的景象，佩德罗和警察先生也吓蒙了，他们想让吵闹的女人都安静下来，但与此同时，男孩子们被狗吓得不轻，四处窜逃。于是，各种叫声此起彼伏，越演越烈，整个小镇都被惊醒了。

从始至终，那个捕鱼的女孩都安静地坐在树上，心里想着没有人会注意到她。她蜷伏在最高的那根树枝上，透过层叠的叶子远远地观看这一场闹剧。不久，警察怒气冲天地追着起哄的妇女跑出去，院子里就剩下佩德罗一个人。他径直走到树下，往上瞧了瞧，然后大喊了一声："你个小混蛋！给我下来！"然而树上一片寂静。"我说！你给我下来！我知道你在上面！"夜色却越发安静。"那我就必须得拿枪把你给轰下来了，是吧？"说完，他便佯装要去拿枪。"唔—唔—唔—唔，"女孩发出一串狡黠的轻嚎，"我真是害怕呀！""你必须害怕！这群人里就数你最混蛋！但你现在可是落在了我手上！""哎呀，好叔叔，我再也不这么干了，行吗？"她一边讨好似的说着，一边又随手向他扔了一个烂苹果，苹果砸到了他的鼻子，女孩就哈哈大笑起来。果肉炸得他满脸都是。趁他抹脸的工夫，女孩早已飞速爬下树，又爬到了木板做的篱笆上，想趁着这点儿空当逃跑。可惜她满脑子都想着佩德罗就在身后追着，吓得不行，抱住篱笆的手不自觉就松开了，终究还是没能逃掉。佩德罗赶上来紧紧地抓住了她，她便开始大叫，尖锐的喊叫声被不断地拉长，又极其刺耳，吓得佩德罗一下子就松开了手。这叫声还吸引了大批观众争抢着涌进果园，一时间周围吵吵嚷嚷、拥挤不堪，听到这响动女孩胆子又大了起来，便满脸愤怒地厉声威胁道："让我走，不然我就告诉我妈妈！"女孩的脸如此近地出现在佩德罗的面前，此刻他突然就认出了这张涨红的面孔，不禁提高嗓门问道，"你妈妈？你妈妈是谁！""海岸边的冈劳格！捕鱼女冈劳格！"女孩耀武扬威地左摆右摆，然后定睛，捕捉住了他眼里急速蔓延的恐慌。因为近视的缘故，佩德罗在这之前从没有这样认真观察过面前的这个女孩，他也是镇上唯一一个不认识她的人，甚至还不知道她的母亲冈劳格现在也在镇上。知道了这一切的他就像着了魔一样，嗓门也越来越大："别人怎么喊你？"女孩奋力地回应，"佩特拉！""噢！佩特拉！"佩德罗发疯般咆哮了一声，仿佛看见了魔鬼，立刻转身跑回了屋子。女孩没能弄清楚佩德罗究竟是害怕到了极点还是气愤到了极点，情急之下误以为他回去是要取枪泄恨。她怔怔地吓呆了，好像已经能感觉到子弹击入背部的那阵剧痛，而就在这时，围观的群众已经成功破门而入，她于是匆匆趁虚而逃。飞舞的黑发紧随其身，就像恐惧的怪兽追着她不放。她眼里仿若喷着火，初次见到她的警犬也对其狂吠不息。她一个踉跄，身体不稳，刚好倒在母亲的怀里。她母亲此刻本是端着汤从厨房出来，谁料女儿迎面倒来，汤泼到了她的身上，也撒了一地，两人同时咒骂了一声："糟糕！"佩特拉被溅了一身的热汤，想想刚才的乱局不禁嚎啕大哭起来："他会杀了我的！妈妈，他会杀了我的！""你个捣蛋鬼，谁要杀你？""他，佩德罗·奥尔森！""谁？"母亲大声吼了起来。"佩德罗·奥尔森，我们摘了他的苹果，”她从来不敢撒谎。“孩子，你在说谁？”“佩德罗·奥尔森。他扛着一支大枪来追我，他会杀了我的！”“啊哈，佩德罗·奥尔森。”吼着这个男人的名字，此刻的冈劳格已经火冒三丈。她放肆地大笑，随后挺了挺身板。女孩继续哭着，并尝试逃离这里，然而母亲一大步挡在她面前，白白的牙齿在黑夜里发着阴冷的光。她一把抓住孩子的肩膀，大力把她拽向自己，质问道：“你告诉他你是谁了吗？”“告诉了！”女孩还在哭着，母亲却视而不见，置若罔闻，只是再三咬牙切齿地问道，“你告诉他你是谁了？”“是的，是的。”孩子抓住母亲的手，苦苦地哀求，一遍遍地重复又重复，“是的，是的。”听到这里，母亲挺直了腰，继续问道：“那么他一定知道！他说了什么没有？”“他要拿枪来杀我！”“他要拿枪射你？”母亲再度肆笑，声音里充满了嘲讽与怨恨。而受了惊吓的女孩带着满身汤渍偷偷爬进了壁炉的一角，烘着衣服，独自哭泣。母亲却紧随其后，又一次找到她，拼命摇晃她的身体，脸色严肃而清厉：“如果你再去找他，或是跟他说话，或只是听他说话，就让上帝来惩罚你们吧！告诉他这是我说的！告诉他！告诉他！”她语气强硬，听到女儿回复着“是的，是的，是的，是的”这些不着边际的话，就变得越发愤怒，不可控制，便不断恶语威胁。最后，她再次强调道：“告诉他这是我说的！”她的声音终趋缓慢，态度仍然坚定，每说完一字还认真地点点头。

佩特拉洗漱一番之后换上了一套做礼拜时穿的裙子，然后坐在外面的阶梯上，之前令其胆战心惊的一幕幕又再次在脑海闪现，她忍不住啜泣起来。“孩子，你在哭什么呀？”一个无比温柔的声音询问着她的心事。她抬起头，发现站在她面前的是一个非常俊秀的男人，前额饱满，戴着一副眼镜。意识到这人是汉斯·奥德加特后，她立刻站了起来，因为他在镇上受到很多人的尊敬与爱戴。“孩子，你在哭什么呢？”她看着他，把在佩德罗果园里发生的事情一五一十地告诉了他，说她和一些男孩们本来打算去偷些苹果，但之后佩德罗和警察却出现了，然后……她记得自己的母亲曾对她恶言威胁，还不断摇晃她的身体严厉地说了些什么，使得她不敢确定佩德罗那时是否真要拿枪来射自己，便不敢随意乱说，只能深深地叹了口气。

男人又开口说道：“像你这样年纪的小孩怎么会想到去干这么罪恶的事呢？”佩特拉看着他，心里非常明白她所做的一切是多么的恶劣，只是她听到的谴责不过都是“你这个恶魔的孩子，黑发的小坏蛋！”等等而已。但是此刻，她能感受到的却是满腔的羞耻和悔恨。男人继续耐心教导：“你不去学校，也不学习神的戒律，这样你就分不清什么是善什么是恶。”女孩紧张地拉扯裙角，只能回答说她的妈妈不愿意让她去学校。“那你可能也并不识字？”不，她是识字的。说完男人便拿出一本小开本的书递给她；她看了看，然后把书翻过来瞅一瞅它的封面，无奈地说道：“我没法看懂这么小的字。”可是她不得不努力地多尝试几次，又觉得自己真是无比愚蠢！她低下双眼，闭上嘴巴，双手双脚都无力地下垂着，然后支支吾吾地发出声音：“上—帝，万能—的—上帝，万能的上帝—说，万能的上帝—对—我—我—我—我—我—说……”男人大吃一惊：“你都十几岁了！居然还不认识这些词？你难道不想学习吗？”女孩慢慢地拉长了回复，表明自己其实是想学的。“那你就跟我走，我们必须马上开始学习。”她起身，又回头看了一眼自家的房子。男人理解地点点头:“对的,快去告诉你妈妈。”她母亲此时正好经过这边,看见孩子正在和一个陌生人聊天,于是跑出房子走到门阶上来。“他会教我怎么识字,”女孩的声音透露出些许疑惑和不自信,双眼直直地注视自己的母亲,含糊不定地征求着意见。而母亲一言不发,就只是站着,双手置于身体两侧,安静地看着奥德加特。“你的孩子太无知了,”他说,“你再让她这样随意胡闹下去,既是对上帝也是对人类的不负责任。”冈劳格尖锐地问道:“你是谁?”“汉斯·奥德加特,镇上牧师的儿子。”听到这里,她的眉毛舒展了一些,因为平日里大家对他都称赞有加。“我之前待在家的时候就听说了你的孩子,今天又有人跟我说起了她。你抚养她的方法只能把她养成一个废物,不要再这样做了!”“这跟你又有什么关系?”这位母亲表情僵硬,脸色分明。男人轻声安抚道:“话虽这么说,但是,你确实想让她学习一些东西的,对吧?”“不!”他被这回答震得脸色微红:“为什么?”“难道有学问就高人一等吗?”她对此有过一段苦涩的回忆,在这一点上她绝不会轻易妥协。“大家都这么说,我还真是很吃惊!”“可惜我知道并不会。”说完她走下楼梯,想结束这场毫无意义的对话。但奥德加特快步赶了上去,说道:“你真是太轻率了! 作为母亲,你不应该逃脱这一责任。”冈劳格上下打量着面前这个男人,走过他身边时悠悠地冒出一句:“谁跟你说我是这样的人?”“你刚刚的行为就说明了一切,不然换作任何人都能发现你的孩子正在慢慢走向自我毁灭的道路!”她停下脚步,回头刚好对上他的眼睛——那双眼睛里明显写满了真诚与担忧,这让她感觉到巨大的恐慌。平日里她身边总围绕着水手和商人,从来没有人这样跟她说话,“你会怎样教导我的孩子?”她问道。“我会传授给她一些知识,让她的灵魂得以救赎,然后观察她未来将会发展成怎样的人。”“我的孩子应该沿着我所希望的轨迹走下去。”“是的,的确如此,但她更应该遵循上帝的旨意。”冈劳格沉默了,她走近了几步,轻声问道:“那是什么意思?”“意思是,她应该充分挖掘出自己的天分并努力将其发展到极致,毕竟这些都是上帝的恩赐。”冈劳格又走近了许多,极度渴求地问道:“我是她的母亲,却不能指引她?”她真的迫切想要知道答案。“不,你当然可以,不过你必须要尊重那些学识更为深厚者的意见,你必须要听从上帝的意志。”冈劳格静静地站着,思忖一会,又感叹道:“但如果她学了太多东西……哦,天呐!她是一个穷人的孩子。”说完温柔地看向自己的孩子。男人明白了她的心思,出言安慰:“如果她身份卑微却学了那么多知识,那她便可以提升自己的身份了。”她也立刻领会了这其中的含义,看着孩子的目光却越来越忧虑,随后像是自言自语般喃喃地说着:“这可不是件好事。”“问题不在于此,”男人温柔地说,“而在于要做正确的事。”她深邃的双眸此刻显现出奇怪的神采,直直地盯着他,想要把他看透,但是他的声音、他的言语、他的表情,这一切都是那么真挚,冈劳格觉得自己被他深深打败了。她走到孩子身边,轻轻地爱抚着女儿的头,百感交集,一句话也挤不出来。

为了缓和冈劳格的心情,他又解释道:“直到她接受坚信礼之前,我都会一直陪着她学习,我会亲自监督、细心呵护她。”“那你将会把她从我身边带走了?”他犹豫不决,不知如何回复,只得试探性地看着她。而她也备受煎熬,挣扎着继续说话:“你肯定比我更懂得如何教导她。但是若不是因为你以上帝的名义……”她突然停住，再也没法继续下去。她把孩子的头发抚顺，拿出一条手帕系在孩子的脖子上，她终究无法说出叫他们一起离开的话，转身加速奔回屋里，不愿再多看一眼。

女孩母亲的表现让他立觉焦虑不安，自己一时年轻气盛，竟把这么重大的责任背负在了身上。而另一方面，第一次发现有人居然能说服自己的母亲，小女孩对面前的男人也是又畏又惧。就这样，他们各怀心事，开始了漫长的学习生涯。

日复一日，他慢慢发现女孩知识见长，日益聪慧，有时两人的对话也别具氛围。他会同时给她讲述历史上君子和小人的故事，借此指出上帝所赋予他们的使命和召唤。他还会给她讲述许多其他故事，譬如索尔过着放荡不羁的流浪生活，大卫代父牧羊，最后撒母耳降临凡尘，代表上帝对他们作出了审判。然而这其中最重要的召唤发生在上帝亲临尘世的那一刻，他来到渔村，召唤人类，穷苦的渔夫集结而起，从此过上清贫的生活，最终或许面临死亡，但是他们永远那么开心，那么幸福；只要心存上帝的召唤，他们便能坚强地挨过一次又一次灾难与挑战。

这些想法充斥着她的大脑，最后她终于忍无可忍了，便向奥德加特询问自己何时能收到上帝的召唤。他就一直看着她，直到她双颊泛红，然后告诉她必须辛苦工作才能听到上帝的召唤；这样的回答听起来或许温吞且简单，但这就是一切的答案。于是女孩的心思都开始被一种疯狂的热情所占据，这种情绪推动她像个成年人一样努力地工作，玩乐的时间所剩无几，她也越来越瘦弱。同时，她开始萌发出一些浪漫的幻想，她想剪去自己的长发，把自己打扮成男孩的模样，然后大步走出家门去勇敢地决斗！但是由于奥德加特有一天跟她说她长发整洁的时候最为美丽，她便开始日思夜想，最终为了留住自己的长发而放弃了成为一代英雄的梦想。

此后，她的行为举止与以前相比越来越像个女孩子了，日常学习也波澜不惊、有条不紊地进行着，她不断转变的梦想时不时地装点着枯燥的生活。

三　坚信礼

汉斯·奥德加特还是个年轻小伙时，便离开了卑尔根郡奥德赫纳村。现在，他成了一名牧师，学识渊博、正己守道，且深得民心。他德高望重，也颇具影响力，这在言语上或许体现得不甚明显，可在行为举止上就十分显而易见了。正如大家所说，他从未忘记自己分内的事情。无论遇到什么问题都坚持不懈的他，如今却被始料未及的阻碍给拦下了脚步，殊不知这一劫难将会给他带来多大的苦痛。

汉斯·奥德加特育有三个女儿和一个儿子。儿子小汉斯在学校里面算得上风云人物，所以父亲总是乐于为他准备好一切。这孩子有一个十分要好的朋友，两人在学校里面都算得上是风流人物。这位朋友的母亲向来视自己的儿子为命根子，爱他胜过世间的一切，所以汉斯这样做自然也算是救了她一命。汉斯每天和朋友一起去上学，后来又和他进了同一所大学。他们一同通过了大学的前两场考试，日后也选择了同一专业。一天下课后，两人正兴冲冲地奔下楼梯，汉斯因为兴致极嗨一下子撞上了同伴的后背，朋友就这样摔下了楼梯，没几天就去世了。朋友奄奄一息时曾恳求母亲完成自己最后的心愿，希望她日后能把汉斯视若己出。这个可怜的女人既无丈夫，现在唯一的儿子也死掉了，不久便撒手人寰，给汉斯·奥德加特留下了一大笔遗产。

遭遇这种不幸，小汉斯已然遍体鳞伤，许多年以后他才从这阴影中走出来。当时为了疗伤，他选择去远方的大陆旅行，并继续自己的神学研究。可是一回到家乡，他就再也没法自欺欺人，剩下的唯有良心上无尽的不安。

小汉斯父亲最大的期望就是让他当上助理牧师，但是如今，无论别人如何劝说，他都不愿登上讲道坛。他永远只会冷冷地答复别人："我感受不到主的召唤。"这让父亲大失所望，内心悲苦，一夜之间像是老了好几岁。父亲本就是老年得子，一直以来兢兢业业地工作，唯一的期望都押在儿子身上。如今，儿子仍占用了家里大部分的空间，所有的一切也都是为他而精心布置，但在儿子的书房下面，在那盏几十年来无数夜里长亮不熄的台灯下，我们总能看见满鬓斑白的父亲辛勤工作的身影。

经历了这番失望之后，父亲既不能也不乐意接受其他的帮助，他不向儿子妥协，也不放弃对儿子的期望。就这样，不论寒冬酷暑，父亲终日工作，从不休息。而年复一年，儿子只会跑去国外进行更长更久的旅行。即便在家，他也不会主动与任何人联系，只有在就餐时，才与父亲一桌，但也不爱说话，大多时候都是保持缄默。如果有人试图和他聊天，他总是一针见血、清楚直白地实话实说，常常害得对方下不来台，彼此异常尴尬。他也从不去教堂做礼拜，却把全部收入的一半以上都捐赠给慈善机构，且总是明确点明赠金的用途。

对于这个小镇来说，如此善行是前所未有的，他因此收拢了民心。此外，他矜持缄默，常年在外旅行，令所有人退避三舍，不敢轻易与其攀谈。外人因他太过神秘而引发了诸多猜测，这自然也不难理解。同时，他还坚持己见，是个相当固执的人。这一切在这个小镇里都是史无前例的。因此当他放下架子屈尊降贵每天去照看那个捕鱼的女孩时，孩子便感到万分荣幸。

此时，所有人，尤其是女人们，都迫不及待地想要表现出自己对佩特拉的喜爱。一天，佩特拉把别人送来的衣服套在自己身上，穿得五颜六色打算去见汉斯。她知道汉斯一直都希望自己优雅整洁，以为现在总算可以讨汉斯喜欢了。可令她伤心的是，汉斯压根连看都没看她一眼，而是严肃地告诫她今后再也不许收别人的礼物。他批评她不知廉耻、愚蠢虚荣、目光浅薄。

第二天早上，佩特拉带着哭红的双眼来到了汉斯的住处，为了安抚她，汉斯决定带她去小镇上散步。他告诉佩特拉大卫的故事，讲述了大卫一生中的种种遭遇，把这个老生常谈的故事讲出了一番新的寓意。他从大卫的青年时代讲起，说他英俊潇洒，天赋惊人，怀着天真美好的理想。他孩提时代就已经取得了胜利的游行。那时便有一个预言家断定大卫今后必将成为国王，事实亦是如此。大卫最终于荒谷之间书写了壮丽的史诗，建立了耶路撒冷。索尔生病的时候，大卫特地梳洗打扮了一番前去看他，为他表演、歌唱。但作为国王的自己若是躺上了病榻，便只能在悔恨思过中独自度过。可惜的是，他完成自己的宏图伟业后便开始消极懈怠、骄奢淫逸；谁料预言成真，神罚降临，大卫从君主变回了孩童的模样。就这样，大卫，这个曾经使上帝的选民为其大唱赞歌的人，臣服在主的脚下，幡然悔悟。究竟什么时候的大卫是最美的呢？是当他在诺亚方舟前戴着胜利的皇冠随着自己的节奏载歌载舞的时候，还是当他躲在自己的衣柜里恳求主放他一马的时候？

第二天，佩特拉做了一个梦，这个梦她一辈子都不会忘记。她梦见自己身骑白马，走在胜利游行的队伍里，而与此同时，另外一个自己则衣衫褴褛，在马前翩翩起舞。

就这样，又过了一段时间。一天晚上，佩特拉正坐在小镇的树林边上学习，佩德罗·奥尔森从不远处走来。他越走越近，走到她跟前时，以一种诡异的笑容低声跟她打招呼："晚上好呀！"尽管自他们上次在花园里见面已经过去一年多了，佩特拉仍旧把母亲的警告牢记在心，提醒自己千万不能和他扯上什么关系。这样想着，她便没作出回应。佩德罗却没有放弃，每天走过她身边都会这样和她打声招呼。慢慢地，日子久了，如果哪天佩德罗没有出现，佩特拉反倒开始想念他了。再到后来，佩德罗每天都会问佩特拉一些问题，一开始只问一个，慢慢增加到两个，最后两个人居然开始聊天了。有一天谈话过后，佩德罗把一枚银圆扔到佩特拉的膝上，然后高兴地迅速跑开了。这下却叫佩特拉犯了难，本来自己和佩德罗·奥尔森交往就已经违反了母亲的禁令，这下收了佩德罗的礼物，又算是违反了奥德加特的训诫，简直罪加一等。这么长时间以来，前一条禁令不知不觉已经被她一点一点地打破了，本来她没有意识到事情的严重性，但当她无意识地想要打破这第二条禁令时，整个人便突然清醒了过来。为了摆脱这些钱，她抓住别人便请他吃饭，但是无论那些人吃得再怎么多，饭钱也超不过四马克。这样一来，她又犯了难，想到自己真是不应该把钱花了，而是早就应该还回去。佩特拉把剩下的一马克一直揣在兜里，那枚钱币像是烫手山芋一般，就快把她的衣服给烧出个洞来。于是，她拿出这枚马克，奋力把它扔进了海里。钱虽然不见了，但是事情却还在她脑海之中挥之不去，简直让人窒息。她想到了忏悔，觉得自己只要真心忏悔，没准儿这事就过去了。但转念一想母亲之前曾经那么愤怒地告诫过自己，且奥德加特对自己又那般信任，这两者都为她敲响了警钟。接下来，虽然母亲没说什么，可是奥德加特很快就察觉到了佩特拉有些不对劲，好像心里搁了件什么事惹得她整个人都郁郁寡欢。

终于，奥德加特体贴地问起佩特拉是不是有什么心事，佩特拉非但没有回答他的问题，反而嚎啕大哭起来。奥德加特以为是她家贫困交加，就给了佩特拉十枚硬币。佩特拉左思右想，觉得即便自己违反了奥德加特的禁令，他也算是给了自己一些钱，自己现在还可以把这些钱光明正大地上交给母亲，瞬间觉得如释重负，心里的罪恶感也一扫而光，整个人乐开了花。她双手握住奥德加特，想要好好谢谢他，还开心地大笑，活蹦乱跳，狂喜得眼泪都要出来了。看向奥德加特的神情简直就像小狗被带出去遛弯时看自己主人的神态一模一样。奥德加特深感困惑，觉得此刻自己是越来越搞不懂佩特拉了。过去，她对他唯命是从；而现在，她却牢牢地掌握着主动权。人生中第一次，奥德加特觉得体内有一种强大而又狂野的天性在蠢蠢欲动；人生中第一次，生活之井向他喷涌出她红色热情的溪流，使他染上满面的深红。这时候，佩特拉已经越过山丘跑回了小镇后边的家里。一进家门,她就把钱往母亲面前的烤石上面一放,双手亲昵地环住母亲的脖子。“这是谁给你的钱?”母亲的语气之中透露出些许怒意。“母亲,是奥德加特。他可是这世界上顶好的人啦!”“给我干什么呢?”“这我怎么知道呢,母亲,要是您知道就好啦!”佩特拉这样答着,再次把双手环上母亲的脖颈。那一瞬间,她真想把一切都告诉母亲,可是母亲却十分不耐烦地把她推开了,“你是想让我接受别人的救济?马上把这些钱拿回去。如果你真的让他以为咱们家过不下去了,你就一定是在撒谎!”“但是,母亲……”佩特拉还想说些什么,却被突然打断。“我说了,把这些钱还给奥德加特,不然我就自己亲自去,把钱当面扔给他。上帝啊,你把我的孩子弄到哪里去了!”母亲说完最后一句话,嘴唇不住地打颤。佩特拉不禁转过身,脸色苍白,沉默不语,不久便轻轻打开家门,快步走了出去。她把那些钱币撕成了碎片,根本就不知道自己究竟在做些什么,觉察到自己的行为后,她终于怒不可遏地爆发了,便在心里对母亲进行了强烈的谴责。她还立刻想到,奥德加特不应该被蒙在鼓里,他有权知道这一切!自己也根本没有办法对奥德加特撒谎。恢复意识的下一秒,佩特拉就站在了奥德加特的家里,告诉他母亲不愿意接受这些钱,而自己一想到要把钱拿回来就气得丧失了理智,把那些纸币全部撕成了两半。她还打算告诉他更多,可是奥德加特面无表情,整个人透出一股冷冰冰的情绪,只是催着她快点回家,还告诫她要听母亲的话,不管多么不乐意也要服从母亲。佩特拉觉得这些话真是非常可笑,她可是知道得一清二楚,奥德加特自己都没有去完成父亲的愿望,现在居然还拿着这样的理由训斥自己！她垂头丧气地走在回家的路上，迎面遇见了佩德罗·奥尔森。一直以来，佩特拉都在竭力躲避佩德罗，当然现在更有理由这么做了！是他引发了这一切的不愉快！佩德罗不识脸色，跟上来尾随其后，问她："你去哪里了？发生什么事了？"此时的佩特拉思绪万千，她想到了很多事情，静下心来仔细考虑一番，却实在无法理解母亲为何要禁止自己跟佩德罗有所往来。这一切或许只是一个梦吧。"你知道我做了什么吗？"佩德罗讨好似的上前问道，一看到佩特拉停了下来，又立刻自问自答起来，"我给你买了一艘帆船。我觉得你可能会喜欢出海航行。"他笑了，显得那么善良可亲，就像是可怜的穷人卑微地乞讨，深深地触动了佩特拉。她于是点了点头。随即佩德罗又热情地给她指路，告诉她若是穿过小镇，沿着右边的大道一直往下走，就会看到黄色的大型停船场。他又说自己可以在后方把她接上船，这样就没有人会看到他们在那儿。佩特拉被说动了，他便乘势将女孩接了进去。徐徐清风中，他们驾船航行了许久，在到达一座岩石林立的岛屿后，他们把船停泊靠岸，最后走了出来。他给她带了许多零食，然后拿出长笛开始吹奏。他的笑颜也帮助佩德拉暂时忘却了满脑的伤心事。柔弱的人本就易被感动，再加上此刻自己如此开心，她不禁喜欢上了佩德罗。

这天以后，佩特拉便多了一个不能向母亲倾吐的秘密。日子久了，生活中的一切事情她便都不再对母亲讲。冈劳格也没有过问，她的个性就是这样：要么相信一切，要么质疑一切。

让佩特拉烦恼的是她还必须得把这件事瞒着奥德加特，要知道，她可是从佩德罗·奥尔森那里收了不少礼物！同样，奥德加特也没有过问，只是他们每天上课时却越发客气生疏起来。佩特拉觉得自己简直要得人格分裂了，每一天，她都像是要被分成三份，轮着扮演不同的角色，非常累心。她从不向其中任何一方说起另外两人的事情，还要特别留意每个人的感受，时时小心，处处隐瞒。

就这样，日子一天天过去，虽然自己没有意识到，但她的确也出落成一个大姑娘了。突然有一天，奥德加特模糊地向她传达了这么一个信息：她是时候该接受坚信礼了。

这个暗示让佩特拉坐立不安，因为她知道一旦施了坚信礼，她就再也不能来奥德加特这里上课了，那她该怎么办呢？母亲已经着手在阁楼上给她准备卧室，施完坚信礼她就可以拥有自己独立的房间了，那永不停歇的敲打声时刻提醒着她美梦的结束，令她愁肠百结。奥德加特也注意到佩特拉变得越来越安静，不爱讲话，还时常哭泣。这时，佩特拉对宗教课程尤为敏感，奥德加特想方设法避免一切可能会刺激或是感动她的东西，但他的想法却并不奏效。为了不再影响佩特拉的情绪，举行坚信礼两个星期前，奥德加特就言简意赅地说明这是最后一节课。这意味着他将不再照看佩特拉，但他又声明自己肯定会托别人继续照看她。然而，语音未落，佩特拉呆坐在自己的位置上，纹丝不动。她感觉自己浑身的血液都干涸了，眼睛毫无生气，不由自主地转动着。奥德加特见势赶忙给出了自己的理由：“并不是所有的女孩子施完坚信礼以后就会立即长大成人，但是我相信你一定会是这样。”她站在那，心底怒气翻滚，脸也像是火烧般滚烫，仿佛快要喘不上气来，眼里也含着泪，表情难辨。奥德加特接着说道：“我们还是继续吧?”他呆立了好一会儿才意识到自己刚才说了些什么,明白自己犯了个大错,必须把它改正过来。可是佩特拉已经抬起头来,她看着他,没有张口说“好”。这显然是人之常情。为了使自己能够不受良心的谴责,他不得不找个托词,于是急急地问她:“现在你是不是有什么事情特别想去完成,是不是……”他弯下身来对着她,“感受到了主的召唤,佩特拉?”“没有。”佩特拉如此强硬的回答让奥德加特立刻红了脸。他浑身发冷,回想起埋藏在心底里多年的记忆。他没有想到,佩特拉出人意料的回复竟使这些尘封在奥德加特心底的情绪重见天日。

佩特拉身上有某些与众不同的特质,即便当她还是个孩子时,奥德加特就很清楚这一点。他经常看见佩特拉在街道上统领一大帮男孩子游荡,走在他们的最前面,高声歌唱。可是给她上课的时间越久,他反而越无法理解她的才能。这一点随处可见:她的想法,她的希冀,她充满力量的身体和思想,她光芒四射的美丽,他都理解不了。可是要是用言语来形容,特别是以书面形式写出来的话,那这一切可能只是小孩子的天真烂漫罢了。佩特拉有着天马行空的想象力,而他却感受到了一颗躁动的心。她笃实好学,可是比起学习来,她更爱看书,这占据了她最多的时间。她有宗教意识,可是正如牧师所说,她永远不会过上宗教式的生活。这个学生总是让奥德加特忧心忡忡。现在他就要结束自己对她的职责了,这使得他不由自主地追忆起自己第一次在石阶上遇见她的情景。佩特拉母亲尖锐的声音犹回响在耳畔,她将照看女儿的职责交付给了自己,只因为他当时借着上帝的名义劝服了她。前前后后踱了几圈步后,奥德加特恢复了往日的镇静,有些羞怯地对佩特拉说道:“我马上就要出国了,我已经和我姐姐说好了,我不在的时候,她会来照看你。只要我回来,我们就继续上课。再见了!我走之前我们还要再见一面。”说完以后,他快步走进旁边的房间里,佩特拉甚至都没有来得及和他握个手。

令佩特拉万万没有想到的是,他们竟然在教堂里再次相遇了。就在她和其他人一起走向前去接受坚信礼时,她在人群里认出了奥德加特,他就在自己面前,就在唱诗班旁边牧师的靠背长凳上。这使她魂不守舍,思绪也早已飘到了万里之外;即便自己是那么谦卑虔诚地祈祷,为这个坚信礼做了那么多准备,但此刻她早已忘却这个神圣的仪式。奥德加特年迈的父亲走向前去开始主持坚信礼,路过儿子的身边时停下了脚步,长久地注视着他。没过一会儿,佩特拉又一次被眼前的景象震惊了,因为就在下方不远处她看见了佩德罗·奥尔森,他穿着整整齐齐的新衣服,端正地坐着。他伸长了脖子,探着身子,努力透过男孩子们的头顶,瞧见佩特拉,便又迅速地弯下腰。但是佩特拉还是不时地看见他那头发稀疏的脑袋机械地不停重复着这些动作。这让她分了心,她不愿意看见这些,可是她的的确确看见了。其他人都被深深感动、热泪盈眶之际,她又惊恐地发现了母亲高大的身影,她此时就直直地站在佩德罗对面,而佩德罗已经站立起来,整个人呆住了,嘴巴张得大大的,眼睛直勾勾的,脸上露出不可思议的神色,像是被抽去了全身的力气,再也坐不下去,身体也移动不了分毫了。一看见母亲,佩特拉就止不住地发抖,她的脸色已经和祭坛布一样苍白。母亲黑色的卷发似乎要直立起来,眼神中突然迸发出一种力量,像是对佩德罗厌恶到极致,一定要把他赶出去,又似乎在说:“离我的女儿远远的,你想对她怎么样?”这副愤怒的表情打消了佩德罗的积极性,他泄气地跌坐在位子上,不一会儿就灰溜溜地逃出了教堂。

佩特拉从这震惊之中缓过神来,随着仪式的继续进行,她也慢慢变得投入起来。宣誓完毕后,她转过身,泪眼婆娑地望着奥德加特。一直以来,他都站在离她最近的地方,不遗余力地帮她变得更好。她在心里默默下定决心:自己绝对不能让他失望,不能丢他的脸。奥德加特也意味深长地注视着佩特拉,眼神坚定不移,似乎在向她做出同样的恳求。不过当她回到座位,四处搜寻他的身影时,却再也寻不见了,他已经走了。回家的路上,母亲说了这样一句话:“我已经履行了自己的责任,希望上帝也能够履行他的职责!”

佩特拉和母亲两个人一起吃晚饭。她离桌的时候,母亲发话了:“现在我们应该去谢谢奥德加特,那个牧师的儿子。尽管我还是不明白究竟是为了什么原因他这么帮助咱们,但不管怎样,他确实是为了咱们好。孩子,去把你今天穿的衣服再换上,咱们走吧!”

教堂在小镇的上方,通往教堂的路母女俩已经走过许多遍,但是他们还是第一次散步穿过街道。实际上,自从回来以后,母亲就几乎没有去过那里了。但是现在她要和已经成年的女儿一起走到路的尽头。

在举行坚信礼的礼拜日下午,小镇上可真是热闹非凡。家家户户不是走街串巷相互庆贺,就是涌上街头看热闹。大家每走一步就得停一下,打招呼,致贺意,互相握手,表达对彼此的美好祝愿。穷人家的孩子，捡了富人家扔掉不要的衣服穿，然后加入游行表达谢意。水手们则穿上他们盛大的奇装异服，头上戴着顶帽子。还有时尚人士、商人、职员们，都纷纷成群结队，对身边路过的每一个人鞠躬致意。拉丁学校里面的男孩子们，还未完全发育成熟，不顾别人的指指点点，仍旧和他们在这个世上最要好的朋友一起手挽着手，大步走在大道上。但是今天，所有人在心底里都不得不臣服于当地的雄狮，英韦·沃尔德，一名年轻的商人，同时也是镇子里最富有的人。他刚刚从西班牙回来，正准备接管他母亲巨大的鱼品交易市场。他浅色的头发上戴着顶轻便的帽子，在镇子里闲庭信步。每个人都对他报以热烈的欢迎，他亦微笑着与所有人亲切地交谈。而刚刚接受完坚信礼的年轻人却被大家遗忘了。无论走到哪儿，大家都能够看到他那戴在浅色毛发上轻便的帽子，听到他一阵阵的欢声笑语。佩特拉和母亲走上街头时，一下子就撞见了英韦·沃尔德。走过佩特拉她们身边的时候，他像是被绊倒似的退回她的面前，没有认出她来。

佩特拉已经长高了，虽仍不及母亲高，可是比起普通人来，还是相当挺拔的。她性情随和，姿态优雅，无所畏惧，有的方面完全遗传了母亲，有的方面又与母亲完全判若两人。年轻的商人就在她们后面走着，却再也无法吸引路人的注意。这母女俩走在一起，实在是太引人注目。她们走得很快，几乎没有注意到任何人，因为除了水手以外，很少有人跟她们打招呼。不一会儿，她们又快速地原路返回，因为她们听说奥德加特刚刚已经离家去了码头乘轮船，马上就要离开小镇了。佩特拉行色尤为匆匆，她必须要亲自见他，在他临走之前感谢他。他实在是不该就这样离开她！

她没有心思注意谁在注视她，她眼中只有房顶上飘动着的轮船冒出来的黑色烟雾，这烟亦越飘越远。她们赶到码头时，船刚刚驶出，佩特拉使劲憋住心中的苦涩，不让自己啜泣起来，这下她走得愈发快了。与其说是在走，不如说她是在一路奔跑，远远地把母亲甩在了身后。由于轮船在码头转向还要几分钟，她刚好赶得及跑下码头，站在一块石头上，拼命地朝着轮船挥舞手帕。母亲还在慢慢往这边赶，看起来像是不愿意走下来。佩特拉不停地挥着手帕，她的手挥得越来越高，越来越高，可是始终没有人回应她。

佩特拉再也忍受不了了，任眼泪肆意流淌。回家的路上，她选取了更高的那条路，而母亲就默默跟在她身后。阁楼上的房间已经打理好了，坚信礼前一天晚上她第一次睡在了里面，早上她还兴高采烈地在那里穿上新裙子；而现在，同一个房间里，她却被泪水淹没，对周遭的一切都了无兴趣。水手们和其他一些人正在楼下坐着，她不乐意下去。脱下那身专门为坚信礼准备的漂亮裙子，她就这样独自坐着，直到夜幕降临。长大成人对她来说似乎成为人生中最不幸的一件事。

四　他，他和他

坚信礼后第二天，佩特拉打算去到奥德加特的姐姐那里，但当她走过老奥德加特牧师身边时，他却旁若无人地走开了，这其间奥德加特在离开小镇前做过什么也不得而知。他的两个姐姐只是非常客套地接待了她，然后简单跟佩特拉交代了一下她们弟弟的嘱咐。从今天起，午前她就会一直在那所郊区的房子里忙着家务活，下午再到缝纫学校去学习；她每天还是会回自己家睡觉，在自己家吃早饭和晚饭。

一开始，由于新鲜劲还没过，她总是照着要求来分配自己的作息，还觉得非常愉快和自在；但没过多久，尤其是夏天到来的时候，她开始慢慢地对此感到厌倦。之前一到夏天，她都会终日坐在森林里看书，而现在却只能在心底里怀念。除了这样惬意的时光，她怀念的还有奥德加特，以及与人对话的感觉。最终她在对的地方找到了一个可以聊天的人。大约是在这时候，一个年轻的女孩进入了缝纫学校，她叫利兹·莱特，或是利兹，但莱特不是她原本的姓；这姓属于一个年轻的陆海军官学校的学员。那年圣诞，这个莱特回家过圣诞，遇见了还在上学的她，在溜冰场上就跟她订了婚。但是利兹却发誓这一切都不是真的，而且每当有人叫她莱特，她便会嚎啕大哭；尽管如此，她还是以利兹·莱特的名字进入了这所学校。这个利兹年轻活泼，情感丰富，经常大哭大笑，但不管是哭是笑，她满脑子想的都是爱情。与此同时，一股新颖有趣的风潮弥漫了整个校园：大家认为，如果伸手去拿剪刀，就代表你打算对其展开追求攻势，剪刀可能会同意，也可能会拒绝你。线和针订了婚，就一针一针地把自己奉献给了那个冷漠无情的暴君；针刺破了她的手指，心里的血从伤口中渗出来，但就算这样，线要想换根针，还会被别人指指点点，说她不贞！如果两个女孩在窃窃私语，那么她们必定是在聊自己身上又发生了什么了不得的事；随后越来越多的人加入了耳语的大军，每个人便都有了无所不谈的知己。一个人的秘密太多可就承受不住了，得找个人说说才行。

一天黄昏时分，天空下着毛毛细雨，佩特拉脸上蒙着一条头巾，站在她母亲房子的外面，向走廊里边儿窥探着，一个年轻的水手站在那儿吹着华尔兹。她双手紧紧地贴着下巴，使劲儿攥着罩住大半张脸的头巾，只剩下眼睛和鼻子露在外边；水手看到她在对自己拼命眨眼，于是急急地跑到了她身边。“我说贡纳，你要不要跟我一起去走一走？”“但是现在在下雨啊！”“啧啧，下雨又怎么了！”于是他们便一起向着山上的小房子走去。“给我买几个蛋糕，要带糖衣的那种！”“你只知道吃蛋糕。”“要带糖衣啊糖衣！”不一会儿，他便带着蛋糕出来了，佩特拉从头巾底下腾出一只手来，拿了蛋糕，又把手给塞回去，边走边吃，双手也在头巾里进进出出。当他们快走到小镇的正上方时，她给了他一只蛋糕，然后滔滔不绝地感慨起来：“我说贡纳！我们俩都挺喜欢对方的，你是我最喜欢的男生！噢，你不相信？但是我向你保证，贡纳！你现在是船上的二副，而且你马上就要乘船走啦。所以我觉得我们俩应该先订婚，贡纳！亲爱的，你怎么不吃蛋糕？”“我已经在嚼烟草了。”“那么，你怎么看？”“我觉得现在还不急。”“不急？你后天就走了还觉得不急？”“我是要走了，但难道我不回来了吗？”“等你回来的时候我就不一定有时间了呀，你也不一定会知道我人在哪儿呢。”“那就听你的了？”“没错，贡纳，你现在可能开始理解我说的话了，但是你反应总是这么慢！这也就是为什么你还只是个水手！”“噢！这我可没什么不满的，我很喜欢做一名水手！”“那倒是，你妈妈还有船呢。那你现在怎么说呀？唉，你真是太迟钝了！”“是呀，我现在怎么说呢？”“哈哈哈，怎么说，可能你不想跟我在一起吧？”“佩特拉！你知道我想跟你在一起！但是我不觉得自己可以完全地信任你。”“贡纳！相信我，相信我，我是真心的！”他怔怔地站了一会，然后提出了这样的要求，“佩特拉，那你让我看看你的脸吧！”“为什么？”“我想知道你是不是认真的。”“难道你觉得我是在逗你？”她面露愠色，生气地扯下了头巾。“佩特拉，如果你确实是认真的，那么就吻我一下吧，毕竟每个人都知道亲吻的意义。”“你发什么疯！”她愤愤地戴回自己的头巾，然后大步向前走去。“别走，佩特拉，别走！你不明白……如果我们订婚了的话……”“噢！废话真多！”“我明白，但我知道人们通常会怎么做。就经验来说，我觉得你是空虚了才会这样。这样的事我见多了。”“当然，你看所有的事都跟个傻子一样，现在你讲话也像个傻子一样！”“你说订婚是什么意思呢，佩特拉？我一定要把你的意思弄清楚才行！咱们这样在山上跑上跑下一点意义都没有啊！”“对，这倒是。”说完她大笑起来，然后停下了自己的脚步。“贡纳，现在听我说！趁我们现在站在这儿喘着气的空当，我要告诉你真正的爱人会怎么做。只要你在镇上，你每天晚上就一定要在我上课的缝纫学校外边等着，然后陪我回家；但是如果我出去了你又不知道我在哪儿，你就得在街上等着直到我回来为止。你要是出远门，就得给我写信，还得买些礼物寄给我。为了保险起见，我们还要互换戒指，戒指上要刻着对方的名字以及订婚的年份和日期；但是因为我没有钱，这两个戒指可都得由你来买。”“当然，我肯定会这么做的，但是……”“现在你又要跟我说什么，但是？”“天！你别着急啊，我只是想说，这样的话我必须还得知道你手指的尺寸。”“嗯嗯，我现在就告诉你。”说完她捡起一根稻草，绕在手指上丈量了一下尺寸，然后咬下一截交给他，嘱咐了一句：“别弄丢啦。”他用纸把稻草包起来，然后夹进了自己的小笔记本里，她就看着他把本子放回到衣服里边，“我们走吧，站在这儿我都累了。”“但是，佩特拉，我还是得说这路其实蛮平坦的。”“好吧，如果你不走，那我自己走了。”“不，我当然要跟你一块儿走的；只是，我还没牵过你的手呢！”“这是要干吗？”“表明我们已经订婚了呀！”“废话！难道牵手就能让你更确定？那就牵吧！手给你！先生，你可别说谢谢，也别使劲儿攥！”她又把脸埋进头巾里，然后突然又一下用双手把它掀开，她那张青春活泼的脸便都露了出来。“贡纳，你要是告诉任何人，我就会告诉人家你说的是假的，知道了吗！”她又大笑，沿着下山的坡路走下去。过了一会儿，她又停住：“明天我们学校九点下课，所以你可以在花园那儿等我。”“好的。”“嗯。那你现在得走啦！”“走之前你不再给我牵一下手吗？”“你为什么老想牵我的手呢，真是搞不明白……这回不给你牵啦，再见。”她大声喊着，然后蹦蹦跳跳地跑走了。

次日晚上她可是精心策划了一番。近十点她才离开学校，那时其他人都走光了，她走过花园的时候却没有看见贡纳。这个晚上她曾在心里做了各种坏的打算，但从未预料到会出现这种情况；她觉得自己受到了侮辱，但还是决心要等一等，若他最终现身了，自己便可以此证明自己的真心。幸运的是，她在花园走来走去的时候并不是一个人；不远处的一栋房子里，商人的唱歌俱乐部刚刚开始营业，开着的窗户里飘出来的西班牙音乐，在这温和的夜晚，直直地勾了佩特拉的魂，让她幻想着自己仿佛置身于西班牙一般，耳边响起她在露台愉悦哼吟的赞歌。西班牙是她长久以来的梦想，小镇的港湾每个夏天都要接待一批从西班牙航来的深色舰船，西班牙风情的音乐弥漫在街道的每一个角落，奥德加特家的墙上也挂着一排来自西班牙的画；也许他现在已再次登上西班牙的土地了吧，而自己也仿佛与他在同一片天空中呼吸。突然，她好像看见贡纳从苹果树后面走来，立刻被拉回了现实世界。她急急地向来人跑去，那人并不是贡纳，而是浅色头发上戴着顶轻便帽子从西班牙回来的水手。她便以为是那个人回来了。“哈哈，哈哈，”他大笑道，“你把我认成别人了？”她看清后，急切地摇了摇头，然后愤怒地跑开，可这个陌生人在后面不停地追逐，他跑得很快，又不停地说着话，因为平日操着不同的语言而染上了混杂不清的口音。“我可是个跑步健将！你瞧，你跑不过我的，”他喘气，“别跑了，我必须跟你谈一谈……你知道，这个小镇死气沉沉，人们都像是死了一样，但我可以看得出来，你不是。我一定得告诉你：我已经在这等了七个晚上了，这是第八天。”“第八天！”“没错！我还非常乐意接下来再等个八天，因为我们俩是天生一对，不是吗！别跑了，我不会让你从我身边逃走的，而且我能看出来你已经精疲力竭了。”“那你就错了！”“不，我没错！”“你就是错了！”“我没错！”“你就是错了！如果你不累的话，那就跟我说说话啊！”“哈哈哈！”“哈哈！这可不算是说话！”最终他们停了下来，聊了会儿天，说了些机智有趣的话，有的是在开玩笑，有的则是真挚的感受。然后他开始赞美西班牙，向她描绘了一幅幅美丽的西班牙画卷，罢了还深深地诅咒了一番他们脚下的这个小城。对于前者，佩特拉仔细听着，眼里满是愉悦的光；而对于后者，他的声音虽然进了她的耳朵，可她的注意力却完全被一条金链子所吸引，她的眼睛上下滚动着，盯着在他脖子上挂了两圈的金链子。“噢，这个,”他很快反应了过来,赶忙把金链子取了下来,接合处是一个金色的十字架,“看!我今晚戴着这个来到了俱乐部;它是我从西班牙拿回来的,你应该听一听它的故事。”然后他接着说道,“那是在西班牙南部,我参加了一场射击比赛,最后拔了头筹。人们在庆祝活动上给我颁了这个奖,还对我说:‘带上这个链子去挪威吧,然后带着西班牙骑士队的敬意把它交给你们那儿最美丽的姑娘。’这人说完之后,人群里爆发出一阵欢呼声,街上有骑兵队在游行,横幅四处飘扬,骑士们为我大声鼓掌,我就这样接受了它。”“天哪!这真是太棒了!再多说一点,多说一点!”佩特拉兴奋地喊着,她的想象力已经为其描绘出西班牙的盛筵,彩旗飞舞,音乐悠扬,忧郁的西班牙人站在月光如水的葡萄藤下,将他们的情思献给那位雪国来的最美丽的姑娘。而他也遵照她的要求,说起新的故事,勾起她新的遐思;然后,就像是完全置身于那片神奇的土地一般,她开始哼唱刚刚听到的西班牙乐曲,一步一步地跟着节奏而起舞。“天哪!你居然会跳西班牙舞?”他惊喜地大喊。“是的!是的!”她纵情歌唱,翩翩起舞,还打着响指模拟响板的声音,在原地迅速地踏起精彩的舞步,她之前看到过西班牙的水手这样跳舞。“你应该拥有西班牙骑士队的礼物,”他狂喜,“你真是我见过的最美丽的女人!”说完他把脖子上的金链子取下来,温柔地将它绕在佩特拉的脖子上缠了一两圈。她当时还没有意识到这意味着什么,待她缓过神来,她已经双颊绯红,满眼的泪水就要夺眶而出。这女孩给他带来了太多的震撼,他一时有些不知所措,但觉得自己还是暂时先离开比较好,于是就走掉了。

到了午夜十二点,佩特拉仍开着窗户,站在窗前,手里攥着那条链子。夏夜轻柔地笼罩在小镇和峡湾上空，延伸至远方的山峰；西班牙乐曲又从街上传来，这会儿俱乐部的人正随着年轻的英韦·沃尔德一起回家呢。她把听到的字词拼凑起来，发现这首歌唱的是一个美丽的花冠。其实只有两个人在唱，其他人都哼着模拟吉他的伴奏。

带上花冠吧，亲爱的，它是为你而存在；
带上花冠吧，亲爱的，请将我深情惦念；
我用最珍贵的草
织给最动人的你，
我用最白的花朵
编给最明亮的你，
它是奉给心爱之人的
欲放的花蕾，
它是献给至诚之人的
知秋的叶。

带上花冠吧，亲爱，它是为你而存在；
带上花冠吧，亲爱，请将我深情惦念。

早晨醒来时，佩特拉仿佛置身于一片森林中，阳光倾洒，四下里生长着一种叫做“黄金雨”的树木，她打树下经过时，几乎碰到了垂下的丝绦。她立刻又想起了那条链子，便拿出来戴在了脖子上，她在自己白色的衣服上系了一条黑色的丝巾，衬得链子格外好看。她从床上坐了起来，盯着小手镜里的自己看了好久，她真有那么漂亮吗？接着她又站起来梳了梳头，再一次看向镜子里的自己，突然想到母亲对此还一无所知，就想快点跑下楼去告诉她。就在她准备好，打算把链子戴到脖子上的时候，她突然意识到母亲对此会作何反应，别人又会说些什么，要是大家都问起她为何戴着这么贵重的链子她又该怎么回答？大家这么问也合乎情理，她一遍又一遍地思索着这个问题，最后取来一个小盒子，把金链子放了进去，揣到了衣兜里。她第一次觉得自己穷得可怜。

那天上午，她没有去奥德加特的姐姐家帮忙，而是来到了镇子的高处，在她收到那根链子的附近安静地坐着，手里拿着链子，感觉像是自己偷来的一样。

到了晚上，为了把链子物归原主，佩特拉在花园底下等了英韦很久，比前一晚等贡纳还要久。贡纳所在的船因为从邻镇收到了一大笔货物，前一天就突然启航离开了，作为船的主人，英韦也为了此事出海去了，加上他同时还有别的生意要做，这一走就是三个礼拜。

在这三周里，她把链子从口袋里拿出来放进了壁橱的抽屉里，后来又把它放进一个信封，再把信封藏进隐蔽的角落，这期间她意识到了一件又一件令她羞愤的事情。首先，她第一次意识到了自己与那些上流社会女人之间的差距。假如是她们戴着这样一条金链子，那么人们压根不会有任何疑问；但是英韦也同样不会亲手给她们戴上链子，他只给捕鱼女戴这条金链子。但如果他真的什么都肯给，为什么不给她一些更实用的东西呢？之所以给她一条永远也没法戴的项链，肯定是故意让她更难堪罢。那个所谓“最美的女孩”的故事肯定也是他自己杜撰出来的，如果他早在下午就送她礼物，也不至于在晚上偷偷摸摸了。愤怒和羞愧啮咬着她的心，她再也不愿向任何人吐露心事。因此，当佩特拉再次见到这个令自己满心怨怼和羞愧的男人时，她的脸瞬间红透，也就不足为怪了。可他却会错了意，这使得佩特拉的脸越发地红了。

她再次加快脚步朝家走去，一把抓过链子，又回到镇子的高处去等他，那时天已经快黑了。他现在该把这东西拿回去了！尽管离开了这么久，两人见面时他还是脸红了，所以她觉得他肯定会来。很快，她又为他想出各种各样的借口：他要是不在乎她，脸怎么会红呢；如果他一直在家，可能早就会来看她了吧。天色已变得很昏暗，三个礼拜过去，白天迅速地缩短了。黄昏时，人的心思通常转得很快。她坐在路旁的树林里，可以洞察外面的一切而不会被发现。她等了好一会，他也没出现，她的脑海里便涌现出一些前后矛盾的想法，她一会儿感到愤怒，一会儿又觉得害怕。还看不见路人，她就能听见他们走近的声音，于是她仔细听着外面的声响，但他终究没来。半睡半醒的鸟儿们在叶间来来回回换着憩所，有时把她吓得连大气也不敢出，镇上传来的每一点响动都吸引了她的注意。一艘大船正在起锚，水手们都唱着歌；他们会在夜晚驶离海湾，去拥抱明天早晨的第一缕清风。佩特拉也想离开，踏上大海的征程远去。她跟着水手哼起歌来，随着绞盘不断上升，声音也跟着大起来，去哪儿呢？又从哪儿来？正想着，一顶浅色帽子出现在她面前的大道上，她一声惊叫，立刻站了起来，把自己也吓了一跳；她开始跑，边跑边想起来自己本不该这么做；

但反正已经做了不该做的事，她索性拼尽全力跑了起来。但是羞愧和烦乱淹没了她。他就在身后，而她深深蜷伏在树间，不敢出来。当他走到她跟前的时候，他可以听见她每一次沉重的呼吸声，而就算她倒在一片恐惧和挣扎中，她依旧表现出两人上一次见面时同样的勇敢无畏；他弯下腰护住她，轻声说着“别怕”。

她却颤抖得更厉害了。他跪在她身边握住她的手，动作很慢，因为他也很害怕。一碰到他的手，她便像是被火烧到般跳了起来，跑开了，而他就站在那里没有动。

她已经没什么力气，所以跑不了多远，她的太阳穴突突地跳，胸腔内汹涌起伏。她用手按着胸口，听周围的动静。她听见草坪里有脚步声，踏在枯叶上发出的破裂声。——他直直地向她走来。他看见她了吗？不，他没有。——天啊，他看见了！……不，他走开了——最后她终于筋疲力尽，虚弱地坐下。

很长一段时间以后，她站起来，开始缓慢地向山下走去，走走停停，好像漫无目的一般。他就在山脚的大路上等她，她像是迷失在大雾中看不见他一样。他起身，她发出轻微的惊呼声，但是没有太过激动，只是双手捂起眼睛哭了起来。他又一次低声说道：“我知道你爱我！我也爱你！你是我的！——你不回答吗？你不能这样！——但求你相信我，因为从这一刻开始，你就属于我了！——晚安。”说完，他温柔地抚摸了一下她的肩膀。

一开始，她像是突然遭遇了一场闪电，些许不安划过心间，但现在一切又重新归于明亮了；这着实是个奇迹！

在过去的三个礼拜里，英韦·沃尔德满满地占据了她的思绪，此刻她终于回归正轨了。奥德加特来自镇上最富有、最古老的家族，他可以无所顾忌地呵护她。这一切都和她在这段时间以来满心的愤怒、痛苦大不相同，她大概要开始过幸福的生活了！意识到自己的新境遇，她也越发开心起来。她觉得自己和大家平等了，所有的憧憬都将要实现了。她仿佛看见他们结婚的那一天，轰鸣的礼炮和灿烂烟火中，英韦那艘装饰一新的上好船舰载着他们远赴西班牙，而婚礼那天的太阳也格外耀眼。

次日佩特拉醒来后，一个女孩走过来告诉她已经十一点半了；她非常饿，狼吞虎咽地吃完早餐后还觉得不够，又抱怨头疼和乏力，没多久就又睡着了。下午三点醒过来后她觉得好多了。母亲过来告诉她，她肯定生了什么病，但是睡了一觉就好了，她说自己就常常会这样；但是现在她必须得起床去缝纫学校了。佩特拉直直地坐在床上，头枕着手臂，也不起来，就回答说她以后再也不去学校了。母亲以为她还没完全清醒，就下楼去把一个小水手之前送来的包裹和信拿来给她。礼物这么快就到啦！佩特拉又躺在床上，等到母亲走后就立刻爬起来，略带庄重地打开了包裹。里边有一双法国女鞋，穿上后她觉得有些硌脚，于是有些失望地准备把它们放到一边；然后她把手放进其中一只鞋里，拿出来一个包装精美的小盒子，里面是一只金手镯；另外一只鞋里也藏了一个精心包装过的盒子，里面是一双法国手套。右手套上有一张纸片，里面包着两枚纯金戒指。“这就到了！”佩特拉这样想着，然后看向戒指上面刻着的铭文，一只上面清楚地刻着“佩特拉”和日期，另一只上面刻着“贡纳”；她脸色顿时变得惨白，像被火烫着一般把戒指和所有的东西都扔到了地上。她急忙打开信，上面写着“加莱”，她继续读了下去：

"亲爱的佩特拉：

我们在 61 到 54 纬度一路顺风，之后顶着很强的侧风到达这里，我们的船张开了全帆，制作精良，但这一气象条件就算对那些更为精良的船来说都是罕见的。我一定要告诉你，我一路上都在想你，想着我们最后一次见面的情景，我还为不能亲自和你说再见而难过。为此，我上船时非常恼怒，但一直把你记在心上，期间偶尔没有想起你也只是因为作为一名水手我在航行过程中遇到了一些困难。现在我们已经到了目的地，遵照你的要求我花光了所有的薪资还有母亲给的钱给你买了礼物，现在已经身无分文。若我可以动身离开，我一定会追着那些礼物到你身边去，只要我们的感情一天不公开，我就不能保证别人，尤其是那么多年轻的男人们不来追求你；但是我要使这一切尘埃落定！要让大家知道我的存在而没法找借口去追求你了。找到一个比我更优秀的人对你来说轻而易举，你可以得到任何你想要的人，但是你再也找不到像我这样真诚的人了。现在我要结尾啦，我已经写掉两张纸，字也越写越大了，我最不愿意写信，但你要我写，我就照做了。最后我想说，我希望你对我们订婚的这件事情是认真的；如果不是，那么你就犯了大罪过，会给很多人带来不幸。

贡纳

二副，'挪威宪法'"

她整个人被恐惧淹没，从床上一跃而起，开始穿衣打扮。她觉得自己必须得走出去，找个人来咨询意见，因为所有的一切都变得模糊不定而又危险重重。她想得越多，思绪就越乱，必须得有人来帮她理一下，不然她永远也想不明白了。但是她又能找谁诉说呢？这下便只剩她的母亲了。经过一番思想斗争，她来到在厨房忙碌的母亲身边，害怕得快要哭了，但又决定要对母亲完全坦白，这样一来母亲才能全力帮她；母亲没有转身，自然也没有看到佩特拉的神情，只是说："他刚回来，已经到家了。""谁？"佩特拉轻声问，绝望地想要抓住一丝希望，要是贡纳真的回来了，那么一切便都落空了。她了解贡纳，他反应迟钝，秉性淳良，但要是生气起来就会完全不可理喻。母亲说："你别在那儿待太久。""哪儿？"她全身战栗，断定他肯定把一切都告诉母亲了，那接下来会发生什么呢？"是的，牧师家里。"母亲说道。"去牧师家里？难道是奥德加特回来了？"母亲终于转过身来，"是的，不然呢？""奥德加特回来了！"佩特拉大声叫起来，愉快的气息一扫空气中的阴霾。"奥德加特来了，噢！他来了！他回来了！"她说着便冲出门跑到了田野上去。她奔跑、狂笑、大叫；我想要的是他！是他！如果他一直待在镇上，就不会发生这些事了！跟他在一起她觉得安全；只要安心想着他愉快的面容、温和的嗓音，或只是他挂满图画的安静的房间，那个他住的地方，她便慢慢平静下来，感到安全。她花了点时间整理了自己的思绪。在那个早秋的夜晚，小镇笼罩在夜光中，海峡发出异常耀眼的光彩；海湾外，载着奥德加特回来的轮船上最后一缕黑烟也曲曲折折地飘远了。噢！单是知道他又要回来了就让她感到无比幸福，也使她坚定决心，内心变得更加强大。她祈求上帝让她的奥德加特再也不要离开她。就在她因这希望而激动的时候，她看见他朝自己走来；他知道她会走哪条路，于是跑来跟她见面了！这使她大为感动，于是靠向他，抓起他的两只手亲吻起来；他有些难为情，看见远方有人走近，于是把她拉到远离大路的树下。他紧紧握住她的手，她一路上不停地说话："你回来了我真是太开心了！不，我真不敢相信这是你！噢！你一定不能再离开我了！别离开我，不，别离开我！"说到这，她的眼泪就像断了线的珠子。他轻轻把她的头放到自己的胸膛里；他想要安慰她，因为他本身也需要她平复一下心情。她偎依着他，像一只小鸟躲在保护她的羽翼下，一步也不想往前走了。

他被她的信任感动，伸出手来环住她，像是为她提供其一直在苦苦寻求的爱的港湾；但她并没有觉察到这一点，当她抬起满是泪水的脸庞，两人四目相对的一瞬间，悔恨与爱恋交织，感恩与施恩的喜悦碰撞，两颗相爱的心紧紧贴合在了一起。他拥抱她、亲吻她；早年丧母的他，长这么大还是第一次亲吻别人；她亦是初吻。于是两人吻得难舍难分，最后终于分开后又一次紧紧相拥。他浑身战栗，而她脸颊泛红、容光焕发；她伸手环上他的脖颈，像个孩子一样攀着他。他们坐下后，她拨弄他的手、他的发、他的胸针和围巾，在过去，对于这一切她都只能怀着敬畏之心远远地看着。那时，他叫她称呼他"您"而不是"你"，可她不乐意。他将会告诉她，自相遇那一刻开始，她让他乏味的生活变得多么精彩；多少次想到自己可能没法向她倾诉衷肠，自己要为此付出代价时，他的内心都在苦苦挣扎；然后他意识到她根本听不懂自己在说什么，更领会不了其中的意思，于是他自己也觉得自己的话毫无意义了。她说想立刻跟他回家，而他则笑着让她再等几天，之后他们就能一起离开；他们坐在树林间，眼前是静静的海湾、群峰和月亮，远方传来的号角和歌声依稀可辨，他们此时此刻的切身感受，所说的每一句话，就叫作幸福。

噢！甜蜜就是月光笼罩下
爱人的初次相遇
像一支　歌唱一日将歇时
波浪逃离水坑的歌谣
像一首　勘测森林的曲
像崎岖岩石上的号角之音
我们的心，那一刻
在惊异中
响应了自然的锁。

五　铸成大错

第二天早上，奥德加特按铃叫侍者送咖啡过来，才得知商人英韦·沃尔德已经来家里拜访过他两次了。一想到要和一个素未相识的人打交道，奥德加特就不大高兴，可是既然人家一大清早就来了两次，肯定是有要事。他才刚刚梳洗打扮好，英韦·沃尔德就又来了。“我相信，您一定感到很惊讶吧？因为我也是一样。早上好！”英韦·沃尔德礼貌地说道。他们握了握手，英韦·沃尔德摘下他轻便的帽子，随手放在了桌子上，说道：“您早上起来得有些迟,我已经来拜访过您两次了。有件极为重要的事情压在我心里,我必须和您谈谈!”奥德加特答道:“你请坐吧!”说着自己就坐在了一张安乐椅上。“谢谢,谢谢您!不过我还是更喜欢站着。我实在是太激动了,没法坐下去。自前天起,我就已经疯了,没错,彻底疯了!我这样跟您可脱不了干系!”英韦·沃尔德激动地说道。“我?这和我有关系?”“没错,就是您!您把那女孩带进了大家的视野。要不是您,根本没人对她感兴趣,也没人会注意到她。可是如今,我看到了她,我这辈子就没见过谁能跟她相提并论,她是如此的……对吗?不,我横跨了整个欧洲都没有见到过这样的卷发尤物,这真是该死!您见过吗?我的心再也无法平静,就像着了魔似的,她搅乱了我的一切。我想要逃走,可是又忍不住回来了,这真是令人难以置信,对不对?一开始,我根本就不认识她……人们都说她是‘捕鱼女’,他们本该称呼她年轻的小姐,吉卜赛女郎或是女巫。她的眼睛、胸部、头发,都像是燃烧着一团火,您觉得呢?她聪慧而有朝气,终日忙碌、活泼爱笑,她歌声婉转,还会羞涩脸红……您知道吗?我曾在寂静的夜晚里满树林追着她跑。她停下来站着,我也停下来,说几句话,唱一首歌,跳一支舞,然后呢,然后我就把自己的项链送给了她。要知道,就在这一分钟之前,我可从来没这么想过!下一次,我们在同一个地方同样追逐打闹,她却有些害怕了,你相信吗?我一句话也说不出来,也不敢轻易触碰她。但是她又回来了,你会怎样做呢?我向她求婚了,同样地,一秒钟之前我压根就没想过自己会这么做。昨天,我想要考验自己,离她远远的,但是没过多久,我整个人就跟疯了似的。是的,我离不开她,我必须和她在一起。

如果得不到她，我会受不了的。这就是我的故事。我不在乎我母亲的看法，不在乎人们的议论，在这里我根本就没有任何机会实现我的愿望。您知道的，她必须离开这里，离得远远的，去过体面的生活，到国外去，去法国巴黎。我负责花销，您来安排。我要和她一起走，找一个角落安定下来，再也不要在这个小洞里坐井观天。可是这里还有鱼呢！我想要把这里好好改造一番，但人们太过懒散，不愿思考，也不会做买卖。渔业？他们根本就不知道怎么经营。西班牙人整日埋怨，认为渔业必须要以一种全新的方式运营，采取新的干燥法、腌制法，这样小镇必定会繁荣崛起，商业必定会步步振兴，但关键是渔业！我刚刚说到哪儿了？渔业，捕鱼的女孩，还挺配的，渔业，捕鱼的女孩，哈哈哈……就这样说定了，我负责花销，您负责安排，她注定会成为我的妻子，然后……”

他没能够接着说完。整个对话过程中，他丝毫没有注意到奥德加特的神情。奥德加特此时已经起身，脸色如死人般惨白，手上拿着一柄制作精美的西班牙手杖站在他的面前。奥德加特觉得这一切难以置信，一时之间无法接受。英韦·沃尔德躲过了最初的几棍子，说道："小心点，你就要打到我了！""是的，我就是要打你！你看，西班牙，西班牙手杖，这也很配啊！"说完，奥德加特就开始挥舞起手杖，沃尔德的肩膀、手臂、手掌、脸，没有一处得以幸免。沃尔德逃也似的奔出了房间，大叫道："你疯了吗？简直不可理喻！我一定要娶她！""滚出去！"奥德加特咆哮着，浑身的力气像是被抽尽了。沃尔德只得抓紧奔下楼，躲开这个疯子，跑到街上才发现自己的帽子忘拿了，于是大声呼喊要求奥德加特把他的帽子还回来。只见他的帽子被人从窗户里扔了出来，随后就听见“砰”的一声，似乎有什么重物落在了地上。等赶上楼去，他们才发现奥德加特已经躺在地板上，不省人事了。

这一切发生时，佩特拉还没有穿衣打扮好。她无心梳洗，正坐在卧室里，一坐就是一整天。每次她想到要继续打扮，双手总会无力地垂到膝上。她就像是业已成熟的玉米穗，或是田野里聚集成群的风铃草，垂头丧气、无精打采。她的卧房就如同一座城堡，空气畅通，安静平和，坚不可摧，光影变幻。她回想起昨日的会面，记起当时的每一句话、每一个表情、每一次肢体碰触、每一次亲吻。从见面开始直到两人分开，不舍得放过任何一个细节，却又绝不会忆起最后的分别。因为每一段记忆都在梦中消逝远去，而下一次做梦又会带来更加美好的愿景。尽管想到这些倍感甜蜜，她终究还是要面对现实，不过每次刚回过神来，她都会再次陷入幻想之中，无法自拔。

佩特拉一整天没有下楼，母亲猜想既然奥德加特已经回来，女儿可能又开始刻苦学习了。佩特拉整日一个人待着，饭菜也有人专门给她送上去。夜幕降临，她才开始梳洗打扮，打算去见自己心爱的情郎。她把自己最漂亮的裙子也穿上了，就是她当时在坚信礼上穿的那一件，不过她现在才意识到裙子并不是很好看。她对于优雅并没有什么概念，但是今天却受了启发：搭配得不好，再美再好的衣服也是白搭，整个人看上去也不漂亮！今天，她要让周围的人见识见识她最美的模样！想到这儿，一件往事又浮上心头，她挥了挥手，想把这记忆拂去，此刻的她不想为任何事烦心。时间还早，她便蹑手蹑脚地把房间收拾了一番。她打开窗户，向外远眺，远处重重山峦之间笼罩着温暖绚烂的彩色云霞，凉爽的清风也裹挟着不远处树林的气息迎面而来。“太棒啦！时间到了，我该过去啦！时间到了，我该过去啦！”她飞奔回卧室，仔细端详着镜子里面的自己，揣摩起自己待嫁新娘般的激动心情。

这时，她听见了楼下传来奥德加特和母亲说话的声音，母亲正给他指路，他就要往自己卧房来。他亲自过来接她了！她感到既羞怯又高兴，仔细环顾四周，确保一切都井井有条，对他不会失了礼。听到低沉的敲门声后，她跑过去开门。“进来吧！”她温柔地答道，然后稍微往后退了几步。

打开门，面对她的却是一张冷若冰霜的面孔，这使她感觉自己像是堕入了无边地狱，整个世界瞬间坍塌了。她差点站不稳，趔趄着退到了床边，抓住了床柱子。不到一秒钟的时间里，她就从天堂坠到了地狱。前一秒钟，她还是这个世界上最幸福的新娘子；后一秒钟，她便成了这人间罪孽最深重的恶人。他雷霆大怒，发誓永远也不会原谅她！

他絮絮叨叨地说着，声音低得几不可闻：“你所犯的罪过，我都知道了！”他倚在门上，双手紧紧攥住门锁，好像如果没有它们的支撑就马上会倒下来似的。无论他的表情伪装得怎样完美，怎样镇静，他的声音还是打着颤，眼泪流得满脸都是。

“你到底知不知道自己究竟做了什么？”他愤怒的神色简直要把她推入地狱。她没有回答，甚至都没有哭泣，只是感到一种彻底的绝望和无能为力，整个人像是瘫了，再也动弹不得。“上一次，我将真心托付他人，但他却因为我的过错而死。我无法走出这伤心事，除非有人能够再次走进我的心里，并且给予我一颗完完整整的真心。你做到了，但却是虚情假意！”他停了下来，两三次想鼓起勇气接着说下去，却再也说不出口。突然，一股巨大的伤痛攫住了他，他接着爆发道，“这许多年来，我苦苦积累起来的一切，都是经过深思熟虑的，你竟然就这样轻易地把它摧毁了，当它只是黄粱一梦！孩子啊，孩子啊，你真的不明白我竭尽全力让你能爱上我？现在，这一切都过去了！你现在要明白：我给予你的一切，我最真挚、最深刻的情感，现在都像是凛冽寒冬中随风而逝的火苗，化作灰烬了。你究竟是个什么样的人，不幸的孩子？我曾经把你当作我最珍贵的宝贝，唉，你实在是太让我伤心了！”他哭泣着，苦涩而又悲痛。

“不对，你还太年轻，根本理解不了。”他又接着说道，“你根本不知道自己究竟做了些什么。但是你必须明白，”他咆哮着，“真相就是，你以为你的人生被某种东西照亮了，你以为信仰会结出我们希冀的果实，但这一切都不过是一场浩大的骗局！告诉我，我到底做错了什么，你竟然对我做出如此残忍的事情！孩子啊，孩子啊，你要是昨天直接告诉我该多好！为什么？你为什么撒这么可怕的谎？这都是我的错，是我的错，我没有教好你。我何曾说过谎话？没有，我没有，那你又是从哪里学会撒谎的？”

她听到了他说的所有话，都是事实。他蹒跚着走到窗户，坐在一把椅子上，头倚在旁边的桌子上。他突然又站起来，拧着双手，痛苦地呜咽着，然后又颓然地坐下，静静地，一动不动了。“我没有能力帮助年迈的老父亲，”他好似在自言自语，“我不能，我没有听见上帝的召唤。我没法得到任何帮助，眼前的一切都化为碎片，所有的人都抛弃了我，我什么都没了。”他再也没有力气说下去了，头深深埋在右手臂弯里，左手无力地垂了下来。他看起来也没法动弹了，就坐在那里，沉默不语。随后他感到有什么温暖的东西抓住了他垂下的左手。那是佩特拉的气息！他一惊，立刻把手抽了出来。她就跪在他旁边，低着头，双手合十，以一种难以言说的哀求之情注视着他，希望求得他的怜悯。他低头看着她，两个人就这样对视着。之后他慢慢地举起手来，尽量不触碰到她，仿佛体内有个别的声音在劝说他，但他不愿听，只是快速弯腰捡起帽子，奔向房门。但是她却比他更快，堵在了他面前。她整个人跌坐在地上，双手抱住他的腿，眼睛死死地盯住他，不发一言。他看见也感受到了她为了生活所做的挣扎与抗争。对于她的爱实在是过于浓烈，他再一次俯下身来把她拉到跟前，伸出双臂抱住她，脸上的痛苦展露无遗。她又一次依偎在他的胸膛里，但是这胸膛如今已是满目疮痍、遍体鳞伤，就像是风琴发出的最后一个音节，虽然余音仍旧回荡在空气中，却再也无调可循。他最后一次抱着她，一次又一次地把她紧紧拥在心口，但他终究还是要离开她，只听他激动地咆哮着："不不，你可以自暴自弃，但你却失去了爱人的能力！"他被这冲动的情绪惹得语无伦次："不幸的孩子啊，你的未来我再也无法指引了，你已经毁掉了我的未来，愿上帝饶恕你！"说完径直从她身边走过，她也再没动静；门一开一合，她一句话也没有说。她听见了他下楼的声音，听见了他停留在石板上最后的脚步声，听见了他走向大道的声音，随后才释放出自己压抑的情感，嚎啕大哭起来，只哭了一声，便惊动了母亲。

佩特拉恢复知觉后才发现母亲就坐在床边，应该是她把自己抱到了床上，给自己脱了衣服，然后在旁边一直照看着。母亲的两只手臂支在腿上，托着头，眼睛死死盯住自己，好似要喷出火来。“你现在是不是不想再跟着他学习了？”母亲开口问道，“你学到什么东西了？今后打算怎么办？”一大股悲伤从心底涌出，佩特拉“哇”的一声大哭起来。她哭了许久，母亲就坐在旁边，没再发问，之后又严肃地说道：“我衷心祈祷上帝诅咒他！”佩特拉立刻站了起来，为他辩解道：“母亲！母亲！不是他的错，真的不是他的错，是我做错了，是我做错了，不是他！”“哎呀，佩特拉，我知道男人都一个样！我明白到底是谁的错！”母亲答道。“不是的，母亲，他只是一时气愤被别人欺骗了，是非常可怕的欺骗。而欺骗他的人就是我，是我！”佩特拉立即把事情的来龙去脉简短地告诉了母亲，边说边哭。他绝对不能被冤枉，一刻也不行！佩特拉谈到了贡纳和自己对他的予取予求，以及自己当时是多么不懂事，根本就不知道自己在做些什么。接着谈到了英韦·沃尔德，说到了他倒霉的金链子，这些教会了她很多，也使她深陷其中，无法自拔。最后谈到了奥德加特，说到了自己一看见他回来了，如何就把其他人都抛到了九霄云外。她实在是怎么也搞不明白这一切是怎么发生的，但是心里却很明白，自己的确是犯了大错，对不起他们所有人，尤其是对不起奥德加特。他教养她，为她倾尽心力，世间没有人能够比得上他。就这样沉默着坐了许久，最后还是母亲先开了口：“那你没有做什么对不起我的事吧？”“天哪！母亲，放过我吧！别对我太残忍啦！我现在需要你的拯救！我觉得自己一辈子都要为这个错误付出代价了，但是我要向上帝祈祷，只希望他让我快点死去！最亲、最爱的上帝，”佩特拉双手合十，抬头望向天空，开始祈祷：“最亲、最爱的上帝，求您听见我的祷告，我的生活已经了无希望，再也没有什么盼头了，我不适合也不懂得如何生存，亲爱的上帝，我只希望你准许我死去！”冈劳格刚刚还对女儿说着最为严厉的话，此刻却把女儿做祷告的手臂猛地拽了下来，打断了她：“孩子，要控制自己的情绪，别去麻烦上帝了。不管多么痛苦，我们都还是要活着。”母亲长长地叹了一声，站起来，再没有安慰的话可说。佩特拉此时想要告诉母亲所有的难言之隐，只是时间已经太晚了。冈劳格再也没有踏进过这间阁楼上的卧室。

奥德加特一病不起，看起来好像命不久矣，因此他年迈的老父亲自上楼去，待在儿子旁边工作。大家都劝他别累着自己，好好休息，他的回复永远只有一句：他做不到。他爱儿子胜过父亲，因而每一次即将失去爱子时他都会竭尽全力照管他们。

贡纳一回来，情况就变得更加糟糕了。

他出现在那艘很久之前随行出海的大船上的时候，所有人都吓了一跳。他母亲被吓得不轻，以为那是他的鬼魂，认识他的人也都好不到哪里去。对于他们好奇的追问，贡纳只能给出一个让人无法信服的答复。然而，没过多久，大家就都明白了。因为回家当天，他就被冈劳格从家里赶了出来。冈劳格站在门前的阶梯上，对他大声咆哮：“别再让我看见你！我们现在受够了这一切！”十里八乡的人都听得一清二楚。他还没走几步，一个小女孩就赶上了他，递给他一个包裹。这女孩手上还拿着另外一个包裹，她把这两个弄混了。贡纳发现自己手里的包裹里放着一条大金链子。他站在原地，仔细端详了一会儿，打算把这金链子还回去。冈劳格对他莫名的怒火就够让他摸不着头脑的了，现在她又差人送来一条金链子，他实在是一头雾水。他把女孩叫回来，心想她肯定是搞错了。于是女孩又把另外一个包裹递给他，问这个是不是他的。打开一看，里面确实是他送给佩特拉的礼物。是的，这个包裹才是给他的，但是这个金链子又是谁的呢？“英韦·沃尔德，那个年轻的商人的。”女孩回答道，然后转身走开了。贡纳站在路上，苦思冥想：年轻的商人英韦·沃尔德，他给佩特拉送礼物？一定是冈劳格撞见他们在一起了！没错，肯定是他，偷走了我的佩特拉！英韦·沃尔德，就是他！贡纳怒不可遏，激动起来，他必须要出这口气，他要去把那个抢走佩特拉的人揍一顿！这个人就是英韦·沃尔德。

简要讲述一下事情的经过：年轻的商人英韦·沃尔德正郁郁不乐，在自己家门口又莫名其妙地被人袭击。他跑向办公室，希望摆脱这名怒火中烧的男子，可是贡纳却对他紧追不舍。办公室里所有员工将贡纳团团围住，贡纳还是把他们打得落花流水。桌子、椅子被打翻得到处都是，报纸、书信等像尘埃在空中飞来飞去。最后还是英韦的仓库人员给他解了围，把贡纳扔到了大街上。

可是在码头上爆发的又一场战斗可是真刀真枪的，甚为激烈。码头上停泊着两艘船，其中一艘来自国外。当时正值正午，水手们都闲着，便兴冲冲地加入了战局。两艘船的船员各自为营，快速地进入战斗，还派人去喊更多的人过来，人来得比往常快得多。做苦力的，妇女和孩子，都跑过来凑热闹。打到最后，到底为什么打架或是跟谁打架，都没有人搞得清楚。船长大声咒骂，可根本就不顶用；市民们喊着要去叫警察来，可根本就叫不来，因为这里唯一的警察刚刚出海，到海湾里钓鱼去了。市民们又跑去请治安法官，这法官刚好兼任邮政局长，正在处理一批新到的邮件。他把自己锁在邮局里面工作，只是隔着窗户说自己去不了。他的助手又去参加葬礼了。要想请到人去控制局面，这下可有得等了。可他们实在等不及了，有几个人，特别是受到惊吓的妇女，大声叫喊着要抓紧时间去请铁匠阿恩。几个德高望重的市民决定派阿恩的妻子去请他，理由是“警察不在家”。让男孩子们欣喜的是，阿恩没过一会儿就到了。他先是加入了人群中的混战，随后瞥见了一个身材魁梧的西班牙人，就和这个西班牙人一起在混乱中攻击剩下的庞大队伍。

战斗平息之后，治安法官才拄着拐杖姗姗来迟。他只在现场发现了一些老妇人和孩童在窃窃私语，就严厉命令他们抓紧回家吃晚饭，说完自己也就走了。

第二天他才开始着手调查事情的来龙去脉，调查了一段时间，可还是没有查出来到底是谁挑衅在先。只有一件事情是毫无异议的，那就是阿恩千真万确参与了这次斗殴，因为大家都亲眼看见了阿恩和那个西班牙人追着大家伙儿打。因此，阿恩被罚了一枚硬币。而把他拉进这场战斗的妻子，在三一节后的第二个礼拜日获知这不幸的消息，大受打击，大概很久以后都没法忘掉这件事。这就是治安法官调查此次事件后做出的唯一裁决了。

可这次事件仍旧余波未平。小镇再也难以恢复往日的平和安静，那个捕鱼的女孩再一次把小镇搅了个天翻地覆。怪诞不经的流言四起，有人说她赢得了镇里最德高望重的奥德加特的心，又迷住了镇上两个最富有的人，说不定还有好几个备胎！有人对此愤愤不平，风言醋语起来。要知道，贡纳已经成为镇上最为出类拔萃的几个年轻人之一。不久，镇上掀起了一场道德风暴。这个女孩才接受坚信礼不到半年的时间，竟然同时答应了三个人的求婚，其中一个还是她的老师，她的恩人！镇子里三个名门望族都因这女孩遭遇不幸，街头有失身份的混战也辱没了他们的名声。这事就要激起公愤了。如果她幼时能够知书识礼，自然不会惹得大家对她深恶痛绝；如果奥德加特当年没有可怜她、关心她，人们自然不会送她礼物，也不会对她重燃希望；如果她没有将他们三个玩弄于股掌之上，把奥德加特搞得遍体鳞伤，没有肆无忌惮地随心所欲，为所欲为，自然也不会为社会所不容。

母亲也有着不可推卸的责任。家里整天来来往往的都是些水手，女孩自然也学得粗陋浅鄙。他们已经不再惧怕冈劳格，也不愿再忍气吞声，不论对于母亲还是女儿，他们都要齐心协力把她们从镇子里赶出去。

一天晚上，一群人围拢在河岸，有欠冈劳格钱的水手，有整日烂醉如泥、被冈劳格辞退的工人，还有被冈劳格嗤之以鼻、不懂事的小伙子，还有些上等人站在后面看热闹。这些人吹着口哨，大嚷大叫，喊捕鱼的女孩、喊鱼女冈劳格出来。没一会儿，就有人往她们家门上扔石子，之后又有人往阁楼的窗户上扔去。直到夜深人静，人群才慢慢散去。而窗户后面则是死一般的沉寂。

隔天早上，根本没有人来关心冈劳格，甚至连个小孩子的人影都没有。可是一旦夜幕降临，同样的喧闹就又开始了，这一次男女老少都围拢过来了。窗户都被石头打破了，花园里的花草也被连根拔起，灌木被践踏得了无生气，果树的幼苗也被摇晃个不

停,他们还唱道:

哎呀,妈妈,我钓着了一个水手!
啊? 你真的钓到了?
哎呀,妈妈,我钓着了一个商人!
啊,你真的钓到了?
哎呀,妈妈,我钓着了牧师的儿子!
这是你钓到最好的啦!
哎呀,叮当,
鼻子长长喽,
大鱼会咬人,但收获更丰厚;
放在篮筐里,谁还能拿走它!

哎呀,妈妈,那个水手走了!
啊? 他真的走了?
哎呀,妈妈,那个商人走了!
啊,他真的走了?
妈妈,他们说牧师的儿子也要走了!
那快点拖住他!
哎呀,叮当,
鼻子长长喽,
大鱼会咬人,但收获更丰厚;
放在篮筐里,谁还能拿走它!

他们还故意大声叫冈劳格出来，要是能看到她气得跳脚的样子，他们别提多开心啦！他们觉得再没人能比她还搞笑了。

冈劳格一直在屋里坐着，每一个字眼都听得清清楚楚，但是她一句话都没说。只要是为了子女，父母的忍受力总是高得出奇。

六　钟声

各种嘈杂的嚷叫、口哨和起哄声此起彼伏的第一个夜晚，佩特拉正待在自己的房间里。听到动静后她迅速起身，急得像是房子遭了火，一切都坍塌下来，又好似被烙杆烫得在房里到处跑，要把她的灵魂都烧透了；她的情感迫切地需要一个出口，却不敢跟母亲说，尽管她们此刻一同站在房里唯一的窗前。一块石头穿过玻璃砸进房里，落在了她的床上；她惊叫一声，跑进窗帘后的角落里，把自己藏在一堆旧衣服中。她蜷缩着，羞愧难当，还怕得发抖，眼前飘过一片未知的恐惧，而四下里全是人脸，张大着嘴，一个劲儿地嘲笑她。他们离得很近，怒火如暴雨般喷至四周，——噢，那不是火，而是眼睛；无数双眼睛，有的怒目圆睁，满是恶意；有的则半眯着，露出凶光；有的一动不动，有的却上上下下地打量她，——上帝，上帝，救救我！

最后一声叫喊消逝在黑暗沉寂的夜里，她松了一口气，这才敢爬出来，躺到床上，把脸深深埋进枕头里，却仍旧思绪万千。母亲还是会勇敢地保护孩子，与那些人对峙，就像重重雷云笼罩在山顶，但怎样才能让母亲不再为了她而忍受这一切痛苦呢！她毫无睡意，心里也没法平静，新的一天开始了，情况却没有丝毫改善。

她前前后后踱着步，盘算着怎么逃出去，但又不敢碰见母亲，也不敢在白天出门，可到了晚上，人们岂不是又会聚拢在她家门前！可她必须得等，午夜前想要出逃还是相当危险的。但要逃到哪儿去呢？她一无所有，又不识路……外边肯定会有仁慈之人吧，就像仁慈的上帝一般！他知道她犯下的一切罪过都非恶意为之，他知道她想赎罪，他也知道她此刻是多么无助。她留神听着楼下母亲的脚步声，可什么也听不见；听到她在楼梯上走动的声音，又不禁全身发抖，可母亲终究没有上来。那个女孩肯定也离开了，因为没人来给她送饭。她不敢下楼，也不敢走到窗边，因为担心有人正站在外边等她出现。早晨，冷风会透过破损的窗格灌进来，到了晚上就会更冷。她打包了一捆衣服，梳妆打扮做好准备；但她还得先等着那些愤怒的人折腾完，那之后就看一步走一步吧。

他们又来了！吹着口哨，大喊大叫，抛掷石子，比前一晚更过分了；她偷偷爬进角落里，双手合十，一遍遍地祈祷：母亲千万别走到外边去，他们千万别冲进来！人们开始大唱卑劣的讽刺之歌，虽然每个字眼都像尖刀似的向她刺去，她还是必须得听着；但是她接着又听到了母亲和那群人争吵的声音，便立刻起身，想要透过窗口和外边那些懦弱卑鄙的人们好好谈谈，或者就直接从窗户上跳到他们中间去算了；——但是石头一块接着一块，最后甚至如暴雨般飞过窗户直往房间里砸来，碎玻璃飕飕作响，石块在房里滚来滚去，她只能又爬回角落里。那一刻，仿佛站在烈烈骄阳下，她满头大汗，却止住了哭泣，——她再也不害怕了。

吵闹声逐渐平息；她试探着向窗户走去，想看看外边的情况，却踩上了碎玻璃，疼得迅速后退了一步，没想到又踏上了石头，她努力站定不想让别人听见自己的动静；她必须悄悄地离开。等了足足半个小时，她才脱下鞋子，拿起行李，轻轻地打开窗子。想到自己给母亲带来了这么多痛苦，却要不告而别，她就悲从中来；但恐惧攫住了她。下楼时她每走下一个台阶，就低语道："母亲再见！母亲再见！"最后，她站在楼底，深吸了好几次新鲜空气，接着转身向门口走去。突然有人从背后抓住了她的手，她轻声尖叫，转头，——那是她的母亲。

冈劳格早已听见女儿开门的声音，立刻就猜出了她的意图，便守在这儿等她。如此，佩特拉便意识到不经一番斗争自己肯定是走不了了。解释毫无用处，不论她说什么，母亲反正不会相信。要是最后真得干一架，她也不怕，反正自己早已经历过这世上最糟糕的情况了，现在总不会更糟。"你要去哪?"母亲低声问。"我必须逃走!"她回答，心跳得很快。"去哪?""我不知道；但是我必须离开这里!"她抓紧了包裹，继续向前走去。"站住，跟我走，"母亲说着便抓住了她的手臂，"我已经为你准备好了。"佩特拉感到如释重负，像是从一个圈住她的挟制里挣扎开；接着好似经历完一场激烈冲突一样大口呼吸，随后顺从地跟在母亲后面走。母亲把她带进了厨房后的一个小房间里，里面灯火通明，四周没有窗；她刚刚就是躲在这儿避开了那场混战。房间非常狭窄，她们在里边儿几乎没法走动；母亲拿来比她小得多的包裹，打开，找出一套水手服，低声吩咐道："穿上吧。"佩特拉立刻明白了母亲的良苦用心，但母亲并不解释，这令她深为感动。她脱下自己的衣服换上水手服；母亲过来帮她，灯光打在母亲整张脸上，佩特拉第一次觉得冈劳格真的老了。她是这些天来突然变老的，还是自己以前没有注意到呢？想到这里，她的眼泪开始大滴大滴地掉落在母亲身上，可母亲并未抬头，两人仍旧沉默无言。她最后穿上一件油布长雨衣；一切就绪，母亲接过女儿的包裹，吹灭了灯，说道："现在走吧！"

她们没从临街大门进入走廊，冈劳格打开了后门，待两人都出来后又重新锁上。她们穿过被践踏得不成样子的花园，跨过被连根拔起的大树和破损的篱笆。"你最好还是四处看看吧，"母亲说，"你再也不会回来了。"佩特拉战栗了一阵，但始终没有抬眼看。她们选了一条较高的路，绕着森林的边缘走。这条路她已经走了半辈子；在这儿的数个夜晚里，她和贡纳定情，和英韦相识，最后还和奥德加特相爱缠绵。她们踏在干枯的落叶上；夜很凉，她穿着陌生的衣服不住颤抖。最后母亲朝一个花园走去，她记得自己小时候曾来过这地方捣乱，虽然打那以后就再没去过，但佩特拉清楚地知道那是佩德罗·奥尔森的家。母亲有房子的钥匙，她们进去后母亲又把门锁上了。

这天上午冈劳格鼓足了勇气才到他家来求助，此刻带着不幸的女儿来到这儿又使她身心俱疲，因为她没法再给孩子提供一个家。可只要是必须得做的事，她就一定能做到。她敲了侧门，房里立刻传来脚步声，灯火也亮了起来。不一会儿，佩德罗穿着一身旅行衣打开了门，脸色苍白又紧张。他手里攥了一壶小酒，看见佩特拉哭得肿胀的脸时不禁叹了一口气；她抬头看他，但因为他没敢说破，自己也就没指明两人互相认识的事。“这个男人保证会帮你离开这里，”母亲说这话时没看向任何人，然后走到走廊的另一边阶梯处，朝着佩德罗的房间往上去，他们两人便在后面跟着。他的房间又小又低，空气因未曾通风换气弥漫着一股特殊的气息，这让佩特拉险些晕过去；毕竟她已经超过一天没吃没睡了。天花板的正中挂着一只装了金丝雀的鸟笼；他们在房里绕着走以免撞到鸟儿。传统旧式椅子，笨重的桌子和两个巨大的顶着天花板的衣柜，把房间塞得满满当当，显得更小了。桌子上放着几张乐谱，谱上横着一根长笛。佩德罗像是有什么要紧事要做，拖着他笨重的靴子在房里走来走去；后面的房间里传来窸窣微弱的声响，“那是谁？谁来了？”他听到这，脚步却加快了，喃喃道，“噢，恩……是，嗯……”于是走进了声音传来的那个房间。

冈劳格倚窗而坐，双肘搭在膝上，头枕在手上，直直地盯着散落一地的沙尘；她没有说话，但时不时地会重重叹出一口气。佩特拉感到不太舒服，靠着墙站在门边，双手环在胸前。古老的时钟把时间一刀刀砍成碎片，桌上的蜡烛也快要燃尽，只留下长长的灯芯。母亲想解释一下她们为什么来这儿，于是说道：“我认识这个男人，不过那是很久以前的事了。”

母亲不再多说，女儿也没有回应。佩德罗还没回来，蜡烛继续虚耗着生命，旧钟表依旧哐当哐当地走着。佩特拉感到越来越虚弱，耳边始终回响着母亲刚才所说的话，“我认识这个男人，不过那是很久以前的事了。”时钟也缓慢应和着，“我—认—识—这—个—男—人，不—过—那—是—很—久—以—前—的—事—了。”自此以后，每当她走进密闭的空间，这个房间便会浮现在她眼前，使她想起这种无力的虚弱感，以及时钟用拖长的嗓音呢喃道，“我—认—识—这—个—男—人，不—过—那—是—很—久—以—前—的—事—了。”

佩德罗再次回来时，戴了一顶羊毛帽，披着一身古旧斗篷，领子一直系到耳根以上。“我现在准备好了，”他说完又戴上连指手套，像是在严寒冬日出门一样。“但我们不能忘了，”他转过身来，“斗篷要给—给—”。话没说完，他看看佩特拉，又望望冈劳格。她此刻正拿起一件挂在椅背上的蓝色外套想帮女儿穿上；可是这衣服染上了房间的腐朽气味，没等母亲帮自己套上，她就请求呼吸些新鲜空气；母亲看出来孩子面带病容，于是打开门，迅速把她带进了花园里。佩特拉立刻深呼吸了几次，准备再四处走一走，问道：“我要去哪？”“卑尔根，”母亲说完又帮她扣紧了大衣，“那地方很大，没人认识你。”等她准备好，冈劳格在门口顿住了脚步，“你随身带着一百美元的硬币，如果遇到什么难题，还有些依靠。这些钱是他借给你的，他这儿……”“是给的，是给的，”佩德罗把钱递过去，迈步走上街。“是借给你的，”母亲像是没听见他说话似的又重复了一遍，“我以后会还他的。”说完她从脖子上摘下一条围巾，给佩特拉系上，“一切安顿下来你就立刻给我写信，这之前就算了。”“妈妈！”“他会划船送你去那条大船上。”“噢！天哪！妈妈！”“那，没事了，我就送到这儿吧。”“妈妈！妈妈！”“愿主与你同在。再见！”“妈妈，原谅我，妈妈！”“你在海上别感冒了。”她陪女儿慢慢地走到花园门外，然后关上了门。

佩特拉站在那里，看向紧闭的大门，觉得自己此刻所忍受的痛苦和寂寥简直是人类所能承受的极限了，但就在那一刻，因为太过悲凄，所有的不公和泪水全部都幻化为一场期待，一星希望；仿佛一束火焰，被点燃又被吹灭，熊熊燃烧又慢慢熄灭，但起码有一刻它曾辉煌地闪耀过。她睁开眼，这一线明亮又消失不见了，她再次陷入黑暗。

他们安静地穿过小城空无一人的街道，穿过紧闭的大门、毫无生气的花园以及门口搭了篱笆的人家，四处的灯光已经灭了，她拖着步子跟在他后边，他弯着腰，趿着笨重的大靴子、披了一身旧斗篷徐徐前进。他们走上大道，再次踏上干枯的落叶，奇形怪状的树枝仿佛伸出手臂追逐而来。他们翻过黄色船坞后面的山，他舀出船里渗进的水，沿着一片漆黑的河岸划去，云一层又一层重重地压在海上。一切事物仿佛都掩埋在黑暗中，田野、房屋、树林、山峰，眼前的一切是自孩童时期起自己每天都能见到的景象，可直到昨天自己才好好看了看它们。这一切就和小镇一道将她拒之门外了，她在那一晚被驱逐，无人与她告别。

一艘轮船在岸边停泊着，一名男子在甲板上快速地走来走去，等待着早晨的微风；看到一群人走进船坞，便放下舷梯，帮助他们登船，并向船长打了个手势。船长随即凑了过来。她认得这些人，他们也认得她，但他们只是例行公事，告诉她一些必要的事情；即，她该在哪儿睡觉，如果她需要一些东西该怎么做，晕船了又该怎么办等。的确，她几乎一躺下就觉得难受，于是换身衣服就又起来了。此刻她突然闻到一股味道——噢，是巧克力！她饿急了，走到舱外，恰好碰见之前接待他们的男子。他捧着一只大碗，装满了蛋糕；男人说这是她母亲送来的。她吃得正香，他在一旁接着说到她母亲又送来了一大箱亚麻、法兰绒以及她最好的衣物，还捎了一些好吃的。听到这，她眼前不禁浮现起母亲清晰的模样，那崇高的母亲形象是她从未见过的，今后却会永远刻在她的脑海里。她还在这形象上寄托了一丝希望，每次祈祷都十分坚定又略带忧伤，她希望未来能给母亲带来一些快乐，以减轻自己给她带来的悲伤。

佩德罗·奥尔森陪着她坐，跟着她走，总是忙着给她让路，但正因如此，他又会常常挡住她的去路，因为甲板上到处堆满了货物。她只能看见他挺拔的鼻子和大大的眼睛，其实这些也都看不大清，但给她一副心事重重的印象，像是有些心事想说又不能说。他叹气、坐下、起身、围着她转、又坐下，但是一句话也说不出，她也沉默无语。最后他不得不先迈出这一步。他取出一个巨大的皮制零钱包，轻声告诉她这里面存了一百枚硬币，还有一些零散的。她伸出手来感谢他，这样一来就使自己离他的脸极近，以至于发现他双眼湿润，忧虑的目光追随着自己。和她待在一起，他必须实实在在地把自己荒凉生活中的一切都抛开。此刻他想说些什么，为自己留下一些美好回忆，可他不该这么做；尽管他能说些什么，可她一点都不支持他，他便什么都说不出了！佩特拉实在太累了，也还没忘记自己之前对母亲犯下的第一大罪过就是因为他。她再也忍受不了了，而人累的时候就很容易生气，因此他坐得越久，情况反而变得越糟糕。这个可怜人感觉到了这一点，知道自己必须离开，于是最后低声说了句“再见”，说完便脱下了手套；然后她把自己温暖的双手放进他的手里，两人一齐起身，她说：“谢谢，请向我母亲问好。”他叹口气，又像啜泣，这样反复了两三次后，就离开了她，转身走下后方的楼梯。她走到扶手处，他抬头，又点头，最后慢慢地划船走了。她一直站着，直看到黑暗将他完全吞没才走下甲板。因为太累她几乎站不稳，尽管躺下的瞬间她便觉得非常难受，还是强忍着没有把头落在枕头上，而是诵读了主祷文的前两条，然后才睡去。

与此同时，母亲都一直端坐在黄色的船坞旁；其实她一路慢慢地跟着他们，当他们要划离陆地时便躲到了船坞后边去。就是在这个地方，佩德罗早年曾和冈劳格划船出海；那是很久之前的事了，但望着他带了自己的女儿渐渐远去，自己却忍不住回忆起了那一切。

一看到他独自回来，她就起身离开了；因为她知道佩特拉已经安全登上船了。她没有选择回家的那条路，而是走向更远处；在黑暗中，她发现了一条通向远山的小径，就踏着山路走远了。在不确定女儿是否平安的一个多月里，她都没有回家，于是房子就一直空荡荡、孤零零了。

这段时间里，那些要赶走她们的人备受了考验。低等生物联合起来迫害强者时都会十分兴奋，通常还以此为乐，但总要对方反抗才有乐趣；若是看见强者逆来顺受、默默隐忍，羞愧感便会向他们袭来。如果有人再扔石头过去就会迅速被制止。比如说现在，大家都希望能见到冈劳格气势汹汹地杀出来，或许还会指使某个水手扛起武器来保护她，于是事情就能发展成普通的街头混战了。但她却迟迟不出现，到了第三个晚上，人们实在忍无可忍了；他们宣称要进那房子里去逮她，把那娘儿俩丢到大街上，赶出小镇去！前一夜被毁坏的窗户都还没修，欢呼声中有两个男人爬进房里开了大门，之后大波人马便一齐冲进了房子里！他们搜查了楼上楼下的每一个房间，踢破了门，毁了一切挡路的东西；还搜了每一个角落，最后甚至去了地窖，但是哪儿都没有母亲和女儿的身影。意识到他们什么都没搜到，人群瞬间鸦雀无声；房里的人就一个个灰溜溜地出去了，还把自己藏在人群后面，没一会儿，房前那块地便又荒芜寂寥了。

镇上不久便有人认为大家对这两个手无寸铁的女人的做法简直无异于可耻的迫害。他们又彻底把这件事讨论了一番，最后大家一致认为，不管捕鱼女做了什么，冈劳格并没有错，因此之前对她的所作所为是非常不公的！

许多人都很想念她；醉汉的争吵和喧闹成了这些日子里镇上生活的常态；因为他们失去了维持秩序的警察。他们每次经过冈劳格家时就想念起她颀长的身影；对于水手们来说，失去冈劳格尤为痛苦。从来没有一个地方能比得上她的家，在那儿，她根据每个人的品德来对待他们，信任每一个人，对遇到困难的人还会伸出援手。如今她不在了，水手、船长和各位乡绅才意识到她的价值。

因此，当有人说看见冈劳格又像往常一样待在家里煮饭时，大伙都欢呼雀跃。每个人都想亲眼确认一下玻璃是不是确实又镶回窗户上了，门是不是真的修好了，炊烟是不是也真的从烟囱里飘出来了。是的！这是真的！她真的回来了！于是人们爬到山的另一头找了个更好的视野，看见她坐在烘焙石前，双眼凝视自己忙碌的双手；她回来是想重拾自己失去的一切，第一要务便是赚回欠佩德罗的那一百枚硬币。起初，人们只是偷偷看她几眼就很满足了，因为他们的良心备受煎熬，不敢再做更多。渐渐地，那些友好善良的媳妇们便相约着来看她了，但因冈劳格不愿意听别的，所以也没捞着什么机会闲聊，只是一味谈着生意上的事。后来渔夫们也来了，商人和船长也来了，最后，在她回来的第一个礼拜日，水手们也都过来了。那晚，大家像是约好了一样把冈劳格的家挤得水泄不通，不仅房间都满了，那些夏天放在花园里用以乘凉的桌凳也都被拿进房里来搁在过道里、厨房里，甚至是后面的房间里供人休息。但凡亲眼看到这场集会的人绝对没法儿怀疑大家来这儿的动机和心情，因为自他们踏进她家门槛的那一刻起，这位女主人已经无声地控制了在座的所有人，她早就下定决心，要按照每个人应得的那样对待他们，因此也没人敢再询问或是欢迎她了。她还和从前一样，只是发已泛白，行为举止也更为安静。人们的兴致不断高涨，渐渐开始放任自己，于是每次冈劳格和女孩离开房间的时候，他们都会大声喊出冈劳格最喜欢的船夫库纳德，招呼他等她回来的时候为她的健康干上一杯！这船夫开始不大敢，后来喝得脑袋发热；最终，当冈劳格回来打算收拾喝完的酒瓶和杯子时，他起身大喊，“她回来是件顶好的大事！毫无疑问，她回来是件顶好的大事！”其他人都认为他这几句话说得漂亮，于是也起身应和：“说得好！这是件顶好的大事！”这下所有坐在过道、厨房，甚至别的房间的人也全都站起来热烈喝彩；船夫库纳德递给她一杯酒，大喊道：“万岁！”人们也纷纷跟着喊：“万岁！”欢呼声震耳欲聋，简直要把房顶给掀上天了！不久，有一人坦承大家之前犯下的可耻行径对她来说很不公平，另一些人也跟着承认，不一会儿整个房子里的人都纷纷开始谴责自己犯过的罪行。最后，人们再度安静下来，想听听她有什么要说的，冈劳格首先对此表示非常感谢，“但是，”她边说边再次收拾起喝完的酒瓶和玻璃杯，“只要我不提起这件事，你们就不必提。”说完，她便尽自己所能地拿了一堆瓶瓶罐罐出去了，之后又回来拾掇剩下的。从那一刻起，她在人们心中具有了无可争议的影响力。

七　第一幕

轮船在卑尔根海港抛锚时，天色已经很晚。由于晕船，佩特拉难受得几乎快要昏过去，于是被带到了船长的船上。他们穿过大大小小、各式各样的船舰，终于到了码头，只见码头上挤满了船夫，农民和男孩们把狭窄的过道围得水泄不通。

他们在一所整洁的小房子前停下了脚步。应船长的要求，一位老妇人非常友好地接待了佩特拉，这下她总算得以休息一番。佩特拉睡到第二天中午才起来，听着周遭陌生的声音和方言，感到浑身充满了活力。她拉开百叶窗，映入眼帘的是令人耳目一新的小镇，崭新的风景和新的面孔。她站在镜子前，看着里面那张脸，觉得自己像是重生了一般，不再是从前的模样了。她到底还是说不出自己究竟哪儿变了样，毕竟她这个年纪还理解不了挫折和苦难能怎样磨炼人的意志。但是看到镜子里的自己，她便想起了过往的许多夜晚，这些记忆使她止不住地战栗，催促她赶快梳洗打扮，下楼去迎接新生活。她终于在楼下见到了自己的女主人和其他几位女士。仔细打量了佩特拉一番后，这几位女士都答应尽力帮助她，于是决定带她去镇里逛逛。一想到自己有好多东西要买，佩特拉立马跑上楼去拿自己的零钱包。但这零钱包可真是太破旧、太难看了，拿着它下楼去也实在令她难为情。她干脆打开钱包，就只把里面的钱拿了出来。她原以为里面只有一百硬币，没想到却有三百！一定是佩德罗放进去的。他肯定是违背了母亲的意愿，背着她偷偷塞进去的。她对钱可没什么概念，所以这个大数目一点也没有吓到她。她因此也没想要进一步弄明白他为什么对自己这么好。佩德罗并没有收到佩特拉热情洋溢的感谢信，也没见着她探问自己这么做的原因，而是从冈劳格那里才看到她的来信，但也只是写给母亲的。佩特拉在信里毫不掩饰地表达了自己的苦恼，把佩德罗悄悄给她塞钱的事情一股脑地告诉了母亲，还问她自己该拿这些钱怎么办。

小镇摄人心魄的壮丽景观给佩特拉留下了深刻的印象。她觉得高高的山脉就像悬在自己的头顶上似的，时时刻刻都提醒自己要小心才行。每次抬头看见那重峦叠嶂，佩特拉都觉得自己也像是背负了千斤重担一般，若是再瞧一瞧，甚至都想要伸出手来敲一敲它们。有时候她会觉得自己再也没法走出这个地方了。这里群山连绵，暗无天日，云彩时而笼罩头顶的天空，时而快速地奔逐天际，每天不是刮风就是下雨，没个消停。但是周围的人却不觉得压抑，和大家待在一起，她也很快高兴起来。在这里，尽管人们平时很忙碌，却总能忙里偷闲，享受些许自由惬意的时光。经历了过去的种种之后，佩特拉便觉得这一切都充满了善意。

第二天晚饭时，佩特拉说自己更乐意待在人多的地方，大家于是建议她去剧院看演出，因为在那里她能见到数百人。她觉得这主意不错，买了票，走几步就到了剧场，到了开场的时间，有人来引导她坐到了顶层楼座第一排的位子上。周围人们的脸上都洋溢着满满的幸福，灯光打得人眼花缭乱，到处都是鲜艳的色彩，而四面八方传来的讲话声裹挟着大海的声音不时向她袭来。

佩特拉完全不知道自己看的这出剧演的是什么。她平常所知道的仅限于奥德加特教给她的以及自己偶然从别人那里听来的。但奥德加特可从来没有讲过戏剧，水手们也从未谈论过哪个有着野生动物和骑马者的地方。男孩子就更不会谈戏剧了，他们即便是上了学，也仍旧对戏剧一无所知。镇子里根本就没有专门的剧场，甚至连一座能被称作剧院的房子都没有。每次有动物展览、走钢丝或是滑稽戏表演时，大家都是搭个台子或是直接就在空地上演出了。她对此真是一点都不了解，连询问都不知从何问起，只好坐在那里天马行空地想着会发生什么美好的事情，说不定她能看见骆驼或是猿猴呢。她满脑子想的都是这个，渐渐地，周围的人在她眼里便幻化成各种动物了，马、狗、狐狸、猫、老鼠等等，这可把她乐坏了。她还沉浸在自己的幻想中时，管弦乐队已经准备就绪。长号、大鼓、小号突然迸发出短暂而剧烈的声响，她被惊得跳了起来。要知道，除了小提琴和长笛之外，她长这么大还没有听见过别的乐器。这巨大的鸣响就像是波涛汹涌、寒冷黑暗的大海，使她脸色发了白，虽然担心情势还会恶化，又不希望它这么快就结束。轻缓的和声初起，梦中都未曾见过的景象在她的眼前铺展开来。她的思绪随着旋律飞舞，空气中弥漫着欢乐与生气，曲调像是插上了翅膀不断上升，不一会儿又舒缓起来，随后再一次情绪激昂、充满力量。这曲子时而轻快，时而震颤，最后像是被瀑布的激流给卷走了似的，罩上一层阴郁。前奏过后，一个人声出现了；它起初如雨后树林深处枝丫上栖息的鸟儿，哀怨而胆怯，但随着它继续歌唱，头顶的天空逐渐晴朗起来，一束阳光也倾泻而下。这道蔚蓝的风景滚起滔滔巨浪，在太阳金黄色的光线下汹涌起伏。但是这一切只一会儿便消失了，瞧！它渐渐平缓起来，湍急的海浪也慢慢隐去，便只剩下太阳在天空中光芒四射，照耀了整个无边无际的平原，留下一片光亮和宁静。曲子便在这莫大的福祉中缓缓消逝。她以为这就算结束了，不由自主地站起来。啊，实在是太棒啦！而此刻，她面前突然出现一幅直逼穹顶的精美壁画！她身处一座教堂之中，拱门和立柱装饰得十分精美。风琴在鸣响，人们也向她走来。他们聊着天，穿着甚为古怪。没错，他们竟在教堂里聊着天，而且她完全听不懂他们的语言。什么？背后也有人在说话："坐下！"他们喊道，但是她根本就没有地方可坐，而且教堂里那两个人也还在站着。她仔细观察了一下他们，意识到他们的装束和自己曾经看到的一幅圣奥拉夫的画像一模一样，而他俩还在喊着圣奥拉夫的名字！"坐下！"她身后又传来许多愤怒的叫喊，"坐下！"佩特拉想着"后面肯定也有啥好看的"，于是转过了身。无数张愤怒的脸庞迎着她注视的目光，似乎在警告着她什么。"一定是有什么事情出了错"，她想道，便急着要离开。但是坐在旁边的老太太轻轻拽了拽她的裙角，低声说道："孩子，快点坐下吧！坐在后面的人看不见啦！"她立刻坐回自己的位置上，这才反应过来，对呀，我是在剧院，在看戏剧，戏剧！她重复说道，像是在提醒自己。不一会儿她却又神游教堂了，尽管她竭尽全力，可还是听不懂他们在说什么。但是当她发现说着话的是个年轻的帅小伙时，便时不时地能听懂一点来。听到他正处在热恋中，爱情是他的主题，她就能理解大部分了。第三个人一上台就把她的注意力全吸引了过去，因为根据看过的画作，她可以肯定这人是个修道士，她可是一直想要亲眼见一见真正的修道士长什么样子。他的步履是如此轻缓安静，肯定是真心地敬畏上帝。他讲话慢条斯理，她听懂了每一个字眼。但下一秒，他却变了一副嘴脸，说着与刚才截然相反的话。天哪！他是个恶棍！他是个恶棍！他长得就像一个恶棍！但那个年轻的帅小伙可没有看见！无论如何要让他知道！“他在骗你！”佩特拉轻呼道，几乎要喊出来。老太太叫道：“安静！”但年轻人始终没听见她的控诉，虔诚地退下了，接着所有人都纷纷退场，一位老者独自上台。老者开口说话简直同那个年轻人一模一样，怎么会这样呢？哎呀！看那边，看那边！女孩们身着白衣，排着队闪亮登场，结对安静地穿过教堂。可直到她们走过了好一会儿，她才反应过来。于是，相似的童年记忆开始在她的脑海中来回盘桓。那是一年冬天，刚下过雪，她和母亲一起上山。她们走在雪地里，惊醒了一群雷鸟，鸟儿瞬间便在她们面前全飞了起来。雷鸟一身雪白，雪花如此，树林亦是如此。很久以后，她的眼前还浮现着这幅雪白的场景。如今，相同的场景再次上演。但这回是一个身着白色长袍的少女，她独自向前，手上拿着一个花冠，跪拜在地，老者也跟着跪了下来，两人相互说着什么。老者从国外给她捎来了几句话和一封信，他把信拿出来，少女的表情清楚地说明了一切，那是来自爱人的信！哎呀，她是多么高兴！那可是满满的爱意啊！她打开信，但信并不是信，这时音乐声起，是的，老者就是信，他就是那个年轻人，是她的爱人！他们紧紧相拥，天哪，他们亲吻了！佩特拉感到自己双颊涨得通红，赶忙用手捂住了脸，但也不忘继续看着他们。听,他对她说他们马上要结婚了;她笑着揪他的胡须,说他都长成了个野蛮人;他赞美她变得如此可爱,为她戴上了戒指;他还承诺她一场盛大的婚礼和美满富庶的生活;最后他便愉快地奔向国王那里商讨婚礼去了。她的眼睛一直追随着他的脚步,闪出炫目的光,可一旦转过身来见不到他,就只剩下满满的空洞!

大幕又一次拉下。结束了?怎么跟开始一样突然?她脸色绯红,转身问老妇人:“这就结束了?”“没有,没有,孩子,还只是第一幕呢!一共有五幕,真的一共有五幕,”她叹息一声,重复道,“一共有五幕。”又问:“讲的是同一个故事吗?”“你为什么这么问?”“还是原来的那些人,继续讲述这个故事吗?”“这么看来,你真是从来都没看过戏剧啊?”“没有。”“也是,很多地方都没有剧院,因为实在负担不起。”“但是这究竟是什么啊?”佩特拉急切地追问,注视着老妇人,迫不及待想要一个答复,“这些人是谁啊?”“他们都来自导演纳索的公司,这可是最好的公司。纳索是个聪明人。”“那这剧是他创作的吗?或者这剧到底讲的是什么?求求你告诉我!”“亲爱的孩子,你真的不知道剧本是什么?你家乡在哪儿?”佩特拉一想到自己的家乡,便会想起自己所遭受的一切耻辱和逃离,于是不再说话,更不敢接着问下去了。

第二幕开始,国王现身。她终于有机会见到国王了!她只顾着观察国王的华服、举止和礼仪,他说的话却一句也没有听见,也压根没有注意他在和谁讲话。当年轻人再度登场的时候,她才回过神来。现在他们都离场去带新娘子了!为此,她还要再多等一会儿。

幕间休息的时候，老妇人俯身问她："你不觉得他们的表演非常棒吗?"佩特拉吃了一惊，抬头看向老妇人："表演，这是什么意思?"她没有看见周围的人都在瞧着她，没有意识到老妇人是被大家推举故意来问她的，更没有听见大家都坐在位子上嘲笑她。没有得到任何回答，她便再次问道："他们不像我们这样讲话?""他们是丹麦人啊。"老妇人说道，也不由得笑了起来。直到这时，佩特拉才意识到老妇人是在笑话她堆积如山的问题，便不再说话，而是直直地盯着幕布。

大幕再次拉开，这次佩特拉看见了大主教，心里非常高兴。跟上次看见国王时一样，她又只顾着看大主教而完全没有注意他说的话。不一会儿，背景音乐起，如此轻柔，如此遥远，却又越来越近。有女声在歌唱，长笛和小提琴在伴奏，其中还夹杂着某种乐器，不是吉他，而像是很多吉他一起发出的声音，但是更轻柔、更饱满，音调也更高。整个和声如潮水般涌来。队列如同各种颜色的混合体，士兵手持剑戟，唱诗队拿着香炉，修道士举着蜡烛，皇帝戴着皇冠，新郎身着白衣，而新郎旁边，身着白色长袍的少女走在新娘前面，一路撒着鲜花和歌声。新娘则穿着白色的丝质礼服，戴着红色的花冠。走在她身旁的女子身材高挑，穿着紫色裙子，戴着金色花冠，头上还有顶皇冠在闪闪发光，那她一定就是皇后了！这个教堂处处都飘荡着歌声，充斥着炫目的色彩。新郎牵着新娘走向圣坛，跪了下来，所有的同伴也纷纷跪下，大主教和会友们也参与了此次盛大的仪式，给这幅五彩斑斓的音乐画卷添上了几笔别样的色彩。

就在仪式即将举行的时候，大主教却大棒一挥，制止了典礼。

他们的婚姻违背了圣经，在人世间他们永远也无法结合。噢，上帝啊，仁慈些吧！新娘无力地倒下，发出刺耳的哭喊。佩特拉也惊得站了起来，支撑不住，倒下了。

“水，快拿水来！”周围的人喊道。

“不用了，”老妇人说道，“不必了，她没晕倒。”那些人也就跟着附和道：“不用了。”“别说话！”“别说话！”剧场正厅的观众大叫道，“顶层楼座的人别说话！”“别说话！”顶层的人也不甘示弱。“你别把这太当真了，都是虚构出来的，没什么意义，”老妇人低语道，“不过纳索夫人演得实在太棒了。”

“别说话！”这次轮到佩特拉自己大叫了。她已经深深投入到这出戏剧里，邪恶的修道士手持利剑走上前来，那对恋人只举着一条围巾抵抗，可是修道士一下子就从他们中间把围巾劈成了碎片，教堂顿时乱作一团，悲痛的情绪四处蔓延，就在那一天，利剑击破了天堂的大门。哭泣的少女们摘下新娘头上红色的花冠，换上白色的花冠，新娘也将终生被关在修道院里。她永远是属于他的，而他知道她活着便够了。他无法得到她，只能在心里默念她，两人再也不能相见。此刻，他们正在做着最后的道别，这实在是太让人痛心了，还有什么人能比他们遭受的苦痛更大呢！

“噢，上帝保佑，”落幕时老妇人低声说道，“别犯傻了，你知道那不过是纳索导演的妻子。”佩特拉注视着老妇人，觉得她一定是个疯子，而老妇人也觉得佩特拉不太正常。她们一直斜睨着对方，可再也没有说过话。

大幕再次拉开，佩特拉却无法理解眼前的这一幕：新娘被困在修道院，新郎日夜在墙外惊疑徘徊。佩特拉对他们的痛苦感同身受，不由得为他们祈祷；但对于发生在自己眼前的事情，却熟视无睹。一种不祥的寂静笼罩着一切，这才使她回过神来。时钟在空旷的剧场里敲响了十二下。拱门下方隆隆作响，墙壁晃动起来，圣奥拉夫从坟墓中站起身来，还披着裹尸布，身材高大，阴森恐怖，手上拿着长矛，大步走着。守卫们四散逃开，电闪雷鸣，修道士的身体被伸出的长矛刺穿。随后就是彻底的黑暗，幽灵也随即散去。但是闪电所到之处，留下的是修道士已化作灰烬的躯体。

佩特拉没有意识到自己的双手紧紧地抓住了老妇人，力道之大，把老人家吓了一跳。看到佩特拉脸色愈发苍白，她惊呼道："亲爱的孩子，那只是克努森而已，这是他在这出剧目中扮演的唯一角色。他口音真是太重了。""不，不，不，"佩特拉叫道，"我看见他周围全是火焰，他踩踏在地面上，教堂都为之震动！""那边的人安静点！"四面再次传来警告声。"想说话就出去说！""顶层楼座的人别说话！"正厅的观众大叫。"别说话！"顶层楼座的观众也不甘示弱地回应道。佩特拉低下身体，想要把自己藏起来，但是她马上又把这不快给忘了。因为戏剧又开始了！快看！那对恋人又出现了！闪电为他们照亮了路，他们要逃走！他们找到了对方，紧紧相拥，愿上帝保佑他们！

突然，喧嚣四起，各种声响和号角声交叉轰鸣，新郎被迫离开了新娘身边，为祖国奋战，受了重伤，临死之前还在呼唤着新娘……佩特拉这才明白眼前发生的一切，新娘这时轻轻地走了进来，看到他已经死了！就像是满天悲伤的阴云都聚集到了一处，压抑感浓稠而密集，但此刻新娘的一个眼神却将其一扫而光。她站在新郎身边，望向天空，只祈祷能和新郎一同死去！上帝也被她感化，闪电照亮了天空，构建出一个婚礼的殿堂。让新娘进来吧！她走了进去，眼中流露出平静的幸福，像那些漂浮在山巅之上的柔软云雾。然后她闭上了双眼。这场战斗因此有了一个更好的结局，这对恋人坚定不移的信念成功为他们加了冕，最后有情人终成眷属。

佩特拉呆呆地坐了好久，她因怀着虔诚的信仰而激动万分，灵魂深处满是上帝赋予的力量。她起身，藐视一切渺小的事物，不畏一切恐惧和苦痛，微笑着面对所有人，尽管他们不是亲兄弟、亲姐妹，那个将他们分离开的恶魔已经随着雷声被碾碎，消失不见了。他们也反过来嘲笑她，认为她是看戏入了迷，疯疯癫癫了。但佩特拉却从他们的笑颜中看到了自己的胜利。她坚定地认为他们终究还是没法抵抗，不能来分享自己的快乐，因而神采飞扬。看到她的笑容，人们笑得更开心了。她穿过人群、走下楼梯时，两边的人纷纷给她让道，对她的笑颜也报以微笑和欢乐。每个人的一生中都会有这样的时刻：我们的灵魂在一片光辉灿烂中闪闪发光，虽然自己意识不到，但这些光却真实地照亮着周围的人。以自身智慧引导自己前行，支持自己奋斗，跟随自己的每一个脚步，世界上最幸福的事情也莫过于此吧。

她也不知道自己是如何走回家的，就问别人到底发生了什么。有几个在场的人明白她在问什么，给了她满意的答复。她终于弄明白了戏剧是什么，以及演员能有多大的影响力，忍不住起身说道："这真是世间最伟大的职业了！我也要成为一名演员。"

令他们大吃一惊的是，她梳洗打扮好，又跑出去了。她要自己一个人在外面待一待，透透气。于是离开小镇，来到了边上的海角。此时，狂风大作，海浪在她的脚下汹涌起伏。两岸的小镇都笼罩在一层薄雾之中，隐隐约约中有无数灯盏，无力驱散这层雾气，只能竭力燃烧，透出点光亮来。

这就是她灵魂的景象。

无边的黑暗中透着一股潮湿，从她的脚下快速蔓延开来，弥漫出难以探究的危险气息。她席地而坐，不时站起身来试图摆脱这黑暗。她问自己为何以前从未产生这样的想法，然后找到了答案：只有这样的时刻才会对她产生如此的影响力。但不一会儿她又觉得其实自己反过来也有能力影响它们。现在她明白了：她一生中会遇到许多类似的时刻，多得就像远处摇曳的灯光，因此她向上帝祈求自己能够从中获得最深的感悟，如此，上帝的恩泽与苦心才不会白费。

刺骨的寒风迫使她站了起来。她出来时间并不算长，可再次回家时，她有了明确的方向。

第二天，她来到了导演家门口，听见屋里传来激烈的吵架声，其中一个声音听起来依稀像是昨天的新娘。虽然这位演员今天变了个音调，但佩特拉听了还是止不住打了个寒颤。她在那里等了许久，可里面的对话迟迟不结束，她只得鼓起勇气敲了门。“进来，”只见一个男人愤怒地说道。佩特拉一进门，一位女士就尖叫了声“天哪！”，之后她便看见一个穿着睡衣，头发蓬乱的身影闪进了侧门。那位导演身材高大、双眼暗淡无光（为此他立马戴上一副金边眼镜来遮掩），正在焦躁地来回踱步。他那长长的鼻子实在是太突出了，脸上其他器官就自然都成了陪衬。一双眼珠子像是从城墙探出的枪筒，嘴巴就是它前面的战壕，前额则像是一座通往森林的小桥或是一排设作路障的倒木。“你来干吗？”他突然停下脚步，“是想要加入合唱团吗？”他急切地问道。“合唱团？那是什么？”“哦，所以你不知道这事。那你来干什么？”“我想做演员。”“哦，想做演员，却不知道合唱团是什么！不过你会说方言吗？”“方言，那又是什么？”“哈，所以这个你也不懂，可是还想做演员，唉，好吧，挪威人就是这样。方言就是你和我们说的不一样的话。”“噢，不过我已经练了一早上了。”“真的吗？那快过来，快过来，让我听听！”佩特拉摆好姿势，用和昨天那个新娘一样的口音说道：“亲爱的，早上好！”“我说，你疯了是不是，是来这里愚弄我的妻子吗？”隔壁的房间里传来了一阵笑声，导演打开门，似乎都忘记了两人前一刻还吵得你死我活。“这是个挪威小女孩，没受过什么教育，”他说道，“她刚刚在夸张地模仿你呢，快过来看看。”只见一位女士大笑着探头进来，她一头黑发乱蓬蓬的，有着漆黑的大眼睛和一张大嘴。佩特拉快速朝她走去，断定她就是之前扮演新娘的人，可走近一点，又觉得她演的是新娘的母亲。她注视着这位女士，疑惑道：“我不敢确定您演的究竟是新娘还是新娘的母亲呢？”听到这话，导演也不由大笑起来。话间这位女士已经离开了屋子，可还是能听见从侧间传来她的独特笑声。佩特拉的神态窘迫极了，没想到反而吸引了导演的目光。他拿来一本书，像是什么都没有发生过一样，说道：“拿着，姑娘，就像你自己平时说话一样给我读一段。”她便照做。“不，不，不是这样，用挪威语读，我说的是挪威语！”佩特拉又读了一遍，可效果还是和先前一样。“不对，我跟你说了，你完全是错的。你明不明白我在说什么？你真的那么笨?”他给了她多次机会尝试，又拿走了她手里的书，给了她另外一本，说道:“看，这是和刚才那本截然不同的书，是本漫画书，读这个!”“好。”佩特拉又读了起来，可直到把导演的耐性磨光了，效果还是一样。“不，不，天哪！看在上帝的份上，快停下来！你为什么想要做演员呢？你想要演什么?”“就想演昨天看的那出剧。”“啊哈，太好了！还有呢?”“嗯，”她感到有些脸红，“我觉得这出剧很精彩，但是今天回想起来，我觉得大团圆结局会更精彩！我就想给它一个美满的结局。”“啊哈，就这些吗？嗯，好吧，没什么问题，反正作者已经不在了。当然，作者也不一定对。你嘛，不会讲方言，又不认字，还想要改进别人的作品。没错，这可不就是挪威人!”佩特拉听不明白他话里的意思，只明白了他们不同意自己出演，就开始害怕起来。“你会让我演吗?”她轻声问道。“当然，上帝保佑，没有任何问题，实在太棒了！听着!”他慢慢走近佩特拉，换了个嘲讽的语调说道，“你对于戏剧知之甚少，反正不会比小猫知道得多。另外，你也没有表演喜剧或是悲剧的天赋。我可是让你都试过了。但你长了张漂亮脸蛋，身材也不错，人们大概跟你讲过你会比我妻子演得好，你也就信以为真了。所以你想在剧目第一部分登场，相应地在开头做些变动。可不是嘛，这就是挪威人！他们就是这副德行!”佩特拉几乎要喘不过气来，挣扎着，最后才鼓起勇气，说道:“你真的不打算让我演?”导演站在窗边向外俯瞰，确信她已经走了，才转过身来，没想到她还站在那里，浑身透出一股强烈的力量和情感，让他为之动容。盯着她看了一会，他突然抓起一本书，又当之前的事情都没有发生过似的，说道:“注意，拿着这本书，然后慢慢地读，让我听听你的声音。快点读吧!”但是她太激动了,根本看不清楚剧本。导演只得安慰她,“别害怕!”她终于读了起来,但是不带任何情感,读得索然无味。他又让她带着更多情感读一遍,她却读得更糟糕。他沉默着把书拿回去,说道:“我给了你无数次机会,所以我就没有任何责任了。我向你保证,好孩子,把我的皮靴或是你放到舞台上的效果是一样的,就是说,都很好看,但也就只能这样了!”佩特拉还在做着最后的努力,恳求道:“不管怎么样,我相信自己是理解这些台词的,只要你再给我……”“对,没错,小渔村里的人可都比我们懂得多,挪威人可是世界上文化程度最高的了。快走吧,如果你不愿意走,我就走了!”她走向门口,嚎啕大哭起来。“我说,”她这一哭又把话题引向了另一个方向,“我说,昨天晚上把剧场搅得一团乱的人不是你吧?”她转过身来,涨红了脸。“好吧,现在我终于了解你了,鱼女!昨天演出结束后我和一位来自你家乡的男士待在一起,他可是‘十分了解你’。哈,所以这就是你想做演员的原因吧,你又想要在舞台上耍把戏。我明白了!听着,我的剧场是个神圣的地方,我绝不容许任何人亵渎它!走,你给我快点走!”佩特拉既害怕又伤心,抽噎着走下楼梯,跑到外面的街上,又哭着从人群中跑过。想象一下,一位女士,大中午的,在街上边跑边哭,这怎么能不引起轰动呢。于是人们驻足观看,狗也追着她跑,越来越多的人便聚集了起来。身后杂乱的声音让她想起了阁楼上无数个可怕的夜晚,想起了那一张张狰狞的脸,于是撒腿跑得更快了。但她每迈出一步,回忆就愈发清晰,身后的吵闹声也就越响,等到终于回到家以后,她便关上临街房门,跑进自己的房间,把自己锁在里面,无力地蜷缩在墙角里,想要摆脱那些狰狞的脸庞。她挥舞着双手，想要把人们赶走，还不断警告他们，但最后实在是筋疲力尽，便蹲在地上，哭声也越来越轻，但终于得到了救赎。

就在这一天傍晚时分，她离开了卑尔根，启程去乡下。她不知自己将何去何从，只想找一个没人认识她的地方待着。她坐上一辆小型马车，车后方绑着她的行李箱，赶车的男孩便坐在那箱上。雨下得正紧，她戴着一顶大雨帽，整个人蜷缩在下面，她看看头顶重重的山峦，又看看下方的悬崖，觉得心神不宁。眼前的树林笼罩在浓雾中，像是藏满了幽灵一般。下一秒她就进入了这迷雾里，奇怪的是她每走近一步，浓雾就散去一些。隆隆的巨响越来越大，她愈发强烈地感觉到自己走入了一片未知的领地，在这里，一切事物都具有自己的意义，还染着一些黑暗和神秘的气息。在这里，人们都只是紧张的行人，对能否行至远方迷茫不解。还有那隆隆的从几处瀑布传来的声响，仿佛要在这潮湿的天气中决斗一般，从岩石之上激流直下，发出震耳欲聋的撞击声。他们不时穿过狭窄的小桥，她能看见水在下面的洞里沸腾冒泡。没多久，他们又开始沿着下山的小路行进，不时能看到耕地，还有聚集在一处的几座茅草屋，接下来便又是茂密的森林和隆隆的声响。一路走来，她浑身都湿透了，虽然打着颤，但考虑到天还没黑，就想接着走到更远更深的地方，第二天也是这样继续往深处走，直到发现一个让自己感到安心的地方她才停下脚步。在那里，引导他们穿过无边黑暗和疾风骤雨的上帝，还会来拯救她。

八　在乡下牧师家

晚秋时节，卑尔根郡被防护起来的山地硕果累累，可有些时候日光还像是夏天的样子。尽管已经进入了冬牧期，牛群在这样的午后还是被放进了牧场。它们吃得很香，跑得更欢。到了晚上，它们又被赶回去，那场景可叫一个欢快。沿着山路一路向下，奶牛在大叫，绵羊在斗架，山羊在奔越，身上的铃铛欢快地响个不停。它们快回到农场的时候，佩特拉刚好驾车经过。这天可真美啊，远处白色屋子的窗棂在阳光的照射下闪着光亮，再往上就是塔般矗立的重峦叠嶂，山上栽满了冷杉、桦树、白蜡树、稠李、花楸树，还有隐没在嶙峋岩石中的铅笔柏，这样看来，屋子就像是被它们团团防护着一样。屋子前面有一座花园，正对着小路，苹果树、樱桃树和李子树郁郁葱葱，小路和篱笆旁边是一片红醋栗和黑醋栗，还有醋栗灌木。最高的就是耸入云霄的老白蜡树了，宽大的树冠透出一股庄严雄伟的气势。整座屋子就像是半隐在枝丫中的鸟巢，似乎除了太阳，就没什么东西能够靠近它。可就是这样一处隐蔽的地方却唤醒了佩特拉心中一直以来压抑的渴望，当她听说那里是牧师家的时候，不由惊呼道："我一定要过去看看！"便收起了缰绳，沿着花园过去。

她驶进农场院子里的时候，几只芬兰猎犬冲上来使劲儿吠叫，四周都是房子，中间是一大片空地，屋子的右翼对面是牛棚，左翼则是酒窖、洗衣房还有仆人住的房间。院子里现在满是牛群，站在中间的是一位女士，身材高挑、举止优雅。她穿着件紧身裙，戴着小小的丝质头巾，到处都是黑山羊、白山羊以及杂色山羊，羊群身上的铃铛像是奏着一曲和谐的乐章。她给每个山羊都取了名字，现在正喂给它们点好吃的，女工则不停地往食槽里添加食物。低矮的台阶把屋子和院子连接起来，上面站着的正是这乡里的牧师。他手上拿着一盘盐，奶牛正在那里舔舐着他手上或是被撒在台阶下的食盐。牧师个头不高，但很结实，脖子和额头都很短，眼睛被浓密的眉毛盖住了，也不怎么盯着眼前看，而是时不时快速地向旁边投去一瞥。一头浓密的灰色头发剪得短短的，像是爆炸般向四面散开去，下面的头发也密密地长到了脖子根。他没戴颈巾，只戴了一枚衬衫饰纽，衬衫前面敞着，能看得见他毛茸茸的胸膛。袖子纽扣也没有扣住，袖口就直直落在他短小有力的双手上，此刻他正被奶牛们团团围住舔舐着。他的双手和手臂都很粗糙。他站在那边，看到一位陌生女子下了车，穿过牛群，向着自己的女儿走去，便投去了锐利的一瞥。牛啊、狗啊还有铃铛声嘈杂在一起，他根本听不清她们在说些什么，但这时两位女士都在盯着他看，接着穿过牛群走向了台阶这边。牧师给放牧人打了个手势，牛群被赶去了一边。西格纳，就是他的女儿，大声叫道："父亲，这位女士正在旅行，她想在咱们这里待一天。"（佩特拉被她动听的声音迷住了）。"我们肯定欢迎！"牧师热烈回应道，接着把盘子递给伙计，走进了屋子右翼的书房，显然，他要去打理一下自己。佩特拉跟着那位年轻的小姐走进了过道，其实更像是一条走廊，明亮宽敞。驾车男孩也离开了，她拿着行李，径自走进了书房对面的厢房，然后把东西放下，就又出去走进过道里，接着被领进了餐厅。

这房间真大真亮堂！对着花园的一整面墙几乎都是窗户，正中间的那扇窗户就被打开当作通往花园的门了。窗户又宽又高，下框几乎要开到了地板上。房间里各处散落的架子上摆满了花草，也没有窗帘，就只有紧密缠绕的藤蔓，从上面架子上那两树花篱上直直悬挂下来。灌木和花丛环绕四周，攀上了墙壁，缀满了面前的绿坪，屋子看起来就像是搭建在花园里面的温室。可是人一旦进了房间，屋外的繁花似锦却再也望不见了。因为教堂本身坐落于山丘上，在里面只能瞧见右边的景色，蔚蓝的海水倒映着屋影，重重山峦中闪着金色的光芒，可是距离太远，根本无法辨别那里究竟是有条湖泊还是有个蜿蜒深入的海湾。还有那些山峦！它们可不是孤零零地立着，而是绵延起伏的重峦叠嶂，一座接着一座，好似一直延伸到世界的尽头。

佩特拉收回目光，屋内的一切似乎被外面的世界衬托得神圣起来，是那样纯洁与光明，像一幅用鲜花裱缀着的精美图画。虽然看不见，但是她觉得身边似乎有个人在观察着自己的一举一动，没错，甚至想把她看透。她漫无目的地在房间里走来走去，随手摸了摸里面的物什。突然，她发现了一幅真人大小的女士画像，她正坐在沙发上，面朝着太阳，对自己微笑呢。女士的头略微偏向一边，双手合十，右手边放着一本书，书的扉页上清晰可见镌刻着的几个大字：安息日。她头发浅淡，皮肤白皙，浑身散发出一种光芒，给周边的人也带去了安息日的平和安静。她的微笑有些庄重，却又透出些友爱。她像是能够把所有人都拉进自己爱意盈盈的世界，似乎熟知一切，因为她在其中只看得到美好的一面。她面容精致姣好，或许这就是她的魅力所在，没有人忍心去破坏。

画框上悬挂着干枯的花环，伊人已经香消玉殒了。

“这是我母亲，”佩特拉听到背后传来了轻柔的声音，转过身来，发现是之前出去的牧师女儿又回来了。可以说，整间屋子都是这幅画像的陪衬，所有的一切都是为了它而摆放的，而牧师的女儿就是它无声的映像，只不过女儿显得更加沉静寡言。母亲直视所有人注视的目光，而且全部都勇敢回应，而女儿则低下了头，不过和母亲一样恬静温和。女儿也继承了母亲的身材，只是不再是一副柔弱的样子。相反，紧身裙和围裙鲜亮的色彩、用罗马别针扣着的小小丝质头巾，使她的脸庞投射出一种活力，别具一番魅力，这使人们立刻就能认出她是谁的女儿，她也被当地人奉作最美丽的姑娘。佩特拉在其中走得越久，就越感到这地方对她有着强大的吸引力。有这么一位美丽的姑娘，在这样一个美丽的地方，一切肯定会越来越美好！可她怎么敢进来？这样想着，她就倍觉孤寂，目光一刻也没有离开西格纳。觉察到了她的目光，西格纳想要躲避，可总是避不开，感到非常尴尬，只好弯下腰来抚弄那些花儿。最后佩特拉终于意识到了自己的失礼，顿觉羞愧难当，本想道歉，但是西格纳梳得整整齐齐的头发、光洁的额头和裙子却透出某些讯息，似乎在警告她要小心谨慎些为好。于是佩特拉又抬起头来看着画像，画像上的女人并未表现出疏离，倒像是欢迎自己去拥抱她！佩特拉简直不敢相信自己的眼睛！还从来没有人像她这样看着自己，似乎在告诉佩特拉她知道发生在自己身上的一切，但还是愿意原谅她。她站在那里，竭力控制自己，那仁慈的目光使她再也无法把眼睛从画像上移开。佩特拉于是学着画中人的样子，把头偏向一侧，双手合十，脱口而出道：“噢，让我留在这里吧!”西格纳吃了一惊,站起身来,转向她,说不出话来。“请让我留在这里吧!”佩特拉恳求道,说着朝她走近了一步,“要是能让我留下来,我肯定会高兴死的!”说着泪水便噙满了眼眶。

“我去把父亲喊过来。”年轻的女士说道。佩特拉直直地盯着她走进书房,一旦轮到自己一个人待着,孤寂感就又袭上心头。她对自己曾经犯下的过错心怀忌惮,当看到门口牧师脸上惊讶不已的表情时,就浑身战栗起来。他的穿着比之前得体些,嘴里含着个烟斗,手也一直紧紧攥着它,每吸一口就把烟斗拿去一边呼三口烟,每次他一呼气房里就会生出一股味儿。他就站在佩特拉面前的空地中间,这样吸了两三次,也不看她,好像是等着她先开口。佩特拉可不敢在这个男人面前重复一遍自己的请求,他看起来太严厉了!“你想要留在这儿?”他问道,扫了她一眼。由于太过害怕,佩特拉的声音有些发抖,“我没有别的地方可去了。”“你从哪儿来?”她小声给出自己和家乡的名字。“你又是怎么来这儿的?”“我不知道……我只是一直在寻找……我可以付钱给你们,我……我……唉,我真的什么都不知道。”她好一会儿说不出话来,然后又重新鼓起勇气,接着说道:“你让我做什么我都愿意,只要你让我留下,我实在是不想再走了……也不想再去请求别人了。”女儿跟着父亲进来了,不过一直站在炉边,也不抬头,只用手不停地拨弄着干枯的玫瑰叶。牧师也没有任何回应,只抽着烟斗,一会儿看看女儿,一会儿看看佩特拉,一会儿又看看妻子的画像。看着同样的一番景象,两个人却产生了截然相反的想法:佩特拉一直在心里默默祈祷着,希望牧师看见画像会被妻子感染,产生怜悯之心，而牧师却觉得画中人像是在对他耳语：“保护好我们的孩子，不能收留陌生人，不要让任何陌生人接近她！”他转身狠狠地瞥了佩特拉一眼，说道：“不行，你不能留在这儿。”

佩特拉脸色倏地白了，深深地吸了一口气，踌躇地环顾四周，看见一个侧间房门半开着，就跑了进去。她一下子跌坐在桌子旁边的地上，把心底里压抑的悲伤和失望全部都释放出来！父女俩面面相觑。一句话不说就冲进别人的房间，然后直愣愣地坐在那里，这真是很没有礼貌，不过这样做还真的都和她之前的行为如出一辙。她在路上游荡，跑进别人家就请求留在这里和他们待在一起，没有得到同意就嚎啕大哭起来。牧师紧紧跟着她，并不是要和她说什么，只不过想把门关上而已。他回来的时候，女儿还是站在炉边，只见他涨红了脸，压低了声音问女儿：“你见没见过像她这样的人？她是谁？到底想干什么？”女儿没有立刻回答，可当她回答的时候声音比父亲还要低上许多，“她可能言行不太合适，但是她的确有些不同寻常。”牧师来回走动着，看向房门，最终站定下来，问道：“她是头脑有些不正常吧？”西格纳没有回答，所以他走近了一些，更加肯定地重复道：“她一定是精神不太正常，西格纳，她心智都不健全了，这就是她不同寻常的地方。”“我不这样认为。”西格纳回道，“但是她肯定遭遇了什么不幸。”说着继续俯下身摆弄着干枯的玫瑰叶。

女儿讲话的语调和动作对别人来说根本就不会引起什么震动，却立刻让父亲改变了想法。他又来来回回走了几圈，一直注视着妻子的画像，最后缓缓地说道：“你的意思是说，要是你母亲还在，看到她这么不开心，肯定会让她留下？”“母亲两至三天之内不会给出任何肯定答复的。”女儿低语，把身子朝玫瑰俯得更深了。这让他想起了温柔美丽的妻子，于是他这头雄狮就变得像绵羊一样温和。他立即意识到了女儿的话是对的，无措得简直跟小孩子被同伴戏弄时一模一样。他顾不得抽烟，走来走去，过了好久才低声说道：“我应该去跟她说一下，同意让她待几天？”“你已经拒绝了她。”“没错，可是让她留下来是一回事，只让她在这里待几天又是另外一回事了。”西格纳似乎正在思考这件事该怎么处理，最后说道：“你认为怎么样合适就怎么做吧。”牧师还要再仔细考虑考虑，又在屋子里来回踱步，烟抽得更猛了。终于站定，问向女儿：“你进去还是我进去？”“当然是你进去更好。”女儿略微抬了下头，回答道。

就在他打算转下门把手进去房间的时候，突然听到一阵大笑声，接着安静下来，随后又是一声咆哮。牧师原本转身就打算回去，想想又决定接着往前走，女儿就跟在他身后，房间里的人肯定是发生什么事情了。

打开门，父女俩看见佩特拉还是坐在之前的位置上，但是面前摆放着一本巨大的书，连自己整个人是趴在打开的书上都不知道。泪水就像断了线的珠子，看到书页被打湿了，她急着把泪水给拂去，却看见了书上生动的表情，她记得自己小时候曾经在街头见到过，可从来没有想到有朝一日能在书上见到。她实在是吃惊极了，也忘记了哭泣，整个人都埋进书里，这是一本多么荒诞的书啊！她张大了嘴巴，书的内容真是越来越粗俗，可又让人欲罢不能，因为实在太有趣了！她一直读下去，忘记了书外的一切，忘记了苦痛和饥饿，也忘记了时间，沉浸在这本讲述古老的神父霍尔堡的书里。她大笑、怒吼，即便现在牧师和他的女儿正站在她的面前，她也没有注意到他们是那么严肃，也压根不在乎自己的请求了，只是笑着问道："这是什么？这究竟是什么？"说着就翻书去看封面。

她顿时脸色煞白，抬起头望向他们，又低下头看向封面，她对这些字实在是再熟悉不过了。它们像是炮弹把她的心刺穿，我们以为它们远在千里之外，可它们活生生地就在眼前。书的第一页上面赫然写着：汉斯·奥德加特。她脸上泛起一层红晕，惊叫道："这是他的书吗？他要来这里吗？"说着站起身来。"他答应会来的，"西格纳回答道。佩特拉这时回想起来，奥德加特确实曾经说起过在国外碰见过一个牧师，那牧师的家就在卑尔根郡。她这样兜兜转转，原来不过是在原地打转，又与他有了交集。"他马上就来了吗？或许他现在就在这儿？"如果真的是这样，她马上就要跑得远远的。"不，他生病了。"西格纳答道。"对呀，他的确是病了。"佩特拉说着痛苦地坐了下来。

"但是你跟我说实话，"西格纳惊呼，"你会不会就是……""捕鱼女！"牧师插话道。佩特拉抬头看向他们，露出些哀求的神色来，说道："没错，我就是那个捕鱼女。"

他们对她可是十分熟悉了，因为奥德加特的话题从来都离不开她。"不过那是另外一回事了，"牧师觉察到佩特拉有些不对劲，需要一些友好的帮助，于是说道，"你想在这里待多久就待多久，我们一定会帮你的！"西格纳感激地看着父亲，佩特拉抬头时刚好看到这温暖的一幕，感觉得到了莫大的支持与帮助。她穿过屋子，握着西格纳的双手，有些害羞地说道："只要咱们俩单独在一起，我就把一切都告诉你！”

一个小时过后，西格纳听完了佩特拉的全部经历，立刻跑去跟父亲商量。在父亲的建议下，她当天就给奥德加特写了封信，并决定只要佩特拉还待在他们家里，她就每天写一封信过去。

那天晚上西格纳终于躺下休息，屋子里很暖和，炉子里燃烧着的桦木噼啪作响。她躺在柔软的鸭绒被下，拿起放在梳妆台上两盏灯之间的新约全书，感谢上帝，感激一切，不管是好的一面还是坏的一面。

牧师年轻的时候，血气方刚，能言善辩，一心想要学成之后做个牧师，而他有钱的父母却不支持他，他们更想让儿子选择一种不受约束的职业。不过父母的反对却激发了他的热情，一毕业他就继续出国学习了。到丹麦不久，他就经常与一位女士见面，在他眼里，她的教派不够严格，他对此一直很是反对，于是想尽力去感化她，可她看他的眼神却逐渐熄灭了他的热情，使他归于沉默。但他永远也忘不了自己在那片大陆上短暂逗留的时光，因此再次回去的时候，他马上就跑去拜访她。他们相谈甚欢，也变得亲密起来，最后订了婚，不久就举行了婚礼。现在看来，当时他们明显都各有各的想法，他是想要吸取她的质朴和优雅，让自己的传教不再那么沉闷，而她则天真地以为自己能够利用他的能力和雄辩的口才为自己的教派服务。他最初小心翼翼的尝试刚好碰上了她同样戒备的努力，他失望了，放弃了，失去了对她的信任，她也立即觉察到了。从那一天开始，他仔细观察着她的下一步动作，而她亦然。但是两人却再也没有尝试了，因为他们都害怕了：他害怕自己热情的天性，而她怕自己如果失败了就再也没有机会感化他了。但她从未放弃过自己的希望，还把这件事当作生活的目标。两人也从来没有起过争执，只要有她在的地方争执就根本不可能发生。而他那强烈的意愿和压抑的情感也只有每次走上讲坛，看到她坐在下面的时候，才得以尽情释放。他的信徒瞬间就被他吸引住，变得无比兴奋，而反过来观众的热情也会让他迅速地激情澎湃起来。看到这一切，她只能努力做些善事让自己不安的心稍稍安定下来。后来，她有了孩子，便全身心地把自己温柔的情感都投注到了女儿身上，抱着女儿度过安静的时光。在那些时间里，她就这样奉献着，享受着，沉浸在孩子天真烂漫的世界里，观察着她可爱的女儿，享受着爱的盛宴。而当她回到丈夫身边时，她便以一个女性和基督徒的温和态度去忍受他的严苛。他的话已经再不能伤害到她了。他对她的爱或许真的胜过世间的一切，当他越来越确信自己再也无法帮助她得到救赎的时候，他就变得愈发悲戚。作为一个母亲，她默默地行使自己的权利，教育女儿远离他的教义。因此，孩子唱的歌、问的问题很快就成为了他新的也是更深的痛苦之源。剧烈的烦乱使他在讲坛上愈发地冷酷，而他的妻子只是在他们步行回家的路上更加温和地承受这一切。眼睛仿佛在诉说着什么，可是口中却吐不出一个字来。而女儿紧紧抓住他的手，一直盯着他，那眼睛真是像极了她母亲。

在家里，他们会讨论所有的话题，却从来没人提及他们内心最深处的想法。最终，这种压力压得人喘不过气来。她面带微笑，看起来确实还和以前一样，但那仅仅只是因为她不敢哭出声来罢了。爆发的时刻终究还是到来了。随着女儿日渐长大，她必须要准备接受坚信礼了，因此，他得以行使自己牧师的权利，悄然把女儿归化到自己的教派，就像当初的她所做的一样。她焦躁到了极点，就在要行坚信礼的教众名单公布的礼拜日后，她就病了起来，就像我们每个人筋疲力尽时都会生病一样。她微笑着说，自己再也走不动了，几天后，便笑着说自己也坐不起来了。尽管她再也没法和女儿交谈，她也总是把女儿留在身边，这样自己就能一直看见她了。女儿知道她最喜欢什么，所以就给她读《生命之书》，唱着童年的圣歌，以及她的教友新学的平和的圣歌。很久以后牧师才意识到这一切意味着什么，可当他明白的那一瞬间，他就丧失了一切思考的能力，只能想到一点，就是听听妻子亲口对他说些什么，哪怕只是几句话也好，但是她却做不到了，她再也说不出话来了。他站在床脚，观望着，祈祷着。她冲着他微笑，直到他跪在地上，拿起女儿的手放在了她手里，好像在说："就这样吧，你带着她，她应该一直跟着你！"之后她笑了，这是一种他从未见到过的笑容，就是带着这样的笑容她离开了人世。

自此以后，牧师很久都不愿意和别人讲话，乡里只能任命另外一个人来接任他的职位。他自己就在一个房间又一个房间，一个地方又一个地方穿梭游荡，漫无目的地，好似在寻找着什么。他总是静静地走来走去，就算说话也把声音压得很低，对于父亲这样每日默不作声的态度，女儿也只有努力适应，才能一点一点地了解他的世界。现在女儿也帮着父亲探究这一切的意义，母亲曾经说过的每一句话都在他们的耳边回响，母亲的希冀也成为了他们未来的导向。女儿和母亲的圣餐仪式，他过去从不参加，但现在又决定重新开始这个仪式。女儿记事起和母亲做过的所有事情现在父女俩重新经历了一遍，他们唱起了母亲的圣歌，说起了母亲的祷词，还一一阅读了母亲生前最常思考的布道辞，努力回想她对此所做过的解释以及发表过的言论。这样一来，他感到一种强烈的渴望，想要回到他们相识的地方，再像以前一样，去追寻她的脚步。就这样，直到他彻彻底底地把她的人生复制了过来以后，才感到自己得到了些许解脱。他像是浴火重生般，对周围的一切都充满兴趣，乐意对周围的一切投入精力，也不论是大事还是小事，国事还是政事。这让他似乎重回了年轻的时光，体内源源不断地涌入了新的活力，自己因此也萌发了新的渴望。现在他要去讲道，不仅仅是为了光荣地死去，更是为了潇洒地生活！

再次把自己关锁进大山的府宅里献身工作之前，他还是想要多去看看外面的世界，开阔自己的视野。因此他们继续着旅程，去到更远的地方，由此也收获了更多美好的回忆。

佩特拉就和这一家子生活在一起。

九　恐惧

这是第三年的圣诞前夕，时值礼拜五，这两个女孩儿一起坐在黄昏暮影下，牧师先生刚夹着烟斗走进来。这天像过去两年里的任何一天一样平淡无奇：早起先出去散散步，吃完饭做些锻炼，然后学几门语言和别的知识，再做点家务活。到了下午，各自待在自己的房间里，西格纳忙着给奥德加特写信，佩特拉对此从不过问，正如她也从不提及自己过去的事。快到黄昏时，大家会乘雪橇出去兜一圈。晚上便会待在家里，聊天唱歌，晚些还会大声地读书，这时候牧师就会经常加入他们。他读得非常好，女儿也毫不逊色；佩特拉吸收了他们两人的风格，尤其学会了他们的发音。西格纳的语调和口音都非常优美，以至于佩特拉一个人待着的时候耳边还会回想起她的声音。她如此敬仰西格纳，最后男人们都会开玩笑说西格纳是她深爱的情人；这总会让当事人羞红了脸。牧师和西格纳每晚都会诵读文学作品，从斯堪的纳维亚的几位代表诗人到许多经典外国文学著作，此外他们还很喜欢戏剧。这一晚，正当大家打算点上灯时，厨房的女仆跑进来汇报，说门口有人给佩特拉捎来了消息。原来是从家乡来的水手；因为恰好朝着这边航行，母亲便嘱托他来找一下自己，为了到这儿来他已经远离大部队七英里了，必须得赶在船再次启航前回去。佩特拉认识他，觉得他挺可靠，就想打听一些事情，所以陪他走了一阵。夜很黑，房屋的窗户也很暗，只是洗衣房里有光透出来，人们正在里头干得起劲；路上也没有灯，黑乎乎地看不大清，直到月亮爬上山头撒下些月光才能看得见。佩特拉不顾那些投在树枝上的阴森怪异的影子，仍大胆地往树林里走。她之所以愿意跟在水手后头主要是因为他告诉自己佩德罗·奥尔森的母亲去世了，因此他卖了房子，搬进了冈劳格家，住到了自己的房间里。这是两年前的事了，但母亲对此却从未提及。平常母亲寄来的信末尾都会写着："撰信人在此祝好"。凭着这点，佩特拉终于能轻易判断出这些信究竟是出自谁的手了，之前她经常提起这个问题，却从未得到过答复。水手还奉命问了她会在这儿待多久以及之后的打算。对于第一个问题，佩特拉表示自己也不知道；至于第二个问题，她希望他能告诉母亲，这世上她只有一个心愿，如果没能实现这一愿望，她这一辈子都不会开心；但现在，她还不能坦白这个心愿到底是什么。

佩特拉在外面和水手聊天的时候，牧师和西格纳正坐在饭厅里谈着佩特拉，这位他们都很在乎的朋友。这时管家进来了，交代完一天的工作之后，他问两人中是否有人知道佩特拉每晚会从自己的房间出来就着绳梯爬上爬下。管家再三重复以后，两人这才明白过来，因为他可能不小心说成了佩特拉踏着月光爬上爬下。房里本就很暗，现在又愈发安静了，连牧师也停止了抽烟。最后，他闷声问道，“谁看见了?”“是我。我当时起来喂马，大概凌晨一点左右。”“她爬绳梯下来了?”“是的，完了又上去了。”接下来又是长时间的沉默。佩特拉住在上面的房间，可以俯视整个农场;房子那片区域就只有她一个人住，所以管家肯定不会看错。“她可能在梦游，”管家准备离开时又插了一句。“她要是在梦游，又怎么可能造出来一架绳梯，”牧师加以反驳。“对，我也是这么想的，所以我觉得最好还是告诉你，神父;我再没有跟任何人提过了。”“除了你以外还有别人看见吗?”“没有，神父，但是要是你怀疑的话，我们就去找绳梯来证明这件事吧;如果找不到绳梯，那肯定是我弄错了。”牧师迅速地起身。“父亲!”西格纳放声恳求。“点上火，”牧师不容分说，下达了命令。西格纳亲自照办，但在递火的时候又一次恳求道，“父亲!”“是的，只要她还住在我这里，我就是她的父亲，我有责任把这件事弄清楚，”说完，他便提灯向前走去，西格纳和管家则紧跟其后。

那个小房间里一切都井井有条;只是床前的桌子上摊了一排书，一本一本摞起来。“她晚上还看书?”“我不清楚，但是她房里的灯火不到一点钟是不会灭的。”牧师和西格纳对视了一眼，到了十点或是十点半的时候，他们分散在宅子里观察情况，到了第二天早上六七点的时候再汇合。“对这件事你有任何了解吗？”西格纳不说话。跪在角落的管家则四处张望，回答道：“她肯定不是一个人。”“你说什么？”“没错，那总有一个人陪着她，跟她说话，他们经常说得很大声，我听到她既为自己辩护，又威胁别人。她肯定是落到了什么邪恶力量的手里。可怜的孩子！”西格纳别过脸去，牧师的脸则渐渐变得惨白。“梯子在这儿，”管家喊了声，把梯子拿出来后，站了起来。一根晾衣绳绑起了另外两根，打上一个实实在在的死结，然后在下方半英尺的地方再绕一道打个死结，然后拉回来，就这样重复几次，直到绳梯够长为止。他们反复检查了这条绳梯。牧师先问道，“她走得远吗？”管家看向他，“什么？远？”“她下来的时候，她走远了吗？”西格纳又冷又害怕，止不住打颤。“她哪都没去，下来了就上去。”“又上去？那谁走了？”西格纳转身，满脸都是泪。“昨晚有人跟她在一块，但那晚没人。”“所以绳梯上除了她就没别人了？”“对。”“她爬下来就马上爬上去？”“没错。”

“那她就只是自己试一试，”牧师说完如释重负般深深吸了一口气。“是的，好让她帮别人离开，”管家补充道。牧师看着他，“那么，你的意思是这不是她做的第一条绳梯？”“是的，不然人们要怎么上到她那去呢？”“这事你已经知道很久了？”“今年冬天她开始夜夜点灯时我才注意到的。我以前从没想过要去那看看。”“那这一整个冬天里你都是知道的，”牧师严肃起来，“那你之前怎么没告诉我？”“我以为跟她在一起的是房子里的人，但是昨晚看见她在梯子上以后，我突然想起来那可能是别人。要是我早想到这一点，我肯定早跟您说了。”“是的，很明显，她欺骗了我们所有人!!!”西格纳恳求地抬起头。“她不该一个人住在那么远的地方，”管家边卷起绳梯，边总结道。“我就不该收留她。”牧师说完便走了，其他人也尾随他离开。

他坐下来，把灯扔到桌子上的一边，西格纳也走进房间，投入到父亲的怀抱里。“没错，我的孩子，这的确让人害怕，也让人失望。”不一会儿，西格纳坐进了沙发的角落，掏出手帕抹眼泪，而牧师则点燃了自己的烟斗，在房里快步走来走去。突然，厨房里传来一声尖叫，他们听见仆人跑上楼，在头顶的走廊上匆促地跑来跑去；他们也快步跑出房间：原来佩特拉的房子着火了！肯定是角落里的灯里溅出了火星，因为大火就是从那开始的，然后瞬间点燃了墙纸，烧起了木质结构的窗户。路过的人发现之后就立刻跑进洗衣房告诉了仆人。火很快就被扑灭了；但是在乡下，一切都是按部就班、平淡无奇的，任何变数都会引得大家身上每个细胞都兴奋起来。大火是他们最可怕、最危险的敌人，他们从来不敢懈怠。当一场大火就这样冲进黑夜，奔向悬崖，贪婪地望着自己的猎物时，人们不禁颤抖起来，好几个礼拜甚至一辈子都没法恢复镇静。

之后，牧师和女儿回到了饭厅坐下，灯一直亮着。他们都觉得佩特拉的房间就这样被烧了，不留一丝痕迹，是件不大吉利的事情。这时候，他们清楚地听到了她在门外的声音，她大喊着、问着话；从楼上跑到楼下，从阁楼跑到走廊又跑到厨房，最后拿着一堆东西冲进了房里，“天哪！我的房间着火了！”没人应答，她又一口气问道，“当时都有谁在？这是什么时候发生的？怎么就着火了呢？”牧师终于答话，带着尖锐的眼神看着她，解释说当时他和女儿正在她房里找些东西。但佩特拉丝毫没觉得这场大火有什么蹊跷，也没表现出担心自己的秘密被别人发现了的神情。甚至都没觉得西格纳坐在沙发上头也不抬的样子有些不同寻常；她以为西格纳只是受了惊，自己接着又滔滔不绝地抛出了一堆问题，比如火是怎么被人发现的呀，又是怎么被灭的，谁第一个到了现场，诸如此类。因为不能马上得到答案，她又风风火火地跑出去了。但没过多久又跑了回来，她已经卸下了一些东西，现在过来告诉他们自己看见那些火光是怎样害怕地跑回来，但是如今火势已经得到控制，她觉得很欣慰。说着，她又放下了其余的东西，把它们拿出去后又回来了，坐在桌子旁边，没完没了地谈论着每个人说了什么做了什么，整个房子已经闹得天翻地覆，这让她觉得非常有趣。其他人依旧沉默无言，她觉得非常遗憾，大火毁了大家整个晚上的好心情；她本来还很期待今天晚点的时候大家一起大声诵读《罗密欧与朱丽叶》呢，她觉得罗密欧和朱丽叶在阳台分别那一场戏是整部作品最精彩的部分，因此今晚还想恳求西格纳把那一幕再多读一遍来着。在她喋喋不休的当儿，洗衣房里的一个姑娘进到房间里来报告说少了一捆晒衣绳，这下不够用了。佩特拉瞬间红了脸，站起来说，“我知道它在哪，我去给你们拿。”走出几步后，她又意识到房间着火了，就停下来说，“天呐！它肯定被烧掉了！它在我房里呢！”西格纳转过脸来看她，牧师也从旁边转过来坐正，呼吸急促，几乎说不出话来：“你拿这些绳子干什么？”佩特拉看着他严肃的神情，心里有些害怕，但下一秒她却大笑起来。她花了一分钟想忍住，但一看向他，又不由得发自内心笑了起来，根本止不住。那笑里丝毫没有流露出半分良心不安，比流水潺潺的小溪还要澄静。西格纳察觉到了这一点，于是从沙发上站起来，“做什么用？做什么用？”佩特拉又笑又跳地在房里转了一圈，跑到门边，却被西格纳挡住了，“做什么用？佩特拉，告诉我呀。”佩特拉跑到她身后像是要藏起来，同时却依旧放肆地大笑。不，愧疚感可不是这样！现在牧师也看出来了。他原本就要勃然大怒了，现在却不由得跟着大笑起来，西格纳也跟着笑起来；这世上最具感染力的就是欢笑啦，尤其是让人完全摸不着头脑的笑。父女俩没搞明白这笑从何而来，却因此笑得更欢了；站在那儿等着回复的女仆最后也没能忍住，捧腹大笑；她独特的笑声像是从深坑里传来的一样，起起伏伏；不一会儿，她意识到自己的行为与屋里精美的家具和高贵的主人格格不入，就跑进厨房去，放声大笑起来。毫无疑问，她把这欢乐也带到了那里，不久，整个厨房爆发出一阵狂热的笑声，他们就更不知道为什么要笑了，这使得饭厅里的三人不禁又大笑起来。

最后大家渐渐冷静下来，西格纳还想再试试把事情搞清楚：“现在你必须得告诉我了！”她握住佩特拉的手，大声嚷嚷。“不！无论如何也不！”“但我已经知道了！”她说，“我父亲也知道了！”佩特拉尖叫一声就跑开，快到门边的时候又被西格纳截住，于是她奋力挣脱，不管怎么样她一定要离开这里！她一边挣扎一边大笑，但是眼里含着泪；西格纳不禁松了手，佩特拉便狂奔，西格纳追在后头，两人一直追逐到了西格纳的房里。她们拥抱了彼此，“天哪！你真的知道了？”佩特拉轻声问道。“是的，你有天晚上被管家看见了！我们和他一起来了你的房间，找到了绳梯。”佩特拉又叫了几声，然后躲进了沙发的角落里，西格纳走了过去，弯下腰，在她耳边轻声叙述了他们寻找梯子的过程，还有随后发生的有趣的事；一个小时之前西格纳还为了这事又惊又哭，这会儿却当它是个笑话一样，讲的时候还添了几分幽默！佩特拉一会儿认真抬头听着，一会儿又堵住耳朵躲在一边。西格纳说完后，她们俩坐在黑暗中，佩特拉低声地说："你知道这是怎么回事吗？每晚十点当我们回到各自房里的时候，我满脑子想的都是之前朗诵的内容，这叫我怎么睡得着！所以我就把书上那些最精彩的片段都牢记于心……我记住一些场景，回来自己大声诵读。后来学到罗密欧与朱丽叶，这真是世上最美好的东西了！我变得很疯狂，告诉自己一定要试试那个绳梯，因为我从来没想过能有人在一根绳梯上爬上爬下……我就拿了一些绳子……那个人刚好在下面盯着我看！就是这样，但这没什么好笑的，西格纳，我觉得这很帅气呀，我一定要成为一个男孩……明天我肯定要成为整个村子的笑话了！"西格纳又开始笑了，她亲了佩特拉一下，跟她击了个掌，然后边往外跑边说了一句，"我一定要告诉父亲！""西格纳，你疯啦！"佩特拉也追了出去。牧师正准备上楼看看两个孩子怎么样了，迎面却差点被她们给撞倒；然后，西格纳把事情一五一十地告诉了他。

喝过一杯茶，牧师把佩特拉好好地取笑了一番，然后惩罚她把记得的内容都背出来。她真的记得所有经典场景里的一切内容！她背诵的时候就像对着书读一样，时不时还非常激动，不过也会突然压制一下自己的情感。牧师注意到这一点后就会笑笑，这却让她更加羞涩了。她一连背了好几个小时；这其中既有喜剧也有悲剧，既有滑稽的剧目也有严肃的剧目；她非凡的记忆力令他们震惊，也把他们逗乐了，她也大笑，叫他们只管继续考她。

“那些可怜的演员要能有你八分之一的记忆力就好啦！”西格纳感叹。牧师却立刻真诚地回应道：“上帝保佑她永远不会成为一名演员。”“但是父亲，你觉得佩特拉没有这么想过吗？”西格纳笑着说，“我发现那些从小就受到诗歌熏陶的人根本就不会想到要去舞台上表演，而那些小时候不大懂、长大了才学习诗歌的人却总是沉迷于此，并出于对诗歌的向往冲动地走上舞台。”“这倒没错。一个真正受过教育的人确实不大可能去舞台上表演。”“一个接受过诗歌熏陶的人就更是如此啦！”西格纳说道。“没错，除非那人在性格上有所缺失，使得他屈从于虚荣和轻浮。我在国外旅行还有学习的时候，结识了很多演员，但是我从没遇到过，也没听人提及过会有哪个演员真正过着基督徒式的生活。我了解到他们都觉得自己身上背负了某些使命，但他们的职业中总存在着一些不安分和不满足的因素；即使之后得以摆脱，他们还是没法回归原来的自我。我要是跟他们谈这件事，他们会承认这点，还会悲叹，但也会立刻补充道：‘我们通常这样安慰自己：其实还有很多人也不见得比我们好到哪里去呢。’但这就是我所说的‘可怜人的自我安慰’。缺乏精神追求的生活是罪恶的。愿上帝帮助他们，也让那些纯洁的心灵远离这样的罪恶！”

第二天是礼拜六，牧师和往常一样不到七点就起了床，在工人那边转了一圈，然后继续往前走，直到天大亮了才回来。他经过房子往农场去时，发现了一本练习册一类的东西摊开在地上，它肯定是在昨晚从佩特拉的窗户那边掉下来的，但因为是雪一样的颜色，所以没人看见。他拿起册子，随身带到了书房；翻开书页试图把它们弄干的时候，他发现这是个法语练习本，里面誊写着许多诗歌。他本来没想要认真读这些诗，但无意中发现整本书写满了“女演员”这个词，甚至一些诗里也有。他便坐下来细细研读。

一系列涂涂改改之后，他终于翻出了诗的韵律，虽然没抄写下来，但还是可以读出来的：

“来吧亲爱的，来听我诉说，
是怎样的渴望令我的心每日满盈，
我要当一名演员，从不同角度，
向世人描绘出一个女人真实的世界，——
她如何忍受苦难，又怎样纵声大笑，
她以何种方法祈祷、爱恋，或者玩笑，
她背负罪孽时是哪般模样，
她满心平静时又是怎样情形，
噢，上帝，我恳求您，帮帮我吧，
让我成为自己心心念念的那个人！”

下面又写着：

“上帝，我可以做您的仆人吗？
您会给予我帮助吗？”

接下来是一首诗，显然仿照了他们几个月前读过的另一首：

“噢，那神女幻化成的河流，
神女幻化成的河流
丝丝月光闪烁其上，满盈而自由
满盈而自由
它缓缓滑行，融入一片欢欣
融入一片欢欣
那些沉溺其中的人呀，死亡将对其现形
死亡将对其现形
——不，那将是罪孽，（音形爵士般）啦、啦、吧！”

在一系列修校、记号和批注之后：

“跳呀，跳呀
我要和所有人舞蹈，但他们永远没法抓住我，哈！
哈啦啦，哈啦啦
永远跑在第一，把他们甩得远远的！”

接下来是一封笔迹清晰的信：

“最亲爱的亨里希，

你不觉得咱们是整部喜剧里表现得最出色的吗？这事让我们大为烦恼，但其实并没什么；我想让你明晚陪我去一场化装舞会；因为我从没去过，现在又想找点乐子；待在家里真是安静又寂寞。你真是个流氓，亨里希，你跑到哪里去了？我在这儿呢。

你的佩妮莱”

最后，书上出现了好几次下面这首用大字清楚写下的诗，她可能在别的地方看见了，想要把它记在脑子里：

“我的心底，有一团火焰熊熊燃烧
那是内心的巨人在奋声疾呼，——
故事从那个隐秘的春天铺展开，——
洛基为巴尔德尔的律令所束缚，
权力之间展开了角逐与吞并，
崇高的思想如是描述，
即刻去那里好心施救吧，
你这意念已觉醒了的人！”

下面还有好多，但是牧师没有再读。

那么，她是为了成为一名演员才进了他的家，然后从自己的女儿那里获取指导。就是偷偷带着这样的目的，她才那么渴望听他们大声朗读，之后再熟记于心。这么长时间以来，她一直在欺骗他们；就算是昨天，她好像坦白了一切，实际上也还在隐瞒：她笑得那么单纯，实际上却在撒谎。

噢，这个不可见人的企图！牧师经常当着她的面对此大加指责，她居然美化成上帝的召唤，还敢乞求主的保佑！这种生活充满了掌声和轻浮、嫉妒和狂热、闲散和纵欲，一切都是谎言，原则也消失殆尽，这种生活好似一具腐败的尸体，上面聚满了秃鹫，而她居然渴望过上这样的生活，还乞求上帝降下神祉！在神圣教堂的注视下，在自己安静的住宅里，牧师和女儿帮助了她，竟然是为了这种生活！

当西格纳如冬日清晨一般愉快地来同父亲打招呼时，发现书房烟雾缭绕。这通常预示着发生了麻烦事，一大早就这样便更是如此了。他没说话，只是把册子递给她，她立刻就看出来这是佩特拉的；昨晚的怀疑和痛苦又一次吞没了她，她不敢看，因心跳得极快，又不得不坐下。她和父亲一样，被那个字眼牢牢地抓住了眼球；她必须多看一些，于是继续读下去。她的第一感觉是羞耻，不过并不是为佩特拉，而是因为自己的父亲竟然也看到了这些。

但她立刻又觉屈辱，就像我们发现自己被深爱的人给欺骗了一样！有那么一瞬间，这个骗子的形象貌似变高大了，显得机智灵巧、比我们聪明得多，是的，甚至渐渐让人觉得神秘莫测。但不一会儿，我们的意志再次被愤怒唤醒；内心的正义感被一股虽不可见但并不神秘的力量所激发：我们觉得自己能够破解上百的狡诈骗局；我们鄙视那些起初让我们觉得屈辱的一切！

佩特拉此刻坐在饭厅的钢琴前，他们听见她高声歌唱：

“昼已至，欢乐亦将醒来，

——那消靡的堡垒被攻陷，——

就在光芒普照的山巅，

万晖之主翩然降临，
‘起来，起来，起来，’林间的小鸟欢啼，
‘起来，起来，起来，’愉快的孩童呼喊，
我的希望同这太阳，一并起来吧！”

然后钢琴如暴雨般奏响一段音乐，在这之中她突然唱起了另外一首歌：

“你的辩护不过是一场徒劳，
我必须带领我的船只，
乘风破浪，
奋勇前进。
只待有人给我的船最后一推，
我就将涉足前所未见的险境。

我离开海岸，
不是一时兴起也不为吹嘘；
我必须到达那最深的海，
去触摸那自由翻飞的浪花。
我还必须要见证那龙骨脊，刺破浪潮而前进，
以此证明我的船舰活得铮铮有骨气！”

不，这一切对牧师来说太难以承受了，他从西格纳手里夺走册子，冲出了门；这次她也不再阻拦。他径直走向佩特拉，把本子

扔到她面前的钢琴上，然后转身，大步走出了房间。他再次回来时，她已经起身，把册子紧紧抱在胸前，茫然无措地望着四周。他停下脚步，想把心里想的一切都吐出来，但一想到过去的两年多里自己一直被这个狡猾的女孩所利用，甚至连自己善良热情的女儿也被她随意愚弄，愤怒便不受控制地汹涌而来，使他一时不知道该说什么好，可他一开口，又觉得自己的话太过严苛。他又一次在房里大步徘徊，又一次直直地站到她对面，却脸色深红，背过身去，终究一言不发地走进了书房，西格纳也离开了。

他们一整天都待在各自的房间里。牧师一个人吃饭，两个女孩都没有出现。佩特拉则待在管家的房里，自大火以后她就一直住在那；她到处找西格纳想要解释，但全是徒劳：因为西格纳根本不在家。

佩特拉觉得这是她一生至关重要的时刻。她最隐秘的想法不小心被发现了，他们肯定会想方设法来动摇她，这让她无法接受。她最了解自己，如果她现在放弃这个梦想，今后她便要任由命运摆布了。她可以和无忧无虑的人们一样活得轻松惬意，也可以找个密友吐露心事，对一切都充满希望，但只有那个秘密的梦想才能给予她力量，使她有朝一日有能力保护自己渴望的一切。在经历了卑尔根市的惨败之后，她再也不敢向任何人吐露心事了，就算是奥德加特也不行！她只能一个人经营自己的梦想，直到它变得足够强大，能够忍受别人的质疑为止。

但现在情况有变：牧师愤怒涨红的脸不停地盘桓在她的脑子里，傲睨她恐惧不安的道德心。她必须得拯救自己！于是她下午便更加认真而焦急地寻找西格纳，可还是找不到。要找的人越是躲着我们，我们就会越不自觉地猜想事情的起因，佩特拉就是如此，最后甚至觉得自己背叛了西格纳：背地里利用西格纳的友情，犯下了一桩深重的罪孽。全知全能的上帝一定目睹了这一切，知道她以前从未这样看待过自己的行为；而现在，她断定自己是个大罪人。

就像她过去在家乡一样，此刻她觉得良心不安，满是罪恶感，而片刻之前她还完全没有这样的怀疑。她害怕过去的悲剧会重演，心里又添上了一层说不清道不明的害怕；她看到了自己不幸的未来。但随着她的内疚感不断加深，脑海里西格纳的形象却显得越发纯洁、无私。

天色渐黑，西格纳不论去了哪都该回来了。她一路小跑，穿过通向西格纳房间的通道，发现门是锁着的，这说明她在里边。佩特拉扶着门把手，心跳得极快，恳求道："西格纳，跟我说说话吧！西格纳，我再也受不了了！"没有回应；佩特拉俯身去听，又敲了敲门，"西格纳，噢，西格纳，你不知道我有多难过。"依旧没有回复；她又听了很久，一无所得。如果一个人总是得不到回应，就算他知道肯定有人在，最后还是会怀疑房里是否有人，要是四下一片黑暗，他就会变得害怕。"西格纳，西格纳！如果你在里面，求你发发慈悲，回答我吧，西格纳！"一切都很安静，她不禁打了一个寒颤。厨房的门打开了，下方的庭院里传来急速的脚步声。这让她想到，她应该出去，抓着外墙上的窗户向上爬，绕房子一周到另一侧比较高的地方去。这样她就能看见西格纳了。

那是一个星光璀璨的夜晚，远处重峦叠嶂的山峰轮廓清晰可见，积雪闪着一层光，昏暗的小径只把光衬得更亮了；雪橇的铃声在路上回响，她大受鼓舞，朝着窗户往上爬。她本想抓住房子外墙的木板，却失去平衡摔了下来。于是她把一个空木桶滚到墙下抵住，然后从那爬上了壁架。手脚并用的话，她一次大概可以爬上半英尺左右；她手上需要使出大力才能抓住；但她没法抓牢，因为墙板还不到一尺厚。担心人们会联想起绳梯的事情，她还害怕被人看见。要是她能从正对着农场的这一边过去，爬上横墙就好了；但最后当她真到了那边，却又遇到了新的问题：窗前什么都没有，她还得弯下腰爬过去，以免被人发现。墙又长又高，但就算跌下去，下面还有醋栗的树篱，因此她不再害怕。虽然手指已经刺痛，肌肉也开始颤抖，但她还是继续爬着。再过几步她就能到西格纳的窗户旁了。房里并没有灯，百叶窗也没有拉下，但月光撒满了房间，她都能看清最远的角落深处，这着实让她精神一振。她爬到了窗台上，抓紧了架子就地休息；离得越近，心就跳得越快，差点没法呼吸，但就这样等着也不是办法，她必须得行动，于是猛地起身倚上窗子的右边。房里传来一声尖叫。西格纳一直坐在沙发的角落里，这时突然爬下沙发，两手使劲地挥舞着，想要躲避窗外那可怕的幽灵，最后冲出了房间。

这一瞬间，佩特拉终于意识到了自己这次的古怪行为是多么失败，还造成了严重的后果；——这趴在窗户上的黑影，这次完全不经大脑思考的、糟糕透顶的冒失行径，到底意味着什么？这样一来，自己在西格纳心中的形象将永远定格在这一幕可怕的回忆中；她失去了意识，摔了下来，发出了一声尖叫。

一听到西格纳的喊叫，人们都跑了出来，却没有发现什么异常，接着又听到另一声惨叫，——整个农场陷入了骚乱之中；他们四处搜寻，大声喊着，终是徒劳；牧师偶然地来到西格纳的窗前朝下望了一眼，看见佩特拉倒在灌木丛中。大家费了好大力气才把她拖了出来，抱上楼去。因为管家那儿很冷，她便被带到西格纳的房间，人们帮她解了衣服然后把她放在了床上。还有些人帮她擦洗了手和脖子，其他人则忙着把房间弄得明亮、温暖和舒适。她清醒过来以后，环顾四周，恳求人们留她一人静一静。

房间里安静又舒适，桌子、梳妆台、椅子和床都铺上了一层精致的凸花条纹布，让她立刻想起了西格纳。她想念她的单纯可爱，如牛奶缓缓流动的温和嗓音，尊敬他人想法的体贴性格以及她慷慨的善行。而这一切已经与自己无关，她必须尽早离开这个房间，甚至离开这个家。那么她又要去哪儿呢？一个人总没法一而再再而三地期待自己能在路上被好心人捡回家，即使有人愿意，她也不能这么做；因为最终结局还是一样。不知为何，她始终觉得没有人愿意相信她。她到现在都没能前进一步，她没法再进一步了，也永远没法再进一步了；因为没了同类的信任，她是不可能成功的。她不断祈祷，暗自哭泣！她心里极度痛苦，来回翻滚，拧着双手，许久以后才筋疲力尽地睡去。

在她的梦里，一切都变得雪白，而且越升越高；她从未看过这么高这么灿烂的百万星光。

十　音乐合法吗？

一觉醒来，佩特拉还云里雾里的。那天填满了她整个脑袋的想法至今挥之不去，但是响彻云霄的安息日钟声却突然吸引了她的注意力，使她渐渐忘却了烦恼。她立刻起床、穿衣打扮，到早餐室寻了点吃的，最后把自己裹得严严实实，跑出门了。她还是第一次如此渴望聆听上帝的教导！

她赶到的时候，人们已经开始了，门也已经被关上。牧师站在圣坛前讲话，直到他结束了，助理帮他脱去了法衣，佩特拉还站在门口等着。随后她看见唱诗班里挂着帘布的所谓主教长凳，便走了过去。这个特殊的长凳是为主教的家人准备的，但是如果有人想要寻求个隐蔽的处所，他们就会退到这个地方来。佩特拉走到长凳后，悄悄溜了进去。她看到西格纳坐在最偏僻的角落里，下意识地往外退了一步。就在这时，牧师也从圣坛走向了法衣室，于是她就马上坐了回去，只不过尽可能靠近门边。西格纳把头纱放了下来，这让佩特拉松了口气。她穿过集合的人群看过去，人们都挤在高高的木制长凳上，男人坐在右边，女人坐在左边。大家呼出的气缭绕在头顶，像是飘荡着一层烟雾；窗棂上结着的几英寸厚的冰凌，雕刻简陋的木制人像，被拖得长长的歌声，还有裹得厚厚的人群……一切都显得非常和谐，有些刺耳，又有些遥远。她不由想起了离开卑尔根郡时的那番景象；自己在这儿也同样只是个逃避现实的胆小鬼。

牧师走上讲坛，表情十分肃穆。他祈祷：请保佑我们能抵抗诱惑。我们知道上帝给予我们的天赋中总是蕴含了些诱惑的成分，但是上帝会仁慈地对待我们，把这诱惑控制在我们可以承受的范围内，这样我们就永远都会做一个虔诚的信徒，向他祷告；只有把我们的天赋放在上帝的脚下，上帝才会为我们降临恩泽。牧师就着话题滔滔不绝地展开，又提出我们的双重任务：一方面要根据上帝的感召和我们的能力来认真生活，另一方面要投注精力，追求自己的精神生活。一个人在选择职业的时候必须慎之又慎，因为有的职业本身即是一种罪恶，或者有的可能不适合自己，也可能满足了自己的邪情私欲，便也变成了一种罪恶。他又再一次强调：每个人必须根据自己的天赋来选择职业，但是如果这一选择本身正确有益，可我们却把所有的时间和思想都投入到它上面的话，那么它也将变成一个陷阱。我们的精神生活就像是父母对于子女的职责一般，不容忽视。我们要时刻保持镇静，圣灵会在我们心中永不停歇地影响我们。我们要在子女的意识里投下对基督教生活的向往并悉心培育。尽管大家的情况各不相同，但没有任何其他职责或是借口可以让我们逃脱这一使命。现在他更进一步，谈到了上帝对他们的召唤，他们的房屋、行为和观点。随后他又提到了一些别的情况，援引了更为高尚职业的例子，希望能给大家带去一些启发。

从那一刻起，牧师在讲坛上的形象变得温暖起来，那些只从日常生活的角度来了解他的人对他有了全新的认识，甚至感觉他在外表上都起了变化。一向显得保守而气势逼人的面庞也似乎打开了，展现出内心的思想活动。他的目光意味深长，讲到救赎这一好消息时还会非常真诚地望向大家。他蓬乱的头发向上伸展着，看起来跟一头雄狮一样，声音则似雷声不停隆隆作响，一会儿在短时间内变得非常严肃认真，一会儿又表现得很温柔，但是马上又会讲到更深奥的东西。实际上，他只适合在大场面讲话，一讲就是很长时间。因为他的声音只有在音调升上去时，听起来才和谐，也只有当他整个人被热情燃烧起来时，他的面容才显得清晰,想法才愈显简明易懂。这并不是说他激动时才有话可讲,如果苦难可以丰富他的灵魂,反思也一样可以,他可是个称职的牧师。但他不习惯与人正常对话,他必须要与自己对话,并且在任何时候都讲求抑扬顿挫。和他展开讨论,就像是袭击一个毫无防备的人,不过也同样危险。他总是能快速地表述自己的观点,非常强硬,连原因都不会列出,如果最后实在不得不说出些原因来,那么就只可能面对两种状况:一是他完全把对方收服,另一种就是他突然不说话,因为他对自己感到害怕。世上再没有谁能像他那样强大又能言善辩,却又会突然被打击得无话可说了。

牧师祷告词一开始,佩特拉就已经止不住地发抖。她感知到了这一祷告词的意义。牧师的布道讲得越多,佩特拉就越觉得牧师一直都在坚守自己的原则。她整个人蜷缩一团,发现西格纳也是一样。但是牧师还在继续,丝毫没有停下来的意思,这头雄狮正在瞄准猎物,绝不会松懈。她觉得自己四面八方都被包围了,陷入困境中,被俘获了。精力旺盛的雄狮将她捕获后,却对她以仁慈相待。她好像没有受到一句谴责,只是双手合十依偎在上帝神圣的爱的怀抱里。她在那里哭泣、祷告。而西格纳也是如此。佩特拉实在是太爱她这一点啦!牧师走下讲坛,进入法衣室,他脸上还洋溢着与上帝恳谈后深思的神情。他直直地盯着佩特拉,想要探究些什么,而佩特拉抬头看过去的时候,只看见一缕温暖的光透射出来,原来是他路过的时候快速瞥了女儿一眼。西格纳一会儿便也起身了。她把面纱拉了下来,佩特拉因此不敢和她一起走,就在那里等了很久。可是晚餐的时候,他们三个人还是碰面了。牧师说了许多话,西格纳话却不多。明显的是,牧师本打算把最近发生的事拿出来说一说，可是只要他稍微提及这一点，西格纳就会以一种害羞而巧妙的方式把他的话题引到一边，这让他瞬间想起了妻子，于是也沉默无言，慢慢地悲伤起来了。

他们试着和解，却失败了，再没有别的事情能比这更痛苦了。起身的时候，他们彼此都没看对方，也没感激这顿饭。饭厅里面太过压抑，三个人都想着离开，可没有人愿意先走。佩特拉觉得，如果自己先走了，那么就再也没有机会与他们和解了。她不敢再看向西格纳，害怕西格纳不再爱她，也不敢看牧师为她伤心难过的神情。但是如果她要走，就必须要不辞而别了；她如何能与这些人告别呢？仅是这样想着她就已经激动不已，尽了最大的努力才稍稍平静下来。

像这样每个人都压抑着不说话，只是等着对方开口，让每一秒都变得愈发煎熬。大家都经历过这样的时刻：我们不敢动弹，怕被对方察觉到，也怕别人能听见自己的呼吸。但就算我们静止不动，叹气声也是会被听到的呀，听的人反会觉得更加刺耳。于是我们就这样僵持着，没有人开口说一句话，还因为担心有人开口而打颤。他们都觉得这样的时刻人生就只有这么一次。修筑在彼此之间的围墙越来越高，每一次呼吸声似乎都夹杂着越来越深的负疚感。我们一会儿感到绝望，一会儿又感到愤怒。如果有谁这样对待我，这人就实在是太残酷、太邪恶了，我们绝对不能容忍，我们绝对不能原谅！佩特拉再也受不了了，她要么就立即逃出去，要么就要尖叫出来。

就在这时，雪橇的铃声从路上传来，一个戴着狼皮帽的男人掠了过去，拐进了农场里。这让他们三个如释重负，便仔细听着这个要来解救他们的人的动静。他们听见这个陌生人走进了大厅，脱下了他的旅行装备，与前来帮忙的仆人聊了起来。牧师起身去会见他，但是想到不能把两个女孩儿单独留在这里，便又转身回来。他们听见这个陌生人又说话了，这次离得更近，使得三个人都抬头观察起来。佩特拉起身，两眼紧紧盯着房门，这时却听见了敲门声。“进来！”牧师激动地应答道。门口出现了一名男子，身材高大，面容白净，还戴着副眼镜。佩特拉尖叫一声，晕了过去。那人正是奥德加特。他本应该在圣诞节的时候来到这里，只不过没人把这件事告诉过佩特拉。但是他竟然在这个关头来了，这一定是上帝的旨意。所有人都立即意识到了这一点。

佩特拉恢复意识的时候，奥德加特就站在她身边，握住她的手。他抓得很紧，但是一句话也不说，她亦是如此。此刻她连站起来的力气都没有了，可是一直看着他，两行热泪顺着脸颊止不住地往下流。他脸色苍白，但是非常镇静和友善。放下佩特拉的手，他穿过地板，走到西格纳那边去。在最远的那个窗户旁，西格纳正蜷缩在母亲像那里。

佩特拉希望一个人待着，所以其他人就都走了。家里大大小小的事务还需要西格纳打理，所以牧师和奥德加特就去了书房，喝了杯酒。这位风尘仆仆的旅人可是正想喝杯酒呢。牧师简短地跟他说了近来发生的一系列事件，这使他想到很多，但依旧沉默无言。他们的对话被一件奇怪的事情打断了。

两女三男一个跟在另一个后面，从窗边走了过去。牧师一看见他们，就跳了起来：“他们又来了！现在我们的耐心可要接受考验了。”这几个人进来了，首先是女人们，然后是男人们，他们走得很慢，悄无声息。他们靠着书架下的那面墙站作一列，奥德加特就坐在他们对面的沙发上。牧师给他们摆上椅子，又从隔壁房间搬了几个过来，他们就都坐下了，只有一个穿着时髦的年轻男子不愿坐，倚靠在门柱上，两手插兜，脸上露出挑衅的神情。

接下来便是长时间的沉默，牧师趁机把烟斗装满，而奥德加特不抽烟，就在那里仔细观察这一行人。最后，一个妇女终于打开了话匣子，她四十岁左右，脸色发白，头发浅淡，前额窄小，眼睛很大，但有些羞涩。他们实在是不知道到底该怎么办了。“神父今天的布道特别精彩，”她说道，“刚好涉及我们最近一直在苦苦思索的问题。在上面的奥德赫纳村，我们近来一直在讨论诱惑这个话题。”说着她叹了口气。另外一个小脸、大额头的男人也叹气，感慨道：“噢，耶和华啊，求你教我转眼不看虚假，教我在你的道中生活。”随后埃尔塞，就是之前说话的那个人，又叹了口气：“年轻人用什么净化他的行为呢？就是要遵行你的话。”这显得有些奇怪，因为她已经韶华不再。但是一个中年男人这时说了话，他坐在那里，头偏向一侧，前后摇晃，眼皮好像从来没有动过，半梦半醒般：

“诱惑，撒旦炽热的飞镖，
没有人能够逃脱它的魔掌，
谁促成了耶稣之死，
基督之名由此长存。”

牧师实在是太了解他们了，知道这只不过算是开场白，所以他就等着，好像什么都还没听到一样。于是大家又一次陷入长时间的沉默，还有人不停发出叹息声。有一个身材矮小的女人，弯着腰就更显袖珍，她身上披着好几层围巾，裹得像个大粽子，脸几乎都看不见了，现在开始有些不安地在椅子上动来动去，发出"哼，哼"的声音。那个头发浅淡的女人惊起来，说道："现在，奥德赫纳村里的所有歌唱和舞蹈活动都停止了，但是——"她又停了下来，于是佬司，一个额大脸短的男人，接着说道："但是还有一个人，音乐家汉斯，不愿意放弃他的活动。"佬司还在想接下来怎么说，那个年轻的男子插话："因为他知道牧师您家里就有乐器，他们可以在您家里唱歌跳舞。""显然，您和他一样都犯了大罪过。"佬司说道。"那么在您家里音乐肯定也是一大诱惑。"埃尔塞谨慎地说，想把话题进一步向前推动。但是那个年轻男子更为强烈地补充道："这对年轻人来说是个绊脚石，就像《圣经》所写的那样：'凡触犯我信徒之人，最好把大磨石拴在颈项上，沉入深海。'"佬司接着说道："因此我们请求您把这乐器清理出去或是烧掉，这样它就不会是个绊脚石了。""对你的教区居民来说。"年轻人补充道。牧师拼命地抽着烟，最后明显经过了斗争，才克制地说道："对于我来说，音乐不是诱惑，反倒令人神清气爽、精神饱满。你们也知道，如果能解放我们的精神，这些东西也能帮助我们更好地接受和理解深奥的东西。因此我可以肯定地说，音乐对于我来说是有益的。""但是我知道有很多牧师，"年轻男子说道，"他们听从保罗的话，为了教区民众而放弃了娱乐活动。""或许我曾经也这样理解，"牧师说道，"但是现在不了。一个人可以丢弃风俗或是乐趣，但是一个人肯定不情愿把自己变得和那些心胸狭窄、愚蠢无知的人一样。我如果行为不当，就不仅仅是我自己的事了，还会影响到我的教众，因为我引导着他们。我绝对不能违背自己的信仰，做出不好的表率。”牧师很少在讲坛以外给出这么多的讲解，他又补充道：“我既不会把钢琴处理掉，也不会把它烧掉；只要我觉得自己需要它，我就会听到它。我希望你们也可以经常单纯地通过歌曲、音乐和舞蹈来振奋精神，这些东西都是正确且合理的。”

年轻人把头偏向一边：“呸！”他吐了口痰。

牧师的脸色变得通红，大家又沉默不语。接着年轻人摇晃起来，大声唱道：

“噢，上帝，我的主啊，我可以作证，
他的十字架耐心地背负着
穷人和富人，男人和女人，
因此愁容满面；
因为我们都一样，
血肉之躯不堪一击。”

接着佬司温和地说道：“所以你认为音乐和歌唱还有舞蹈都是正确的，对吗？那这么说来，通过感官享受来唤醒撒旦也是正确的了？哼！这就是我们的牧师所说的话，真是太好了，我们知道了！所有和懒散、纵欲有关的事情都能让人精神振奋、大受裨益……诱惑也是正确的！”这时奥德加特看到牧师的脸色有些不太对，立刻接口道：“跟我说说，我的朋友，那么到底哪些才不是诱惑呢?”

他的问题是如此尖锐、直截了当,使得所有人都看向他。大家从未考虑过这个问题,佬司一时不知如何作答,其他人也一样。“劳作就不是。”像是从深井里,又像是从地窖里面传来这样一个声音。这声音的主人是那个裹了好几层围巾的女人,她叫兰迪,还是第一次开口说话。佬司的脸上闪现出些欢欣鼓舞的神色,那位头发浅淡的女子也向她投去了骄傲的目光,就连倚在门柱子上的年轻人也有那么一刻收起了自己不屑的嘲笑。奥德加特这时候明白,虽然没有表现出来,但她就是他们的头领,因此转向她问道:“那这毫无诱惑成分的劳作又是什么样的呢?”她答不出,但是年轻人回道:“《圣经》上说:‘你必须汗流满面才得糊口。’劳作给我们带来辛劳和困苦。”“除了辛劳和困苦就没有别的了吗?比如说,没有什么好处吗?”对这个问题,他们都沉默了,但是那个短脸的人感到了一种召唤,说道:“当然有,一个人可以从劳作中获得最多的好处!”“这样说来,工作中也是有诱惑存在的,想要取得最多收益的诱惑。”这次又是他们的头领解了围:“那么诱惑是收益,而不是劳作。”“哦,那如果为了收益而劳作过头了呢?”她又噎住,但是佬司接了过去:“你说劳作过头是什么意思?”“这不懂吗?就是说你劳作时被诱惑奴役得像个动物。”“工作就是奴役!”推崇辛劳的人说道。“但是这种奴役能指引你到天国吗?”“劳作就是对上帝的尊崇!”佬司叫道。“你敢说你所有的劳作都是这样吗?”佬司不说话。“你不能,稍微理智地想一下,你就会承认为了更多的收益,我们有时候确实会过度劳作,好像我们就只为此而活。因此,劳作也有其诱惑之处。”“没错,所有事情都伴随着诱惑,孩子们,所有事情都伴随着诱惑!”牧师站起身来,说着就扑灭了烟斗,就好像做结束语一样!那裹着一团围巾的女人发出了叹息,但没有再反驳。

“听着,”牧师又重新装烟斗的时候,奥德加特接着说道,“现在假设劳作取得了成果,就是收益,那么我们当然可以自由地去享受这些成果吧?如果劳作为我们带来了财富,那么我们可以自由地去享受这些财富吗?”这个问题引发了他们的深思,面面相觑。“你们思考吧,我要给出答案了。”奥德加特说道,“上帝肯定允许我们尽力从他的诅咒中获得赐福,因为他自己是统领一切的大牧首,也引导他的子民去享受财富。”“信徒们都是一无所有的,”年轻人耀武扬威地惊呼道。“对,这是事实,因为上帝会指引他的信徒们超脱一切凡尘俗事,只敬仰他。他们受到了感召!”“我们都被感召了!”“但是形式不同。你是受到了上帝的感召才成为信徒的吗?”年轻人面如死灰,把目光收回:他必须找到一个让自己信服的理由。

“但是富人也一样要劳作,”佬司说道,这可是上帝的旨意。“富人当然要劳作,不过他的目标和方法又会不太一样。每个人都有自己的任务要去完成。但是你说说:一个人要永远都劳作吗?”“他还必须祷告!”埃尔塞大声说道,说着就双手合十,似乎想起来自己已经好久没有做祷告了。“那么只要不是在工作,人们就得做祷告吗?有任何人能够做到吗?那得是什么样的祷告、什么样的工作?他就不能休息吗?”“我们筋疲力尽的时候才能休息,这样就不会被任何邪恶的思想所诱惑了,啊,那样我们就不会被诱惑了!”埃尔塞又说了起来,埃里克也应和道:

“如果你以上帝之名
追寻平和之心而疲惫不堪，
那么休憩会变得多么甜美！
你们总有一天都会
奔向最后一片安息处，
那是尘世的巢穴！”

“埃里克，你别吵了，仔细听着，”牧师喊道。奥德加特的眉头皱作一团：“听着：劳作会带来成果，但是我们也需要休憩。我认为就社会而言，音乐、歌唱和休憩不仅仅是我们自身劳作收获的甜蜜果实，它们还给我们的灵魂以放松和力量。”

这下他们可坐立不安了，一个个都看向兰迪。她坐在那里，晃来晃去，最终慢悠悠地轻声说道：“世俗的歌曲、音乐还有舞蹈，丝毫不能使我们觉得轻松，因为它们会勾起肉体的情欲，这绝对不是劳作的成果，只会让我们堕落。”“啊，这些东西真是充满了诱惑！”埃尔塞叹了口气。这叫埃里克默默唱起了一首赞歌：

“我们羞愧而悲伤地看到，
美德已经欣然地
被罪恶所笼罩
愈演愈烈；
他们狡猾地设了陷阱
还恬不知耻地炫耀。”

“埃里克，你别吵了！”牧师又叫道，“你一直在跑调。”“噢，或许是吧，”说完他又接着唱了：

“如果有人以言语怂恿，
不停影响你，
想把你拉进罪恶的深渊，
要坚强，千万别让他得逞。”

“埃里克，你别再唱了！赞歌本身是很美，但是一切都要分时机。”“对，对，神父，你说得对，一切都分时机。”

“噢，我每一刻每一秒
都属于你，都献给你，
我们的心跳动着去获取你的力量，
重新开始新的祷告。”

“不，埃里克，快停下来，不然祷告也会变成诱惑了，你就会变成个天主教徒，去修道院修行了。”“千万不要！”埃里克叫道，双目圆睁，然后又慢慢闭上了，接着说道：

“天主教徒，
正如泥土之于纯金。”

“埃里克，你要是还不住嘴的话，就出去接着唱吧。我们刚刚说到哪儿了？”奥德加特一直光顾着听埃里克唱歌了，听得很开心，于是不记得讲到哪里了。不一会儿，只听见裹着厚重围巾的女子说道：“我说那些东西不是劳作的成果，不能让我们感觉轻松，它们……”“噢，我想起来了，我说劳作也会给人带来诱惑，然后埃里克就证明了祷告也是一样。因此，我们就明白了这些东西会引导我们去向何方。你有没有觉得昂扬向上的人在工作方面总是比垂头丧气的人更加成功？这是为什么呢？”

佬司接过话茬：“因为宗教信仰让我们昂扬向上。”“没错，当它没让我们消沉的时候。但是你有没有见到过这种情况：宗教信仰使得一切都暗淡沮丧，好像世界就是个人间地狱一样？”

埃尔塞一直在叹气，他们的头领也开始坐立不安了，佬司则一直紧紧地盯着她，她已经屈服了。奥德加特接着说道：“所有的东西都一个样，不论是工作、祷告还是娱乐，都会使你愚钝、沮丧。你可能会整日埋首于土壤中，直到变得和动物一样；天天祷告成了习惯，把自己变成了一个僧侣；或是只顾着玩，变得和玩偶差不多。但是如果能够三者兼顾，那么你的心灵就会变得更加强大，工作会更有成效，宗教信仰也会令你更加振奋。”“那我们现在就很振奋啊！”年轻人微笑着说。“是的，随后你们就会产生怜悯之心。因为我们只有在精神上振奋了，才能发现和欣赏别人的优点，也只有当我们能够做到爱别人时，我们才能够爱上帝。”

看到没有人立马跳出来反驳，奥德加特就进一步引导他们：“有些东西能够使我们获得解放，这样圣灵就能够在我们心中发挥作用（一旦我们有所束缚，上帝就起不了什么作用了）。那些能够协助我们的事物中都深藏了上帝对我们的赐福。这也是如此。”牧师站了起来，又一次把烟斗熄灭了。

沉默继续，只听得见叹气声，那个裹着厚重围巾的女子在苦思冥想，最后轻柔地说道：“《圣经》上说：‘无论做什么，都要为荣耀神而行。’但是世俗的歌曲、音乐还有舞蹈对神来说是荣耀吗？”“坦率地说，不是。但是我们可以问一个类似的问题，我们吃饭、睡觉、穿衣又是不是呢？但是这些是我们生活中必不可少的。所以唯一的意义就在于我们绝不能犯下罪过。”“是的，但是这些难道不是罪过吗？”

奥德加特第一次不耐烦起来，淡淡地回道：“我们可以看到，《圣经》里也有写到唱歌、跳舞和音乐。”“没错，那是对神的荣耀。”“好吧，是对神的荣耀。但是犹太人之所以以上帝命名所有东西，是因为他们还像孩子一样，没有学会去辨别。对小孩子来说，每一个不认识的人都是‘那个人’，当孩子们问‘这是怎么来的？那又是怎么来的’的时候，我们往往就会回答：‘是上帝的旨意。’但是我们也把人与人之间的事物都命了名，上帝并不是唯一的赐名者。因此，举例来说，一首美妙的歌曲中没有出现过上帝的名字，但是它却与上帝关系密切，因为歌曲中有许多地方都指向上帝，虽然不是直接表现出来。我们还要跳舞，当保持着一颗童心的时候，舞蹈就是纯粹而健康的娱乐活动，间接来看，它还是上帝的荣耀。因为上帝给予了我们一颗童心，给予了我们健康和爱。”

“听到了吧，听到了吧！”牧师叫道，他意识到自己长久以来对这些东西的理解都是错误的，而且误导了教众。

这段时间，佬司一直坐在那里深思，现在他已经准备好了。

一些成熟的想法像玉米粒从他宽阔的前额落到了满是怒气的短脸上，被碾碎、着地了，现在脱口而出："这么说来，故事、小说还有胡言乱语，以及如今充斥各种书籍的胡编乱造，都是被允许的？《圣经》上面不是说'口中说出的一切话都必须是真实的'吗？"

"你能这么说我真的很欣慰。可以举一个房子的例子来说明它对思想的作用。如果房子太过狭窄，你根本不能把头伸进去，腿也伸展不开，那么你就会想方设法拓宽它。小说会提高我们的思想修养。如果这些想法是错误的，且远远超出绝对必需的范畴，那么这'绝对必需'也肯定是错误的。这样一来，我们就会被困在泥土砌成的房子里，永远得不到永生。而你恰恰就想要获得永生，就是这些想法才能够助你到达彼岸。""但是小说里的事情的确从来没有发生过，那它肯定就是错误的了？""恰恰相反，它比我们亲眼见到的还要真实，"奥德加特回答道。这时，他们全都带着怀疑的眼色地看他，年轻人忍不住说道："我可从来没有听说过火山灰小子的故事会比我眼前发生的一切真实。"他们都忍不住笑了。"那你跟我说说你是不是能理解自己眼前发生的一切？""我可没那么大的学问！""噢，有学问的人还没有你懂得多呢！我说的是日常生活中的酸甜苦辣，就是所说的'使我们担心忧愁的事情'。有没有这样的事情呢？"年轻人没再回答，但是人群中响起了一个真诚的声音："有的，而且是经常。""但是当你听到一个虚构的故事，你觉得它在某种程度上和自己的经历很相似，那么在听到这故事的时候，你也就明白了自己的经历了。难道你不觉得这样一来你就会从中获得慰藉和鼓励吗？你难道不觉得它比你自己的经历还要真实吗？""我曾经读到过一个故事，"埃尔塞说道，“在我非常难过的那段时期给了我莫大的帮助，使我觉得长久以来的困扰也变成了一种乐趣。”人群中有人咳嗽起来，像是在提醒她，“是的，您说得对。”她有些胆怯地补充道。

但是年轻人可不认同，问道：“火山灰小子的故事能够给谁带去慰藉吗？”“一切都有其用处。有趣的事物也蕴含着伟大的力量，这个故事以一种诙谐的方式证明了，很多时候，最被世人轻视的也可以成为最好的，只要勇敢无畏地前行，一切就都会眷顾你，下定决心就一定可以不断进步。你难道不觉得对很多孩子以及成人来说，记住这个故事会对他们大有裨益吗？”“但是相信这些妖魔鬼怪的故事难道不是迷信吗？”“谁说你一定要相信了？他们只是些形象化的比喻罢了。”“但是我们是不可以使用比喻和意象的，他们是恶魔的诡计。”“啊？真的？你从哪里听说的？”“《圣经》上说的。”这时牧师打断了他们的对话：“不，你说得不对。《圣经》里面本身就有意象。”所有人都看向他，他又接着说道：“里面到处都有使用意象啊，因为东方人充满了想象力。我们自己也有，在教堂里，在树林中，在画布上，在石头上，如果不借助于意象，我们就没有办法领会上帝的思想。还不止如此：耶稣本人也会使用比喻，当他和各位先知相遇的时候，他自己不是也以各种形式出现的吗？他不是以旅行者的身份来到幔利的亚拉伯罕身边，在他的桌子上吃饭？如果上帝自己都以各种形式出现，还借助意象，那世人当然也可以。”他们差不多就要赞同了，但是奥德加特站起来，轻轻地拍了拍他的肩膀说道：“谢谢你！你从《圣经》中为我们得出了毫无争议的结论，戏剧也是正当的！”牧师有些吃惊，口中的烟慢悠悠地飘散开来。

奥德加特穿过屋子，走到他们的头领面前，俯下身子，想要看清她的神情，但是失败了，“你还有什么想问的吗?”他问道，“看起来你好像认真思考了很多事情!”“噢，上帝保佑，我的想法并不总是正确的。”她回道。“哦，成为信徒之后，受到神的恩典，人总是会对它的奇妙着了迷，把其他的一切都看作毫无用处而又不正当了。人们就像是身处热恋中，只想要自己的爱人。”“没错，但看看早期的基督教徒吧，我们必须要向他们学习。”“不，我们不像他们，我们并没有艰难地困在一帮异教徒中，我们有新的职责，要在现世的生活中贯彻基督教义。”“可是你所推崇的精神与《旧约》中的许多内容都是背道而驰的呀!”年轻人说道，这还是他第一次没了尖酸刻薄的语调。“是的，但是那些禁令都已经过时了，正如保罗说的：‘我们是新约的仆人，不属于律法条，而属于圣灵。’还有‘主的灵在那里，那里就得以自由’，以及‘凡事我都可行’。他还进一步阐释：‘但是不都有益处。’现在我们比较幸运的是，有了路德的人生经历，我们就能够理解保罗的话了。你一定认可路德是个开明的基督教徒吧?”的确，他们都这样认为。“路德的宗教信仰让他精神振奋，他信仰的就是《新约》。他认为黑暗的信仰就是恶魔，总是在后面虎视眈眈，至于对诱惑的恐惧，他觉得只要不害怕就不会被诱惑。他运用了上帝赐予他的全部能力，包括享乐的能力。我可以给你举一些例子。虔诚的梅兰希通曾经坐在桌上只顾着给真理辩护而没有时间吃饭。路德抓过他手中的笔，说道：‘并不是只有工作才能侍奉上帝，休憩和安静也可以，因此上帝给我们制定了第三条戒律，规定了安息日。’路德也使用了比喻，既有诙谐搞笑的也有严肃认真的，他脑子里总是充满了好主意，很多情况下都能给人带去快乐。他还把许多脍炙人口的故事译成自己的母语，在前言中，他这样说道：除了《圣经》，他不知道还有什么比这更具有警示意义了。如你所知，他弹奏鲁特琴，和他的孩子和朋友一起唱歌，不仅仅是圣歌，还有一些欢快的老歌。他非常喜欢玩社交游戏，下象棋，邀年轻人来家里跳舞，要求就只有一个：必须要适度、得体。牧师约翰·马泰休斯非常淳朴，是路德的老门徒，记下了这些，并且在讲坛上讲给教众。他祈祷能为他们带去指引。让我们也这样祷告吧！”

牧师站起身，说道：“亲爱的朋友们，我们给今天的讨论做个总结吧！”所有人都站了起来。“今天大家说了很多，我们也都深受启发。愿上帝向世间洒下恩泽！亲爱的朋友们，你们的家十分偏僻，地势又高，粮食还没有成熟，就已经被霜冻给摧毁了。这样荒凉的山地不适宜耕种，现在应该回归过去，用作牧场放牛。在那里我们也很难丰富自己的精神生活，只会像周边的植物一样饱受摧残，毫无生气。因为生长在大山底下，便会生出些狭隘的偏见，生活也蒙上了阴影。上帝召集了我们，启发了我们！我非常感谢你们今天能来，我亲爱的朋友们，我今天也很受启发。”他和每一个人握手，连年轻人也十分热忱地伸出了双手，尽管他依旧没有抬眼。

“你们要翻过那座山，什么时候才能到家？”看到他们要走了，牧师问道。“噢，夜里吧！”佬司回道，“现在雪下得有点大，被风刮掉以后就成冰块了。”“哦，我的朋友们，你们这样不顾艰难险阻过来教堂做礼拜，实在是太令人尊敬了。我相信你们一定会安全到家的！”埃里克低声回应：

“只要上帝与我在一起
不论前方要面对什么阻碍，
我都可以祷告，
愉悦地把它们踩在脚下！”

“没错，埃里克，这次你成功了！”“对的，可是等一下，”他们要走的时候，奥德加特说道，“你们都不认识我呢，不是很奇怪吗？我在奥德赫纳村应该还有亲戚呢！”包括牧师在内，所有人都转向他，牧师原本就知道，但是给忘了。“我叫汉斯·奥德加特，克努兹·汉斯·奥德加特牧师的儿子。他很久之前就背着行囊离开了你们。”过会儿头领发了话：“天哪，你父亲是我的兄弟啊，你父亲。”

他们都围在奥德加特身边，但是谁都不知道该说什么。最后还是奥德加特问道：“那我和父亲以前是跟你待在一起的？”“是的，是和我在一起。”“有时候也和我待在一起，”佬司说道，“你父亲是我的表兄。”但是兰迪略带哀伤地说道：“所以这就是小汉斯。的确是这样，时间过得可真快呀！”“埃尔塞怎么样了？”奥德加特又问道。“她就是埃尔塞，”兰迪说着，指向了那位头发浅淡的女子。“你就是埃尔塞！”他忍不住惊呼道，“那时候你还为了恋爱的事情十分苦恼，你想要和那个音乐家在一起，成功了吗？”没有人回应。尽管天已经开始黑了，他还是看见埃尔塞的脸烧得通红，男人们则要不看向一边，要不低头不语。只有那个年轻人是个例外，他定定地看着埃尔塞。奥德加特意识到自己问了一个不该问的问题，牧师过来给他打圆场："没有，音乐家汉斯没有结婚。埃尔塞嫁给了佬司的儿子，但是现在她又是单身了，她是个寡妇。"她的脸羞得红透了，年轻人看见后骄傲地笑了。

随后兰迪说道："哦，我猜你去很远的地方旅行过？我能听出来你很有学问。""是的，从小到大，我要么在读书要么在旅行。但是现在我想要安定下来工作了。""嗯，对，历来都是如此：一些人走出去见见世面，长长智慧，另外一些人则留在家里。"佬司补充道："在家里谋生总是很困难。如果我们帮助哪个人进步，相信他能够为我们服务，他最后却往往会离开我们。""每个人使命不同，但必须各自遵循。"牧师说道。"上帝会把我们的工作汇聚在一起，"奥德加特说，"如果上帝来到这里的话，我父亲的努力自然随之一起过来了。""嗯，我相信他们都会的。"兰迪忧伤地说，"但是有时候等待实在太难了。"

他们最终道了别。牧师立在一面窗户前，奥德加特则站在另一扇窗前，两人的目光追随着他们翻山越岭的脚步。年轻人走在最后。奥德加特了解到他是从镇子上过来的，虽然已经事业有成，但总是时不时和当地的人们产生些矛盾。他觉得自己被上帝感召，注定要完成一番大事业，成为一名真正的使徒。但奇怪的是，他却选择留在了奥德赫纳村，有些人觉得那是因为他爱上了埃尔塞。他有着热情四溢的灵魂，经历了无数的失望和打击，未来肯定还会遭遇更多。

现在他们走到了山上，畜棚的顶层再也遮挡不了他们的身影了。他们费力前进，消失在树林里。不一会儿又出现在视野中，一直向上攀爬。大雪积得越来越深，山间的小径都看不见了，荒野之中唯有树木可以用作路标，遥远的雪山代表着家的方向。

这时，从饭厅传来欢快的序曲：

“我为春天歌唱，
尽管她很少露出全貌，
我为春天歌唱，
只要不停止渴望。
所以它们团结一致，
想要引诱太阳出来，
寒冷的冬天已过，
小溪潺潺流淌；——
它们快乐地笑着
把太阳追赶出云层
罕见的花朵芬芳萦绕，——
我为春天歌唱。”

十一　和解

自那天起，牧师就很少待在家里；一方面，他正忙着准备圣诞节，另一方面，关于戏剧对基督徒来说是否合法，他还没法得出任何结论；一旦佩特拉出现在他面前，他就会陷入一片恍惚。

这样一来，牧师坐在书房里，不是忙着准备布道辞，就是进行一些基督教伦理工作，奥德加特却与女士们在一起，并一直在心里对她们进行着比较。佩特拉多才多艺，每个面都不一样；追求她的人必须把她当成一本书来细细钻研才行；而西格纳却与她相反，任何时候总是表现出真挚和诚信，讨人喜欢。她的一言一行从不出乎人们的意料，反映出她本人的品质和特点。佩特拉的嗓音也总有千变万化，时而尖锐时而温和，还充满介于两者之间的各种可能性；而西格纳的嗓音则给人一种特别的和谐之感，不过总是一个样子——只有他的父亲能分辨出她音调的细微变化。佩特拉每次都只跟一个人待在一块，如果人多了，她就只是为了观察，而绝不是为了与人交流。西格纳却留心所有人，并能合适地转移自己的注意力而不被人发现。如果奥德加特与佩特拉谈起西格纳，那么他便只能听到佩特拉像个绝望的恋人一样没完没了地抱怨；但如果她与西格纳谈起佩特拉，彼此便没什么话好说。两个女孩儿经常一起聊天，无所顾忌；但这仅限于谈论无关紧要的话题。

奥德加特欠西格纳一份人情；因为她，他才找到了所谓的“新的自我”。收到她的第一封来信的时候，他正处在巨大的沮丧中，而这封信给了他莫大的安慰。她详尽地告诉他佩特拉如何来到了他们家，又是如何被误解、被迫害，她还非常微妙地表达了佩特拉的偶然到来可能是“上帝的指引”，还说到“一切都应该获得圆满”；这些话就像是当人们站在原地不知该往哪走的时候，从远处传来的号角声。

他每旅行到一处，都能收到西格纳的来信，这成了他一直紧握在手的线索。她的每一个字眼都想着把佩特拉引到他的怀抱中去，但实际的效果却恰恰相反。因为从她的信里，奥德加特看到了佩特拉对艺术的热爱正愈发热烈；他苦苦探寻佩特拉天赋异禀的关键，却一直徒劳无果，而西格纳虽然还未意识到，但每天都看得见——当他明白了这一点，便看清了自己和她错在了哪里，于是获得了新生。

他给西格纳回信的时候，小心谨慎地阐释自己从中获得的感悟。他猜测信的开头“切莫焦急，事情发展自有其定论”这句话一定不是西格纳写的，而是出自佩特拉之手。但同时他也以一种全新的眼光来看待佩特拉。这些瞬间的思想不断相互追逐，每一方都充满了力量，但永远相互抵抗，这一切不就意味着艺术生活的开始吗？我们的任务便是将这些思想综合成一个整体；不然它就只能算是缝缝补补的零碎工作，生活也会沦为虚假飘渺的幻象。因此，不要过早地踏入她的事业！对错相持，尽可能长久地保持沉默罢。

就这样忙碌着，他后知后觉地意识到佩特拉再一次完全占据了自己的心，但此番却带着全然不同的目的。他从各个不同的角度来研究艺术，尤其是艺术家，最主要是舞台艺术家。他看到了太多使基督徒胆骇的东西，他看到了大量的辱骂和暴行，但他没有察觉到身边发生着类似的事情，甚至就在教堂里吗？即便这世上存在很多伪善的牧师，但是这些召唤却一样伟大而永恒。对于真理的搜寻，无论从哪里开始，如果能从生活和诗篇中汲取力量，那它为什么不可以也登上舞台呢？认识到这一点之后，他便翻阅起西格纳的来信，得知佩特拉正在提升自己的心智，而西格纳则是帮助她取得进步的不二人选，感到非常欣慰。现在他已经回到这里来当面感谢这位温柔的导师，而她本人还并不清楚自己在他心里的地位。

但他也又一次来看望了佩特拉。她现在已经进步了多少呢？话已经说开了，因此他也能毫无顾忌地和她谈论；这对彼此来说都是一种解脱，因为这样一来，便没人提及过去了。

可是他们的交流却被镇子里来的客人打断了，他们有的是接受邀请过来的，有的是不请自来的！其实这件事已经到了成熟的时机，只要得到个机会好好运用就能把一切说开了，而这些客人的到来恰好提供了这么个机会。他们被邀请参加一个盛大的派对，晚饭后，男士们都去了书房，一名教士看见牧师的桌子上摊开了一本关于基督教伦理的书，被书上“剧院”这个骇人的词吸引了注意力，大家便聊起了戏剧。人们炸开了锅，纷纷就此发表议论，牧师就在这时走进了房间；因为去给临终的教众做祷告，他没能赶回家来吃晚饭。他表情严肃，没吃饭，也不跟别人交谈，只是填满了烟斗静静地听。而奥德加特一看到人们讨论得这么激烈，便立即加入，但是很长时间他都没有机会阐释自己的观点，因为每次只要一举出相关证据，这名教士都会大喊：“我否认这点！”因此本该用作论点的东西最后还得再证明其自身的正确性；于是大家总是不得不回头谈起之前的话题。他们从剧院谈起，刚刚又谈到了航海，现在证明了航海的相关内容，他们又要谈到农业了。

局势变得越发不可收拾，于是奥德加特自荐做此次讨论的主持人。这名教士旁边围着好几个牧师，还有一位船长，他是个大腹便便皮肤黝黑的小个子男人，双腿矮短，走起路来沉重缓慢。奥德加特请求教士陈述自己对戏剧的异议，他于是说道：

“就算是在野蛮时代，正直的人士都会反对戏剧，譬如柏拉图、亚里士多德，因为它会腐蚀人们的道德。苏格拉底有时的确会去看戏剧，但若有人因此就下结论说他是支持戏剧的，我就没法接受了；对于自己不赞成的东西，人们也要多加了解才行。早期的基督徒们都明确地表示过他们反对戏剧，此处可参见德尔图良①；后期自戏剧复兴以来，虔诚的基督教徒们都公开表示或著作立书批判过戏剧，如施本尔②；撰写过基督教伦理著作的还有施莱尔马赫③，（‘听啊！听啊！’船长听说过这个名字，于是激动地大喊大叫。）后面这两人都坦言过戏剧的表现形式是正当合理的，施莱尔马赫甚至觉得私底下一群业余爱好者自行表演一场戏剧也无可厚非，但他谴责舞台上的专业演员。演戏这个职业会给基督徒带来很多诱惑，因此他必须避开。同时，戏剧对观众来说何尝不是一场诱惑呢？他们被虚构的磨难感动，被虚构的道德楷模振奋，这些都怂恿我们相信眼前的人物即是自己的化身，于是精神和能量就被这一妄念削弱，沦为只想看只想听的空想家。难道不是这样吗？究竟哪些人会经常出没在剧院里？追求享乐、无所事事的人，寻求刺激的酒色之徒，渴望关注的虚荣之人，还有那些空想家们，他们整天待在剧院里看戏不就是想要逃脱自己不敢反抗的现实生活吗？幕后的罪孽，幕前的罪孽！我从来没有听说过有哪个虔诚的基督徒对此持不同看法。”

船长感慨：“这下子我不禁开始为自己担忧了；想想每一次我

---

① 德尔图良（Tertullianus），是基督教著名的神学家和哲学家。他生于迦太基，也卒于此地，因理论贡献被誉为拉丁西宗教父和神学鼻祖之一。他禁止基督教徒成为艺术家，反对基督徒去某些娱乐场所、观看异教的竞技会和戏剧节目。

② 施本尔（Jacob Spener），德国敬虔主义（Pietism）创始人。

③ 施莱尔马赫（Friedrich Schleiermacher，1768—1834），德国哲学家、新教神学家。

进入剧院，其实跟钻进狼窝一样危险，这些魔鬼……”“住嘴吧，船长，”一个跟他们一块进来的小女孩插嘴道，“别骂了，不然你得进地狱了！”“好的，我的孩子，好的，好的。”接下来奥德加特起身讲话：

“柏拉图不仅批判了戏剧，也批判了诗歌，亚里士多德的看法则模棱两可，因此这两者我都不谈了。早期的基督教徒在戒绝异教的戏剧作品这方面做得很好，因此我也将其摆在一边。现代虔诚的基督徒对戏剧心存疑虑我也非常理解，因为我自身也是如此。但若有人承认一个诗人有撰写戏剧的自由，那么演员便应该也有表演的自由。在写作的时候，诗人做的不就是怀着巨大的热情在自己的脑海中将戏剧演绎一遍吗？不管是谁悉心照料了一个女人并在心底贪求她的美色……你知道上帝是如何教导我们的。施莱尔马赫说戏剧只能由一群业余爱好者私底下自行表演，这就相当于宣称上帝赋予我们的天赋应该被忽略和浪费，而我们真正应该做的，是尽力发展这些天赋到臻于完美；是出于这样的目的，上帝才赐予我们这些天赋的。日常生活中，当我们模仿别人的时候，不论是出于搞笑还是认真的目的，我们都是在表演啊。在任何情况下，我们的天赋都能打败一切其他的力量，我真的很好奇如果这一天赋被证明是一种罪过，是不是就有人会放弃发展它了。因为一个人若是不贯彻上帝给予自己的使命，也履行不了别的职责，最终就只能过上一种漂泊无依、摇摆不定的生活，也很容易就会被诱念给俘获。只有当工作和爱好相结合时，人们才能抵御住一些诱惑。现在如果你要说使命本身就充满了诱惑，那么我只能说这点是见仁见智的。对我来说，使命确实充满了最大的诱惑，它欺骗我们去相信自己是一个正直的人，因为我们接受了来自上帝的命令，欺骗我们去相信我们是有信仰的，因为我们同他人的信仰对话，直白点说就是，‘牧师这职业对我来说充满了巨大的诱惑！’”（有人大声嚷道：我否认！是的！住嘴！我否认！说得没错！安静！）船长开口，“我倒是头一次听说讲坛比舞台更可怕！”大家笑着大喊大叫：“不，他没这么说！”船长回复：“是的，真是活见鬼了……”“别骂人，船长，魔鬼要来了！”“好吧，我的孩子，好吧。”奥德加特接着又说：

“一时激动、沉沦到只是想听想看、并可以坦然地把道德楷模的生活直接当作自己的——这样的诱惑，也千真万确地存在于教堂里！”（又是一片哗然）

女士们没大听懂这场争论，于是也没法忍受这些叫嚷了。此刻门被打开，奥德加特看见佩特拉站在其中，于是加重了语气说道：“没错，有些演员一踏上舞台就很激动，然后冲去教堂，在那也很激动……这其实没什么区别。但是总的来说，演员和水手很相似，他们时常被置于最可怕的极端状况之下（他们上台之前的那一刻肯定很可怕！）并经常面对伟大的、意想不到的事情；他们还时常被称为上帝手中的玩偶，心中深藏着某种恐惧和渴望，以及强烈的无价值感；上帝偏爱税吏和悔过的女人，这我们是知道的。我不会豁免他们；如果工作最终引领她们变得轻率或是堕至轻浮，那么她们工作得越多，负罪感就会越深。表面上，大部分演员对人们的掌声和奉承都表现得非常在意，但其实经过一系列的失望之后她们早已明白这些都毫无意义；与此类似，我们虽然看清了她们的错误，但并不清楚她们和这些错误之间有何联系，而从一个基督教徒的角度来看——这层联系决定了一切。”

有些人站了起来，打算说几句话，但——

“我无疑已经度过了十四个年头……”

从钢琴那边传来的声音飘进房间里；原来是西格纳在那唱歌，瑞典风情的旋律和她吟咏歌曲的方式真是迷人而可爱。歌曲一首连着一首，歌颂这片国土的第一章乐曲，由一个伟大的民族打心底里发出的诚挚使大家都振奋起来，满怀期待地站着，奥德加特便起身让佩特拉朗诵一首诗歌。她肯定是太在意了，脸上泛起一片红晕。她立即向前走了几步，因为太过紧张而颤抖着，不得不紧紧抓住椅背，脸色苍白，开始朗诵：

“他没法奔去大海，
母亲体弱，父亲年迈，
农场正以百倍的速度增长：
‘他为何要与维京人一道流浪？
留下，他就能得到自己所希冀的一切。’

这位茫然的年轻人在他们向前奔驰的时候，
看见了武装的士兵冲锋在战争的前线；
于是看见太阳年轻人便会哀伤，
打赢了那场战争他们便能成为这方土地的王，
他开始思考古老的历险故事，

沉迷于维京人所宣扬的海盗生活而忘记了自己的使命。

那一天清晨，他远离家乡，
要去无边大海最遥远的岛屿，
去看那拍掷海岸的汹涌碎浪，
还立志要去见识远方喧嚣的战场。
那是早春的一天，
狂风暴雨在空中狂吼而来：
‘地球将从冰封中苏醒！’——
眼前这一幕教会他更加坚强。
他们把船停在一个安全的灰色小湾，
在暴雨侵袭后寻求一方土地休憩，——
事实上船却更希望去流浪，
虽然她收了帆，还抛了锚，
船帆和桅杆将前后飘扬，
她划着桨，船便扬起一圈泡沫。

他们在船上休息，
现在他们必须保证进食和睡眠；——
高高的峭壁上传来一声呼唤，
——一个看似愚蠢的人发话了，
‘没人敢驶入这么强的暴雨之中，
让我来掌舵；——啊！快让我来掌舵！’
有人抬头望向嶙峋的崖，

其他人则置若罔闻；没人愿意在大白天搭理他，
有人往下丢了一块石头
砸倒了船上的两人。
倒下的人从甲板上爬起来然后为自己欢呼，
那人又扔下一堆碟子，船上的人便抓了弓和矛；
一支箭离弦嗖嗖飞去，——这可让男人措手不及
他站在悬崖峭壁上大声宣布自己的决心：
‘有骨气的船长会放弃自己的船，
还是会立刻奋力抵抗？’

听这样的言论只能算是浪费时间，
他们急忙投出一支矛作以回应，
矛投偏了；他便冷静地说道：
‘死亡之厅没人召唤我，
但你们这些在海上远航的人呀
快回家吧，或是到对岸去。
你已经向所有屈服于你的人鞠了躬，
所以我来了！
你们聚在一块儿算是行了我方便，
我的时间到了，它在召唤我。’
另一个人嘲笑他：
‘如果你真那么想要我们的船，
那就下来证明你是最强壮的勇士吧！’
‘这我可做不到，我天生就是王者。

我挥斥方遒，因为我知道该怎么做；
年轻人永远不会听长者的话。’
但是无人回复。
他跳下悬崖，眼里发着光：
‘你们这些勇士！你们的船长应该向主神奥丁[1]证明
谁是他最爱的英雄。
英雄！就要勇往直前
逃避就是懦夫，可耻！’

船长的脸气得发红；
他跳进海里，游向陆地；
其他人急急地向岸边跳去
紧紧抱住他，拽他上岸。

但船长在他眼里的光芒中，
看见他潜藏的高尚灵魂。
‘他什么装备都没有，丢给他一些吧，’
他在船上大喊；——‘如果你哪天成功了
就告诉大家，他自己挥舞了那把剑
造成了自己的死亡。’

① 北欧神话中阿萨神族的至高神，被视作诸神之王，也是死者之王、战神、权力之神、魔法之神。

他们在山腰的战斗逐渐升级，
每一次出击都会迎来一轮爆炸；
愤怒的‘龙’哼哧地呼气，
这艘船所爱的战士倒在他的骄傲中。

山的那边传来一声撕裂的尖叫，
所有人都应该向强大的敌人复仇；
船上到处聚满了人，
不久他们就来到了岩石林立的海岸。
那个男人临死时挥起手
给这群水手下达最后的命令：
‘人必须为了自己的事业至死方休；
英雄要死得光荣；
让他成为你们的船长吧，——他值得！’
他的嘴唇泛白，精力尽失，
水手在他咽气之际匆匆围上来；
他是荣誉之躯，
他指向的地方，正是奥丁的甲板。

新的指挥官立马上任，
他跳上一块岩石，下了命令：
‘首先，我们给这位英雄堆起一个坟墓，
以纪念他生时的高尚行为。
但今晚过后，船就将启碇，

我们的航程不能因一人之死而停下。'

灯塔照亮了夜空，帆也被打开，
这条龙船立刻踏水向前飞驰；
人们伴着翻涌的浪花大唱纪念之歌
悼念被他们留在岛上坟墓里的英雄，——
领舵少年的耳边
响起一首欢迎的颂歌。

家乡即在眼前，
一切都向着海岸冲去，
人们喊叫着，希望能见到那双掌舵驶过奥格之海
的手——还有那双与之相配的鞋，
帆和盾随着落日降下，
战场一片夕阳艳红。

他掌舵的船离陆地如此之近，
受惊的船员大喊：'船要搁浅了！'
　他突然斜转弯，船在水面急拉起水花，
　他对众人微笑：'现在我可以离开了？'"

佩特拉朗诵诗歌的时候身体颤抖、庄重严肃、自然真诚。观众们直直地站着，好像有一束光从地上射出来投在他们身上，如同彩虹一般光彩壮丽。大家都不说话，一动也不动；但船长控制

不住自己了。他跳起来，大口呼气，伸了伸懒腰，说道："我不知道你怎么样；反正我像这样着了魔，真是活见鬼了我……""船长，你又来了！"小女孩说着，威胁似的伸出手指来，"魔鬼现在就会来把你抓走！""这个嘛，这没什么，我的孩子，让他来吧，因为现在我必须，真见鬼，我必须要大唱一首爱国歌曲！"接着他便开始唱歌，嗓音十分动听，人们不禁觉得他便便的大腹就像管风琴怒嚎一般，接着唱：

"我会看守我们的土地，
我会建设我们的土地
我祈祷，在家乡继续推动这一事业

我要持之以恒地努力
增加产量，补充供给
不论是在边界之地还是在翻涌着泡沫的海上

那儿有足够的阳光，
那儿有足够的玉米地，
如果我们齐心协力，就会收获丰厚。

我们工作，我们争吵
如果我们有足够强烈的爱
培育我们的土地也会成为一段诗意的生活。

我们破浪远行
去追寻，去拯救，
在周边的村子重新建立旧时的瞭望塔；

但我们今日的旗
会在更远处飘扬，
并充满前所未有的活力。
我们的未来一片灿烂，
三个分裂的国家
将会再次团结统一，重现其旧时风光。

所以把你拥有的一切
奉献给最需要的人吧，
汇聚的河流会珍惜每一滴涌入的流水。

斯堪的纳维亚是我们的，
我们将重视她强大的力量，
重视她的过去、现在和将来。

正如爱
植根于我们亲近的土地，
她也将从爱的谷种里重焕生机。”

西格纳进来把手环在佩特拉身上，然后拖着她去了空无一人的书房。“真的，”她说，“你把我深深地迷住了，我必须……佩特拉，我们应该重新成为朋友！”“噢，西格纳，你终于原谅我了！”“是的，现在我能做到了，无论未来怎样！佩特拉，你爱奥德加特吗？”“天呐，西格纳！”“佩特拉，从第一天开始我就这么想了……现在他终于也来了……过去的两年半里，我所想的以及为你所做的一切都是基于你爱他，父亲也是这么想的；我相信他已经和奥德加特谈过这件事了。”“但是西格纳……！”“嘘，”她用手堵住佩特拉的嘴巴，然后跑开了，有人在外面叫她们。茶歇时间到了。

牧师错过了晚餐，桌子上还摆着酒；一整个下午他都非常严肃，现在坐在一边，当其他人都不存在一般，直到大家都要离席时，他敲了敲玻璃酒瓶，说道：“我想要宣布一场婚约！”所有人都看向坐在一起的年轻女孩儿，她们面面相觑，不知该站起身来还是继续坐着。

“我要宣布一个婚约，”牧师又重复了一遍，好像难以继续说下去一样。“我必须承认一开始这并不是我所希望的结果。”所有的客人都惊讶地望向奥德加特，看见他坐着静静地看向牧师，又愈发惊讶了。“坦白说，之前我觉得他配不上她。”宾客们变得非常尴尬，没人敢抬头，女孩儿们也没人敢这么做，于是最后牧师只能对着一个人说话，那就是奥德加特，他表现得非常镇定。“但是现在，”牧师接着说道，“现在，我对他有了更多的了解，我又开始怀疑我的女儿是否配得上他了，在我看来他是一个如此高尚的人；要知道，佩特拉，我的养女，我亲爱的孩子，与她订婚的是艺术，是伟大的戏剧艺术。希望你能幸福！我想到这里依旧感到颤栗，但既是上天注定就应该在一起！上帝保佑你，我的女儿！”话音刚落，她就上前拥抱了父亲。

没人再坐下，人群就自然地离开了桌子。佩特拉走到奥德加特面前，他把她带到了最远的一扇窗户旁；他有话要说，但她却抢了先："这一切都是你的功劳！""不，佩特拉；一直以来我都只是一个善良的大哥哥；但是我还想要更多，这就是罪；如果它真的实现了，那就会阻碍你的事业。""奥德加特！"他们紧握对方的手，但没有抬头；过了一会儿，他便走开了。

第二天，奥德加特离开了牧师家。

圣诞节后不久，佩特拉就收到了一封盖着巨大公章的信。她非常紧张，因此将信带到牧师那去看。这封信是由她家乡的地方法官寄来的，上面写着："佩德罗·奥尔森昨日离开了人世，以下是他的遗嘱：

"'我留下的东西都一一记在了账簿上，放在了冈劳格家我房间里一个蓝色柜子里，冈劳格有箱子的钥匙。正如这整件事情只有她一个人知道，我希望，若是她不乐意自然不用勉强，但如果冈劳格·阿曼德愿意履行我的要求，同时她也是唯一一个知道并能执行遗嘱的人，那么我想身后把一切都交给佩特拉，冈劳格·阿曼德的女儿，也就是说，如果佩特拉认为我这个糟老头子值得被她记住，虽然她不自知，也认为自己做不到，但她确实为我做过一些好事。她是我晚年唯一的安慰，因此我想给她带去一些小小的欢乐谨以回报，希望她不要嫌弃。愿上帝可怜我这个罪人。

佩特罗·奥尔森'

"请允许我在此询问，你更希望自己与母亲商讨一番，还是想让我来处理这件事。"

下一封来自佩特拉的母亲，这是奥德加特牧师写的，他现在是冈劳格唯一敢于倾诉心事的人；信上说她愿意完成佩德罗的遗愿，即：告诉佩特拉关于佩德罗的一切。

这一消息和遗产给佩特拉带来一种奇特的感觉，好像一切都回归正轨；而现在它又一次昭示着她即将离开。

老皮尔靠着婚礼和舞蹈赚来了钱，攒了下来，他的子孙做着不同的营生继续累积了些家财，慢慢地积累到了如今的财富，最后全部都用来满足佩特拉的艺术追求了。这笔钱虽然数目不大，但是足以支撑她走向更宽广的世界，因此推动了她前进的步伐。

这一想法像阳光一样在她面前升起，现在她终于可以报答母亲了，她应该把母亲接来，每天为她带去幸福。于是她每到邮政日就给母亲写一封长长的信，迫不及待得到回信，最后母亲回了信，却让人又心酸又失望，她感谢了佩特拉，同时又说，“大家还是应该待在自己该待的地方才最快乐。”于是牧师答应佩特拉给她母亲写信，冈劳格收到信时，终于没法再压抑自己的情感，她必须告诉水手和所有相识的人，她的女儿将会成为了不起的人，还想接她一起生活。这件事便成了镇上颇为重要的话题，不论是码头、船上还是厨房，人们随处都对此议论纷纷。而此前一直对女儿绝口不提的冈劳格，现在只会喃喃道“我的女儿佩特拉”，而别人跟她讨论的也全是这个。

眼见着佩特拉离开的日子越来越近了，冈劳格始终没有答应女儿的请求，这让佩特拉很是难过。与此相反，牧师和西格纳都明确地答应一定会去看她的首次演出。

山顶的积雪开始融化，田野也生出绿意。她待在牧师家的日子所剩无几了，西格纳带着她一起四处走动，与一切告别——尤其是她们彼此都深深喜欢的地方。之后，有一个农民告诉她们，奥德加特现在正在奥德赫纳村，马上就会下山见他们。这两个女孩便羞涩起来，也不再出门了。

奥德加特再次出现时，看起来比以往任何时候都要开心。他在这里的任务是建立一所免费高中，那么首先，在他招到老师之前，自己得亲身担任这一职位；之后他会再实施别的计划。这样一来，他就能偿还一些父亲在此欠下的债，此外他的父亲还承诺一旦房子建好就过来。房子将会离牧师家很近，牧师和西格纳对此都特别高兴；佩特拉亦是如此，但还是觉得有些奇怪，自己正准备离开这里，他却决定在这安定下来了。

牧师希望大家能在佩特拉离开的前一晚一起共进圣餐。于是最后的几天里大家都很安静严肃，每次说话时也是喃喃低语。这些天，牧师每次走过佩特拉身边，都会爱抚她的头发。在教堂的神圣仪式上，在除了主持仪式的牧师和教堂司事等神职人员之外，就只有他们的时候，他专门与她说话，并且就像过生日或是其他节日时在自家饭桌上对话一样。他说，现在我们马上就能知道，到今天为止，这段时间以来一直祷告神的恩典究竟有没有实质作用。在找到适合自己的职业之前，人们的生活并不是真正意义上的完美。我们的工作告诉我们，一直坚守真相和自我价值的人最后将会斩获最丰盛、最持久的硕果。没错，上帝也经常会利用无价值的人，但其实从更高的意义上来说，我们每个人都是这样的人。他利用我们的渴望。这世上每个人都拥有一项专属于自己的职业，但没有人仅从自己的渴望中便能发现自己的职业所向，每个人都必须历经奋斗方能到达顶峰。而牧师以为，佩特拉现在所关注的梦想便是属于她的独特而神圣的职业。他还嘱咐她经常回来看看自己，因为上帝也希望真挚的陪伴能改善人们的关系和生活。如果她犯了错，他们会一直理解她帮助她，如果她自己没有意识到错误，那么他们会极为亲切地提醒她。

次日的最后一餐，他向佩特拉作了最为温柔的告别，“这是他作为朋友给出的意见，”他说，“她应该独自去追求事业。遇到困难的时候，想到这世上有一个地方有她可以依赖的伙伴们，这就会带来些许安慰；只要知道他们还在一直为自己祈祷，就会带来莫大的帮助!”与佩特拉告别之后，他又开始欢迎奥德加特。“因爱同一个人而团结在一起，是彼此相爱最美丽的序曲。”牧师当然没有想到这样的言论会让西格纳和佩特拉先后脸红起来；奥德加特是否也脸红了呢？她们无从得知，因为两人都没有勇气看向他。

最后，几匹马停在了门口，三位朋友站在年轻的女孩身边，所有的仆人都围在马车周围，佩特拉最后一次拥抱了西格纳，低声说：“我知道我不久就能听到你的好消息；愿上帝保佑你!”

一个小时以后，她目力所及只有白雪皑皑的山峰，再也望不见曾经的家了。

十二　序幕

圣诞前夜，大都市剧院的票已经卖光了；一位新演员即将登台，人们对她寄予了极大的期望。她的母亲是一位穷苦的渔妇，一些好心人发现了她的天赋并帮助了她，这才使她脱颖而出，当然，她自身也非常有前途。大幕升起之前，人们对她议论纷纷；据说她过去是一个不守规矩的野孩子，长大以后同时跟六个男人订了婚，还瞒天过海长达半年之久。镇上的人对此怒不可遏，她必须在警察的保护下才得以逃出；导演居然同意让这样一个人登台演出，这事儿可真稀奇。其他人则断定这些舆论全是胡言乱语，说她十岁起就一直在卑尔根郡的一位牧师家接受教育；现在已出落成一位教养良好、亲切可爱的小姐，他们对她非常熟悉。她一定有着过人的天赋，而且她是如此美丽。

另一些人的说法则比较可信。首先是声名远扬的鱼商英韦·沃尔德。他因出海经商恰好来到了这里；据说他娶的那位美丽的西班牙妻子把家里弄得热火朝天，使他不得不出海航行来冷静一下。他定下了剧院里最大的包厢，并邀请旅馆里相识的人一起去看"重要的人，如魔鬼般邪恶的人"。他精神亢奋，之后突然看见了一个人——这真的是他吗？——第二楼的一个包厢里，有一个男人被一船水手围着——不！是！——那是贡纳·阿斯克！贡纳用母亲的钱买了一艘船，将其命名为"挪威宪法"，还当起了船长。这艘船驶出了峡湾，与"丹麦宪法"号并驾齐驱，他注意到这艘船想要超越他们，自然忍无可忍，于是扬起了船上所有的帆，老船咯吱咯吱地响，结果就是他拼尽一切顺风疾驶，想要尽可能到达更远的地方，最后却在一个极其荒谬可笑的地方搁浅了，由于要修船，他只能很不情愿地待在这镇上。有一天他在街上遇到了佩特拉，不管在当时还是之后佩特拉都对他很是友善，这使他忘记了自己的怨恨，认为自己是从家乡出海的人中最愚蠢的一个，还说自己无论如何也配不上佩特拉这样的女孩！今天他给全体船员买了票来看首场演出，并决定在幕间休息的空当激烈讨论一番。水手都来自佩特拉的家乡，并经常光顾她母亲的酒馆，认为那是人间天堂，此刻他们为和佩特拉来自同一个地方而感到光荣，坐定后还决定要让他们的掌声响彻剧院。

在下方的剧场正厅上，人们可以瞥见牧师浓硬的头发。他看起来很是镇定，他早已把女儿的事业交托给上帝。西格纳坐在他旁边，她现在已经是西格纳·奥德加特夫人了。她和丈夫，还有佩特拉刚结束了在这块大陆上为期三个月的旅行；她看起来非常幸福，微笑着坐在奥德加特身边。他们中间坐着一位老妇人，她棕色面孔上方立着的满头白发，像是顶皇冠一样；她坐得最高，整个剧场的人都能看见她，不久，几乎所有人便都拿起观剧望远镜对着她看，因为有人说她是这位年轻演员的母亲。她的名字像个男人，此刻神情如此坚毅，流露出对女儿的平和淡定之情。这个年轻人满含期待，心中对自己满怀信念，是母亲的出现点燃了这信念吗？而母亲对一切都视若无睹，对将要到来的一切也漠不关心；她在那只是想看看人们是否善待自己的女儿。

时间就快到了，人们的聊天声渐渐淡去，表演的悬念感慢慢弥漫在整个剧场里，让大家安静下来。

鼓声、小号和喇叭一齐迸发，突然拉开了前奏的序幕；台上演奏起 Oehlenschläger 的《阿克塞尔和沃尔伯格》，这首曲子是佩特拉自己选的。此刻她正坐在幕后倾听。

幕前，一小群乡人聚集在剧院里，因为她而激动颤抖，凡是与自己十分亲近的人即将出现在大众面前时，人们都会现出饱含期待的神情，就仿佛自己将要登台一样。这时许多祷告者站了起来，就连一些素来很少祷告的人也纷纷起身了。

前奏曲逐渐变得柔和，和弦带来一派平和，它们仿佛置身于阳光下，慢慢融化、消失不见了。紧接而来的是令人焦虑的平静。

大幕拉开了。